中华灯谜图书大系
基础教育丛书

总主编 赵首成

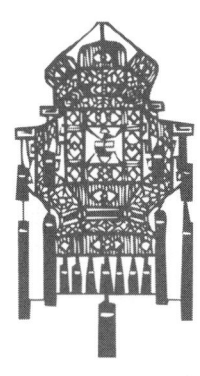

灯谜基础知识

DENGMI JICHU ZHISHI

蔡芳 编著

中州古籍出版社
·郑州·

图书在版编目(CIP)数据

灯谜基础知识 / 蔡芳编著. —— 郑州：中州古籍出版社，2015.9（2021.4重印）
ISBN 978-7-5348-5519-1
（中华灯谜图书大系·基础教育丛书 / 赵首成总主编）

Ⅰ.①灯… Ⅱ.①蔡… Ⅲ.①灯谜–基本知识–中国 Ⅳ.①I207.7

中国版本图书馆 CIP 数据核字（2015）第 207558 号

DENGMI JICHU ZHISHI
灯谜基础知识

责任编辑	岳　阳　翟羽佳
责任校对	王易夫

出 版 社	中州古籍出版社（地址：郑州市郑东新区祥盛街 27 号 6 层　邮编：450016　电话：0371-65723280）
发行单位	新华书店
承印单位	河南文华印务有限公司
开　　本	890 mm × 1240 mm　A5
印　　张	10
字　　数	290 千字
版　　次	2015 年 9 月第 1 版
印　　次	2021 年 4 月第 5 次印刷
定　　价	29.00 元

本书如有印装质量问题，请与出版社调换。

《中华灯谜图书大系》编纂宗旨

  中华灯谜历史源远流长，它是一门既蕴含着丰富而独到的审美价值，同时又反映了深厚传统文化内涵的综合艺术。在当代文化进程中，灯谜依然保持着它特有的神采，并渗透进时代的内蕴，愈发展现出智慧、灵巧、典雅而又诙谐的一面。作为一种中华民族所独有的、以汉语言文字为载体的独立艺术形式，建立起科学、系统、完整的"灯谜学"学科理论，已成形势发展的需要及全体谜人的当务之急。为此，以中华灯谜学术委员会为核心，以最具代表性的民间学术团体为骨干，拟担负起学科建设的责任和义务，从理论研究、基础教育、史料文献、作家与作品四个方面，期以十年，具体组织、编写、印行出一套灯谜图书大系。希望我中华谜人给予支持，共襄盛举，有志于此者建言献策、积极参与。

《中华灯谜图书大系》编纂委员会

学术顾问：郑百川　吴仁泰　刘雁云　张伯人　林仲杰　张志有
　　　　　张哲源　康维人
名誉主任：王锦强
主　　任：文　木
副 主 任：郑育斌　李德生　赵首成
编　　委：王文锦　王得道　方炳良　邢华旭　师卫华　庄　云
　　　　　庄毓添　刘茂业　安建国　苏　颖　苏德友　李牧雏
　　　　　杨靖高　陈继耿　吴家宏　武　骝　胡文明　施奕盛
　　　　　敖耀寰　郭少敏　黄全来　黄松榆　黄清明　黄嗣金
　　　　　章　镳　蔡民荣　蔡　芳　熊　辉　魏育涛　露　兵
总 主 编：赵首成（负责选题、约稿、编审事务）
副总主编：熊　辉（负责设计、出版、发行事务）
财务主管：黄清明
财务监督：李牧雏
法律顾问：施奕盛　庄毓添

本书简介

灯谜这种独特的传统文化形式在传播汉字文化上发挥了历久不衰的作用,影响着一代又一代的中国人。灯谜的题材无限丰富,包罗万象,无所不涉,小灯谜关联大世界,小灯谜蕴藏大智慧,方寸之间寓万千气象。灯谜的魅力在于其融入了"国学"的部分内容,具有丰富的知识内涵。灯谜的魅力在于其多样的功能,游戏、娱乐、求知、识字、设疑、解惑,为人们生活增添情趣。灯谜的魅力还在于艺术与文字相映成趣,因而是一种理想的休闲文化,人们可以在快乐中获得智慧,从智慧中感受趣味,从趣味中享受快乐。

中国文字形、音、义的多变性是灯谜产生和发展的文化基础,灯谜的奥妙在于神秘的技术技巧、无穷的变化,灯谜的奥妙更在于语言与文字、知识与游戏的结合。灯谜的别解思维可以训练人们的逆向思维、发散性思维,具有特异的启思益智作用,猜谜制谜是开发青少年智力的一种有效的活动形式。

虽然说灯谜是中国人妇孺皆知的文化形式,但多数爱好者还只是处在表面看热闹的层面上,实际上还不知其门道。《灯谜基础知识》正是为普及灯谜知识,帮助人们理解灯谜机理、掌握基本猜制方法而编写的一本实用教材。

本书分为六章,包括灯谜规则、扣合方法、特色灯谜(含带格谜、类格谜、花色谜)、猜谜技巧、制谜入门和制谜技巧等内容,循序渐进解说灯谜的基本知识,引导人们迅速掌握猜谜、制谜方法技巧。本书作者蔡芳是当代灯谜理论家、创作家,中国职工灯谜协会副会长,中华灯谜学术委员会常务委员,编著过多种灯谜工具书和普及型读物,并有长期讲授灯谜课程的实践。

本书的特点是突出实用，改变灯谜普及读物将猜谜、制谜和扣合原理混为一体的习惯编法，把扣合原理与猜谜技巧、制谜方法各自独立成章详加解说。尤其是"扣合方法"部分，每种谜法从定义、典型谜例、特征要领、应用实例、特别提示等五个方面详尽介绍，概念明确，层次分明，知识点衔接合理，相关内容简明易查，让复杂的灯谜机理变得简单、易学、好掌握。

本书另一特点是重在以例说谜，各种灯谜例题共有 500 多条，分类练习题近 1200 条。每种谜法都配有数量较多的例题和练习题，并体现出渐进的梯度，可适应不同层次读者的使用需求。因此，本书兼具教材与工具书的功能，是校园和社会开设灯谜课程的适用教材，也是从零起步的灯谜爱好者自学的理想读本。

中华灯谜图书大系编委会

目录

第一章 灯谜规则

第一节 灯谜的结构 ……………………………………… 2
    一、谜面 ………………………………………………… 2
    二、谜目 ………………………………………………… 3
    三、谜底 ………………………………………………… 3

第二节 灯谜的规则 ……………………………………… 4
    一、谜面应当成文 ……………………………………… 4
    二、面底不能相犯 ……………………………………… 5
    三、扣合避免闲字 ……………………………………… 5
    四、释义必须别解 ……………………………………… 5
    五、符合事理情理 ……………………………………… 6

第三节 灯谜的别解 ……………………………………… 6
    一、灯谜"别解"的概念 ……………………………… 6
    二、灯谜别解的表现形式 ……………………………… 8

第二章　扣合方法

第一节　字形扣合类 ……………………………………… 12
　　一、积木法 ………………………………………………… 12
　　二、加字法 ………………………………………………… 15
　　三、减字法 ………………………………………………… 19
　　四、加减法 ………………………………………………… 23
　　五、半字法 ………………………………………………… 27
　　六、选拼法 ………………………………………………… 30
　　七、残缺法 ………………………………………………… 33
　　八、方位法 ………………………………………………… 36
　　资料一：笔画、部首常见的方位扣合方式 …………… 40
　　九、移位法 ………………………………………………… 44
　　十、转动法 ………………………………………………… 47
　　十一、包含法 ……………………………………………… 50
　　十二、假设法 ……………………………………………… 53
　　十三、排除法 ……………………………………………… 58
　　十四、象形法 ……………………………………………… 62
　　资料二：笔画、部首、符号象形扣合方式 …………… 69

第二节　字义扣合类 ……………………………………… 71
　　一、正面会意法 …………………………………………… 71
　　二、反面会意法 …………………………………………… 75
　　三、归纳法 ………………………………………………… 78
　　四、问答法 ………………………………………………… 81
　　五、借代法 ………………………………………………… 84

六、夹击法 ·· 106
　　七、因果法 ·· 108
　　八、特征法 ·· 110
　　九、承启法 ·· 113
　　十、虚实变换法 ·· 118
　　十一、用典法 ··· 120

第三节　字音扣合类 ··· 125
　　一、谐音法 ·· 126
　　二、象声法 ·· 128
　　三、声韵法 ·· 131

第四节　混合相扣类 ··· 133
　　一、分段扣合法 ·· 134
　　二、推理法 ·· 137
　　三、双重扣合法 ·· 140
　　四、拆字提音法 ·· 143
　　五、拆字提义法 ·· 146
　　六、多重复扣法 ·· 149

第五节　特殊扣合类 ··· 152
　　一、抵消法 ·· 152
　　二、参差法 ·· 156
　　三、运算法 ·· 160
　　四、补漏法 ·· 164
　　五、简繁代换法 ·· 167
　　六、叫入叫出法 ·· 171

第三章　特色灯谜

第一节　带"格"灯谜 ······ 174
　　一、卷帘格 ······ 176
　　二、骊珠格 ······ 178
　　资料三：当代沿用的谜格 ······ 179

第二节　类格灯谜 ······ 196
　　一、离合字谜 ······ 196
　　二、游目谜 ······ 200
　　资料四：其他类格灯谜 ······ 202

第三节　花色谜种 ······ 206
　　一、印章谜 ······ 207
　　二、画谜 ······ 209
　　三、哑谜 ······ 213
　　四、故事谜 ······ 215
　　五、书法谜 ······ 219

第四章　猜谜技巧

第一节　猜谜的六个要诀 ······ 222
　　一、理解谜面——谜面要吃透 ······ 222
　　二、辨别谜体——类型要认准 ······ 223
　　三、寻找谜眼——谜眼要抓住 ······ 224
　　四、运用谜法——谜法要熟练 ······ 224

  五、借助资料——资料要善用……………………………… 225

  六、验证谜底——谜底要扣准……………………………… 226

第二节 谜面中的提示词……………………………………… 227

  一、基本词 提示词 衬词……………………………… 227

  二、提示词的种类…………………………………………… 228

第三节 猜离合类灯谜的四步分解…………………………… 234

  一、猜离合类灯谜的分解步骤……………………………… 234

  二、应用实例………………………………………………… 235

  三、特别提示………………………………………………… 236

  四、如何判定猜谜方法……………………………………… 237

第四节 猜会意类灯谜的六个技巧…………………………… 239

  一、抓住谜面故意回避的字词……………………………… 239

  二、以谜面人物和地名为线索寻找借代词………………… 240

  三、以谜面描述的主要事物为线索寻找特征字眼………… 240

  四、以比较容易猜出的字词为线索继续延伸猜射………… 241

  五、注意变换新的角度以适应新的别解思路……………… 242

  六、要把所有的条件（包含相关背景）都用上…………… 243

第五章 制谜方法

第一节 制谜基本要求……………………………………… 244

  一、符合性要求……………………………………………… 244

  二、适用性要求……………………………………………… 247

第二节 制谜方法选择·· 249
    一、谜底长短与制谜手法的关系······························· 249
    二、因材施用，形式与内容统一······························· 252

第三节 制谜起步实践（一）·· 253
    一、用离合法制作字谜·· 253
    二、用离合法为两个字的底材制谜····························· 255

第四节 制谜起步实践（二）·· 257
    一、会意法制谜的要领·· 257
    二、会意法制谜实例··· 257

第五节 如何为谜面配制谜底·· 259
    一、两种创作方法的区别·· 260
    二、以面求底三种常见形式······································ 260
    三、以面求底制谜实例·· 260

第六章 制谜技巧

第一节 制谜基本原则·· 263
    一、遵循谜理·· 263
    二、服从文理·· 264
    三、合乎情理·· 265

第二节 谜面力求丰满·· 267
    一、谜面太短的弊病··· 267
    二、尽量把谜面制得丰满些····································· 268

第三节　扣合必须顺畅……………………………………… 270
　　一、扣合顺畅的基本要求………………………………… 270
　　二、扣合必须做到顺畅…………………………………… 270

第四节　寻求独特角度……………………………………… 272
　　一、为什么要寻求独特角度……………………………… 272
　　二、寻求独特角度的可行性……………………………… 272
　　三、寻求属于我的角度…………………………………… 273

第五节　谜法综合利用……………………………………… 274
　　一、为什么要综合利用谜法……………………………… 274
　　二、谜法综合利用常见的形式…………………………… 275
　　三、谜法综合利用及多重扣合谜作欣赏………………… 276

第六节　立意重在提升……………………………………… 277
　　一、灯谜立意高雅的基本要求…………………………… 278
　　二、提升灯谜立意的几个要素…………………………… 278
　　三、从提示词选择上提高谜面立意……………………… 279

第七节　谜材发掘创新……………………………………… 280
　　一、运用新谜材的好处…………………………………… 280
　　二、谜材发掘创新的途径………………………………… 280
　　三、谜材创新作品举例…………………………………… 281

第八节　谜面要有美感……………………………………… 282
　　一、谜面美感追求的目标………………………………… 282
　　二、谜面如何营造美感…………………………………… 282
　　三、美的谜作举例………………………………………… 283

第九节　谜作应有文采……………………………………284
　　一、灯谜有文采的重要性………………………………285
　　二、如何做到灯谜有文采………………………………285
　　三、谜作文采举例………………………………………286

附　录

附录一：练习题答案………………………………………288
　　第二章　练习题谜底……………………………………288
　　第三章　练习题谜底……………………………………297

附录二：二十世纪百佳谜作………………………………299

后　记………………………………………………………303

第一章 灯谜规则

灯谜是我国优秀的民族传统文化形式之一，猜谜是一种启迪思维、健脑益智的有益活动，猜谜的思维过程可以给人们带来特殊的趣味，因而深得人民大众的喜爱，千百年来流传不衰。

灯谜是什么？《中华谜典》对"灯谜"词条的诠释为："明代开始确立的从谜语中分支出来的文义谜名称。以文字的三要素形、音、义为基础，利用这三者各自的和相互之间的变化，所构成谜底与谜面的回互其辞，可供猜射的谓之灯谜。"（《中华谜典》，章品主编，大连理工大学出版社1999年10月出版）事实上，灯谜有明显的两重性，灯谜创作与文学创作相似，而灯谜猜射则完全又是游艺性质。简单地说，灯谜就是一种益智文字艺术。

讲到灯谜，人们常会把它与谜语混同起来。灯谜与谜语同源，都是从古代的隐语、廋词演变发展而来的。谜语和灯谜在发展过程中曾经是同一种艺术形态的不同名称，灯谜这个名称缘起于宋代将谜语粘贴在灯笼上供人猜射的做法，当时的灯谜与谜语本质上并没有区别。经过数百年的演变，谜语发展为两个分支，一支是事物谜，一支是文义谜，两个分支的表现手法明显不同，因而形成了两个不同的艺术门类。于是，现代的灯谜与谜语已不是等同的概念，灯谜界比较认同的是：大概念的"谜语"包含事物谜（谜语）和文义谜（灯谜）；小概念的"谜语"只包含事物谜，灯谜则专指文义谜。

灯谜（文义谜）与谜语（事物谜）两者最大的区别是表现手法根本不同。谜语着眼于事物的形体、性能、动作等特征，运用比喻、拟人、夸张等方法来描述谜底的事物，重在形象思维。灯谜是凭借汉字的多音、多义、笔画灵活组合等特点，通过别解手法来扣合谜底的文字，重在字面别义的解说。谜语常以民歌、童谣、顺口溜等诗句形式为谜面，适合于口头传猜，面底扣合较宽松，提示多，有启发性，多用比喻方式形象地表达所要猜射的事物，比较适合作为幼儿启蒙教育的辅助形式。灯谜谜面文字较短，多为常用词语或成句，适合书面形式（写成谜条）供人们猜射，面底扣合严密，无闲字。灯谜又因与书面文字结合较紧，可以融入国学的部分内容，具有丰富的知识性，因而灯谜是小聪明与大智慧结合的产物，能够给人们提供更广阔的思维空间和无穷的回味，可以适应各种不同文化层次的群体休闲文化的需求。

学习灯谜，必须对灯谜的基本规则先有一个大体的了解，主要是灯谜的结构、思维方式和相关的一些规定。

第一节　灯谜的结构

灯谜是一种微型民间文学作品。一条灯谜虽然只有十几、二十个字，但它却要由谜面、谜目、谜底三个部分组成。谜面、谜目、谜底构成了灯谜三要素。例如以下几条灯谜：

谜面	谜目	谜底
春末夏初	（字一）	旦
务必出力抓重点	（字一）	冬
跨上新台阶	（教育名词一）	升级
再测一遍	（物理名词一）	重量

一、谜面

谜面是灯谜的主要部分（艺术表现部分），是灯谜提出问题的部分，也是供人们猜射的说明性文字。

如以上谜例中的"春末夏初""务必出力抓重点""再测一遍""跨上新台阶"等就是谜面。它以言外之意的形式表达谜底的文义或描述谜底的文字形象，是为了揭示谜底而给定的条件或提供的线索。

谜面的形式可以是字、词或句子，可以是自撰文句，也可以用各种成句（前人的现成文句）。

还有一些灯谜的谜面不用文字,而是用图形或符号或动作或音像等作为表现形式让人猜射的,通常把它们称作花色谜。

二、谜目

谜目是对谜底限定的范围。如以上谜例中的"字一""教育名词一""物理名词一"等就是谜目。谜目是谜面和谜底之间的媒介和纽带,既限定了所要扣合的谜底所属的范围,也限定了数量。它也是猜谜的提示部分,为猜谜者指明寻找谜底的方向。

由于世间万物都可入谜,所以谜目门类非常多,涉及单字、各种名词、人名、地名、各类专业术语、诗词文句等等。

谜目规范的标法是:(猜字一)、(猜教育名词一)、(猜现代名人二)等等。其中"猜"字往往被省略去,标为(字一)、(教育名词一)、(现代名人二)等等。谜目中数词是"一"的有时也可略去,只标成(字)、(教育名词)等。如果要求猜两个现代名人,数词就不能略去,必须标成(现代名人二)。

谜目标法一般要用全称。有的谜目因为全称文字太多书写起来麻烦,可以根据使用范围做适当的简化缩写。但简化缩写一定要是约定俗成的,不能随意生造和乱简化,要让受众能够看得懂才行。如"广播电视用词"缩写成"广电用词","中央电视台栏目"缩写成"央视栏目",大众皆知自无疑义。但若将"四字口语"缩写为"四口","五字常用语"缩写为"五常",则让人一头雾水,不知所云。

谜目标的范围宽窄要适当。过宽会让人感觉如大海捞针不知从何下手,过窄则又让人唾手可得没有任何悬念。例如"尽洗甲兵长不用(地名一)永安"。我国县级以上的地名就有数千个之多,将谜目定为"地名一"则太宽,无异于故意刁难人。而将谜目定为"三明市名一"则太窄,因为三明境内含三明本身只有两个市,等于公开了谜底。定为"福建地名一"就比较合适,在一个省内县级地名不过几十个,要查起来也是比较容易的。

三、谜底

谜底是谜面隐寓的文字,是谜面所提问题的答案,也是要求人们猜射之后得出的结果。如以上谜例中的"旦""冬""升级"和"重量"等就是谜底。

谜底是灯谜隐藏起来的部分，它是根据谜面和谜目给定的已知条件，按照灯谜扣合机理而求出的未知部分。谜底既要符合谜面的内在含义，又必须符合谜目所限定的范围。

灯谜作品除了谜面、谜目、谜底三要素之外，有的还带有"谜格"，谜格标在谜目之后，与谜目同在一个圆括号内，其间用间隔号隔开（也有用逗号隔开的）。例如：

节约能手（地理名词·秋千格）　　　　　　　　　　省会

上例中的"秋千格"就是谜格。按"秋千格"的要求，需将谜底两个字顺序对调后读成"会省"，别解为"很会节省"来与谜面相扣。谜格的种类很多，将在本书第三章第一节再作介绍。

第二节　灯谜的规则

任何一门艺术都有其特点和一些相关的规定（或称"游戏规则"），灯谜也不例外。归纳起来主要有五条规则：谜面应当成文，面底不能相犯，扣合避免闲字，释义必须别解，符合事理情理。这五条主要规则，无论是猜谜还是制谜都必须要遵循。

一、谜面应当成文

灯谜要求谜面的文字符合文法，能够表达一定的意思。要是随便拼凑一个谜面，即使面底能够完整扣合，也是索然寡味的。如：

竹间扁（成语一）　　　　　　　　　　　　　断简残编
口玉（国际组织一）　　　　　　　　　　　　联合国

第一条谜，解作"竹间"是"断开的'简'字"，"扁"是"残损的'编'字"。用字素离合和残缺之法扣合，从谜法上来说是符合的，但由于谜面"竹间扁"是随便编造凑合出来的词，谁也不知道是什么意思，所以不合"谜面应当成文"的规则。第二条，"口玉"二字可以合成"国"字，谜底"联合国"虽可别解为"联合起来成为

'国'字",字形扣合讲得过去,但"口玉"不知道讲什么,谜面不合文理,这样的谜是没有用的。

二、面底不能相犯

灯谜的谜面与谜底不能有相同的字。如果谜底的某个字在谜面出现就是"露面",也叫作"面底相犯",这是灯谜的大忌。一旦"面底相犯",谜就不能成立。猜谜时,试猜的谜底如有与谜面相同的字,叫作"犯面",肯定是不对的,因此谜底必须避开谜面所有的字。如:

悬崖勒马(国家名一)　　　　　　　　　　　　危地马拉
南北东面不安宁(我国大城市一)　　　　　　　　西安

这两例谜面和谜底的意思虽然都可以扣合,但都是面底相犯的病谜。第一条谜面、谜底都有"马"字,第二条谜面、谜底都有"安"字。凡是面底相犯的谜都是不合格的谜。

三、扣合避免闲字

灯谜要求谜面与谜底紧密相扣,不能有闲文剩义,就是说谜面和谜底都不能出现与扣合无关的字。谜面或谜底中没有着落的某些字叫作"闲字"。如:

洪湖水,浪打浪(物理名词一)　　　　　　　　　冲击波

谜面出现闲字,"洪湖水"落实不到谜底上去,用灯谜术语来说称为"谜面抛荒"。这种现象在借用成句做谜面的作品中极易出现。要是谜底出现闲字,在谜面上找不到扣合根据,灯谜术语称之为"谜底无根"。"谜面抛荒"和"谜底无根"都是病谜,要力求避免。

四、释义必须别解

灯谜谜面与谜底之间的扣合,与语文中的词语解释有着本质的不同。灯谜扣合要求词义、语义"别解"。汉语中常见一字多义和一词多义的现象,但每个字或词在特定的句子中只能表达一种义项。"别解"是故意避开字词本来的义项,解释成本义以外的其他义项,灯谜就是靠"别解"(故意曲解)产生让人意想不到的谜趣。若谜面和谜

底的关系纯粹只是语文范畴的词语解释（即按原意直解），是不能称为灯谜的。灯谜"别解"的详细内容，将在下一节介绍。

五、符合事理情理

灯谜虽然只是娱乐性、游艺性的文字，但它不仅要求谜面要成文，还要求符合事实，符合客观存在。如果谜面不合事理、有悖情理，就丧失了作为艺术的起码条件，它也就失去了存在的意义。如：

一年无夏天（医疗名词一）　　　　　　　　　　　　　消炎
正月无初一（字一）　　　　　　　　　　　　　　　　肯

事实上一年不可能没有夏天，正月也不可能没有初一，谜面只是为了能够扣合谜底而乱编造的，显然是无稽之谈，不可能得到人们的认可。如将谜面改为"盛夏降温"和"正月初一离去"，不悖客观事实和情理，谜就可以成立了。

只从能够成谜的角度来看，上述五条主要规则中，最重要的有两条：一是面底不能相犯，谜面与谜底不能有相同的字；二是要"别解"，灯谜不是常规思维的提问和回答，谜面与谜底的语义要通过别解后才能扣合。若从灯谜使用的要求来看，还应注意作品的宣传效果、褒贬得当、大小概念关系不能颠倒等因素。

第三节　灯谜的别解

灯谜的思维是一种发散性思维，是建立在"别解"基础上的求异思维。灯谜的语言是别解的语言，谜面与谜底之间的扣合关系是建立在别解之上的联想和解说。那么，什么是"别解"呢？

一、灯谜"别解"的概念

1. "别解"概念的引入

先提一个问题："你能用白粉笔在黑板上写出红字吗？"
能还是不能？关键取决于我们怎么看（理解）这个问题！通常

"红字"这个词是指"红颜色的字",显然白粉笔不可能写出红颜色的字。要是我们偷换概念,故意把"红字"解释为"'红'这个字",自然白粉笔是能够写出"红"这个字的。这种故意用歧义来解释字词或句子的做法,就是一种"别解"。

2. 灯谜"别解"的概念

先看一个谜题:

春末夏初(字一)　　　　　　　　　　　　　　　　　旦

"春末夏初"本义是指"春、夏之交的季节时段",当它用来作为这条灯谜的谜面时,就要故意把"春末"解释为"春"字的末尾部分(日),把"夏初"解释成"夏"字的初始笔画(一),从而把"日"和"一"两个部件组合起来成为谜底"旦"字。

这种故意把字词当作它的别种意思去解释的做法,在灯谜中叫作"别解"。

3. 灯谜"别解"的定义

"别解",《辞源》的释义是"异于寻常的见解"。

《中华谜典》对"别解"的释义:"利用汉字一字多义进行非本义的释义,去解释谜底或谜面。"

灯谜是应用汉字音、形、义变化的特点而扣合的文字艺术,较为完整的灯谜"别解"的定义应是:利用汉字一字多义、一字多音的特点,故意不按字、词的本义(原本的意思)来解释谜面或谜底,而用这些字、词所具有的其他义项(别义)来解释它。

"别解"是灯谜的基本法则之一,是灯谜求异思维的基础,任何一条灯谜都存在别解。只有经过故意曲解,才能把谜底和谜面二者的意思统一起来。别解以别出心裁的解释,使人感到既与规范的意义有联系,又不受规范意义的限制与约束。其灵活多变的特点,使得灯谜妙趣横生,令人回味无穷。别解相似于"脑筋急转弯",但绝不等同,二者不可混淆。

二、灯谜别解的表现形式

灯谜别解的表现形式可以从扣合机理和灯谜结构两个方面来看：

1. 从扣合机理看别解

灯谜扣合是建立在汉字音、形、义变化的基础之上的，从扣合的机理来看，灯谜的别解有以下三种形式：

（1）利用汉语的一字（或词）多义进行别解

其特点是要将谜面或谜底中的某些字、词故意不按本义解，而用本义之外的其他义项来解释谜面与谜底的扣合关系。

例1：跨上新台阶（教育名词一）　　　　　　　　　升级

谜底中的"级"，本义为"年级"，这里要别解为"台阶的层级"而与谜面相扣。谜底"升级"本义是"学生读书升了个年级"，谜中却要理解成"随着台阶的级数往上升"。由此可以看出灯谜的面和底不是直接的解释关系，只有通过别解谜底才能和谜面相扣。

例2：分开怎能活下去（三字俗语一）　　　　　　别难过

谜底"别难过"，本义是劝慰人"心里不要难过"，在本条谜中要别解成"分别之后日子很难过下去"而与谜面相扣。通过谜底字、词多义的别解达到扣合的目的。

（2）利用汉字的一字多音进行别解

其特点是要将谜底或谜面中的多音字进行异读，并且要按照异读之后的字义来进行扣合。

例3：务必出力抓重点（字一）　　　　　　　　　　冬

本条谜面中的"重"是多音字，本读作 zhòng，是"重要"的意思，但在解谜时要异读成 chóng，作为"重复"解释。因而"重点"就要别解为"重复的'点'"，扣合两个点（丶）的笔画。而"务必出力"则要别解成："务"字必须去掉"力"（剩下"夂"）。"夂"与两个"丶"合成谜底"冬"字。

例4：再测一遍（物理名词一）　　　　　　　　　重量

本条谜底中的"重"是多音字，本读作 zhòng，表示"重力"，但在解谜时要异读成 chóng，作"重复"解释。"量"也是多音字，本读 liàng，表示"数量"，但在这里要异读成 liáng，作"测量"解释。因而"重量"就要别解为"重复测量"来应合谜面。

（3）利用词句顿读、破读进行别解

其特点是要改变谜底或谜面词、句原来的音节读法，由音节变化而产生的语义变化（即别解）来进行扣合。

例5：子房（四字时间用词一）　　　　　　　　第一时间

本条谜底正常读法的语气停顿是在"第一"与"时间"之间，读作"第一/时间"，在此谜中则要改变语气停顿的位置，即要顿读成"第一时/间"来应合谜面之意。谜面"子"别解为"子时"，是一天十二时辰中的第一个时辰，因而扣定"第一时"；"房"与"间"同义相扣。因顿读产生的别解而使得谜作能够成立。

例6：昔日一别今团聚（字一）　　　　　　　　　　芩

谜面句子本应读作"昔日/一别/今团聚"，解谜时要顿读为"昔/日一别/今团聚"。句读音节改变引起了义变，谜面之义别解成："昔"字中的"日"和"一"别离去，而与"今"字聚合。因而"昔"字去掉"日"和"一"后，余下"艹"，再与"今"字组合，便得出谜底"芩"字。

2. 从灯谜结构看别解

一条灯谜由谜面、谜目、谜底构成，谜目的作用是限定谜底范围，不存在别解，灯谜的别解只发生在谜面和谜底中。根据字词别解分布的区位，可分为"谜面别解""谜底别解"和"面底双别解"三种。

（1）谜面别解

用离合法制成的灯谜其谜面都存在别解。而用会意法制成的灯谜，只有少数谜面存在别解。

例1：个人得失抛脑后（时间用词一）　　　　　　1月

这是一条离合法灯谜，谜面的本义是"不计较个人得失"，扣合时谜面必须别解成"'个'字的'人'得去掉，'脑'字的后面部分要抛掉"，由字形部件减损后余下的"1月"构成谜底。

例2：朝前走，莫回头（成语一）　　　　　　　早出晚归

这是一条会意法灯谜，扣合时谜面不用本义。"朝"（cháo）异读

作 zhāo，取"早上"之意。"莫"古时通"暮"，取"傍晚"之义。于是谜面整体别解成"早上往前走，傍晚回头来"，因此扣合"早出晚归"。谜底保持原义，没有别解。

（2）谜底别解

用会意法制成的灯谜，绝大部分别解在谜底，谜面用本义。

例3：溜冰切不可大意（安全提示用语一）　　　小心地滑

本条会意法灯谜，谜面用的是本义。谜底原意是"要小心，地上会滑"，扣合时要顿读作"小心地／滑"，别解成"很小心地滑冰"来应合谜面。

前面所举之例"跨上新台阶（教育名词一）升级"，也属于"谜底别解"。

（3）面底双别解

有些会意法灯谜的谜面、谜底都存在别解。面底双别解的灯谜扣合多了一道曲折，但这种灯谜作品的总量不多。

例4：老有所为（称谓一）　　　　　　　　　　总干事

本条灯谜扣合时谜面不用本义，"为"取做事之意，谜面别解成"老是有事做"。谜底也要相应别解成"总是在做事情"而与谜面相扣。

前面所举之例"子房（四字时间用词一）第一时间"，也属于"面底双别解"。

总之，灯谜的别解表现在扣合机理上有义变别解、音变别解、语词顿读别解三种形式，表现在结构区位上有谜面别解、谜底别解、面底双别解三种形式。所以，我们见到谜题都要用求异思维来解析它，寻找出正常释义之外的其他解释，这是解谜的关键所在。

第二章　扣合方法

灯谜是将知识融会贯通转化成的有趣味和魅力的产物,灯谜的表现形式丰富多彩。谜面是灯谜最直观的表面部分,灯谜的内涵是通过谜面与谜底之间互相作用的关系体现出来的。谜面作用于谜底的关系叫作"扣合"。毫无疑问,"扣合"是灯谜的核心机制,扣合方法是灯谜的重要基础。

灯谜的谜面与谜底之间的扣合离不开文字的音、形、义变化,由字词音、形、义的别解而形成的各种表现形式(即扣合手法的类型)是迥然不同的,大体可分为字形扣合类、字义扣合类、字音扣合类、混合相扣类、特殊扣合类等五种。这五种扣合类型又可细分为几十种扣合方法。

习惯上多把灯谜扣合分成"离合法、会意法、象形法"三大类,又常把这三大类称作"谜体",如离合体、会意体、象形体。也有的谜书将"谜体"解释为"灯谜的体裁"。文学的体裁大多在形式上可以辨认出来,而灯谜的扣合类型在谜面上是看不出来的,谜条上也不加注明,所以把灯谜扣合的分类称作"灯谜的体裁"是个模糊的概念。因此将"谜体"这个惯用词视为"灯谜的体例"更为切合实际。

有经验的猜谜者通过细心观察,可以从谜面上发现不同类型扣合手法的某些特征。如果谜面仅有一个字,或字里行间出现含有增加、减损、分离、转移、组合等意思的词语,基本上属于"字形扣合类"。如果谜面有形象性的描绘,通常是"象形法"的标志。如果谜面包含对声音的描摹文字,往往是"字音扣合类"。要是上面几种特征都不明显,那很可能就是"字义扣合类"。

灯谜的具体扣合方法多种多样，本章按五种类型介绍40种扣合方法。

第一节　字形扣合类

字形扣合类包含离合和象形两类形态。

"离合法"又称"拆字法""增损离合法"。这种类型一般使用增加或减少（含旋转、移位、调整）笔画和字素的手法来使谜底与谜面相扣，是灯谜扣合常用的基本类型。含积木法、加字法、减字法、加减混合法、半字法、选拼法、残缺法、方位法等多种方法。

而"象形法"则建立在形象思维基础上，以字形与实物形状相似的描述使面底扣合。

一、积木法

汉字中有许多合体字，是由两个或两个以上独体字合成的。根据这一特点，可以把几个独体字像叠积木一样制成最简单的字谜。

1. 谜法要领

● 定义

"积木法"是把给定的几个字作为部件，像拼积木一样拼合成另一个字（或几个字）的扣合方式。

● 典型谜例

例：一旦（字一）　　　　　　　　　　　　　　　　　亘

扣合思路：把"一"和"旦"当作两个部件，像拼积木一样按顺序拼合起来，形成另一个字"亘"，"亘"就是谜底。

● 特征与要领

特征：谜面字数较少并且基本上都是独体字。

要领：把谜面上所有的字都当作"积木"的部件，全部拿来拼合使之成为另一个字（或词）。

2. 应用实例

例1：毛竹（字一）   笔

把"毛"和"竹"（"竹"可用部首"⺮"替代）当作两个部件，像拼积木一样拼合起来，形成"笔"。

例2：一撇一直一点（字一）   压

"一"与"撇"（丿）、"一"与"直"（丨）、"一"与"点"（丶）这六个笔画（亦即六个部件），全部利用起来，按顺序拼合就能组成"压"。笔画名称可以用具体笔画替代。

例3：十月十日（字一）   朝

谜面给定的部件按顺序拼不成字，把顺序打乱，才能拼出谜底"朝"。

例4：十二月（字一）   青

当简单拼合组不成字时，就要考虑把部件交叉拼合。此例谜面的"十"与"二"笔画交叉拼合后，才能与"月"组成字。

例5：一点点大（字一）   夹

此例是把"一"和两个"点"（丶）以及"大"，四个部件互相嵌合起来。拼字有点难度，要反复拼合几次才能拼出来。

注意，"积木法"是要把谜面上所有的字（或笔画部件）都拿来拼合，缺一不可。此例若拼成"头"字，似乎也可以，但没有把谜面给定的部件全用上，漏了个"一"，所以不能算对。

例6：一人二人（称谓一）   大夫

先把谜面文字分成两组"一人"与"二人"。"一人"拼合成"大"；"二人"可拼合成"天"或"夫"，取"夫"字方能与"大"组成称谓"大夫"。

例7：七十二人（称谓一）   车夫

"七十"拼合成"车"，"二人"拼合成"夫"。

例8：二月一日（福建市名一）   三明

谜面文字按自然顺序分组拼合不成符合谜目要求的字或词时，可以打乱顺序进行分组。此例谜面应分成"二一"与"月日"两组，"二一"拼合成"三"，"月日"拼合成"明"。

例9:1人1日(云南市名一)　　　　　　　　　个旧

"1人"拼合成"个";"1日"拼合成"旧"。阿拉伯数字"1"相似于笔画"丨",在字形扣合中可互相替代。

例10:一米(三字口语一)　　　　　　　　　合得来

"一"与"米"笔画交叉拼合成"来";谜底"合得来"别解为"(谜面文字)拼合之后可得出'来'字"。"合得"二字用以说明扣合方法,起衬托作用,这样的字词在灯谜中称为"衬字"或"衬词"。

3. 特别提示

谜面上所有的字(或以文字描述的笔画、偏旁、部首以及各种符号等)都要看作是部件,全部拿来拼合出另一个字或词,拼合方法就像儿童拼积木一样。常见的是把几个独体字合并成为一个(或几个)合体字。

注意:单纯用"积木法"只能组字,没有别解的趣味,它只是半成品,只能作为灯谜的组成部分。

试用"积木法"组字。

1. 土方(字一)
2. 三品(字一)
3. 七口(字一)
4. 十一月(字一)
5. 一点八(字一)

提示:谜面要看成"一""点""八"三个部件,并且"点"要用笔画"丶"替代。

6. 大手电(字一)
7. 一斤八(字一)

提示:三个部件顺序要打乱,"斤"字取形状相似的部件来代用。

8. 一月大(字一)

提示:部件要交叉拼合,后两条同。

9. 三个二（字一）

10. 共二斤（字一）

提示："二"要放到"共"的肚子里去。

11. 一大一小（字一）

12. 口中一点（字一）

提示："一点"可看作是一个"点"的笔画（丶），也可看作是"一"和"点"两个笔画（一、丶），应根据需要选定其中合适的一种。

13. 八点九点十点（字一）

提示：三个"点"都要用笔画"丶"替代。

14. 二十比十二（字一）

提示：部件多，尤其要注意灵活组拼。

15. 一人、三人、七人（三字常用词一）

16. 人心不二（山西县名一）

17. 二小队（字一）

18. 山北千人（字一）

19. 一家十一口（字一）

20. 一草一木（出版名词一）

二、加字法

1. 谜法要领

● 定义

"加字法"是把谜面上的两个或两个以上单字（或以文字描述的笔画、偏旁、部首以及各种符号等）加合起来成为另一个字或词的扣合方法。

● 典型谜例

例：一会儿（字一）　　　　　　　　　　　　　　　　兀

扣合思路："会"字有"会合"之意，是表示加字特征的字眼。谜面别解为把"一"和"儿"会合在一起，结果成了"兀"字。显然"会"相当于"加号"，把"一"和"儿"加起来，因而此谜可转化为一道文字加法运算题：

（一）+（儿）=（兀）

显然运算得出的结果"兀"就是谜底。

● 特征与要领

特征：谜面中包含着表示加字特征的字词，常见的有"加、多、来、到、进、会、合、并、和、要、用、有、补、安、连、给、加上、生出"等字词。这些字词的作用如同算术运算中的"加号"一样。

要领："加字法"谜是字与字的组合，可以看成是文字的相加。先把谜面上起"加号"作用的字词找出来，便可将谜题转化为类似于算术加法形式的"文字加法运算题"，通过"加字"运算可以直观地扣出谜底。

2. 应用实例

例1：勿要挂心（字一）　　　　　　　　　　　　　忽

先找出谜题中起"加号"作用的字眼——"要挂"（别解为"要挂在一起"），便可很容易列出文字加法运算题，并求出谜底。

（勿）+（心）=（忽）

例2：生日聚会（字一）　　　　　　　　　　　　　星

谜面别解为"生"与"日"字聚合起来，"聚会"提示加字，起"加号"作用，由此列出文字加法运算题并求出谜底。

（生）+（日）=（星）

例3：重点要安全（字一）　　　　　　　　　　　　金

"重"本应读 zhòng，在此故意读作 chóng，音变引起字义改变，变成"重复"之意。于是谜面也就别解为"重复的点，即两个点的笔画（丷）要安放在'全'字中"。"要安"提示加字，扣合关系如下：

（丷）+（全）=（金）

例4：日作一曲（字一）　　　　　　　　　　　　　曹

"作"是"创造"之意，表示加字，扣合关系如下：

（日）+（一曲）=（曹）

注意：这里"一曲"二字要交叉叠加。

例5：一人背着弓（字一）　　　　　　　　　　　　夷

"背着"提示加字，扣合关系如下：

（一人）+（弓）=（夷）

注意："一、人、弓"三字交叉叠加非常隐蔽。

例6：千里会西女（二字常用词一）　　　　　　　重要

"会"起"加号"作用，扣合关系如下：

（千里）+（西女）=（重要）

"千里"和"西女"分别用"积木法"，扣出"重"和"要"二字。

例7：二人相处心不定（山西县名一）　　　　　　怀仁

"相处"起"加号"作用，"定"表示确定之意。扣合关系如下：

（二人）+（心不）=（心不）+（二人）=（怀仁）

运算关系适合算术中的"加法交换律"。

例8：你心牵挂子和女（礼貌用语一）　　　　　　您好

"牵挂"及"和"分别起"加号"作用，成为连加形式。扣合关系如下：

（你心）+（子）+（女）=（你心）+［（子）+（女）］=（您好）

运算关系适合算术中的"加法结合律"。

例9：一一跟从（称谓一）　　　　　　　　　　　夫人

"跟"表示"连带"，起"加号"作用，扣合关系如下：

（一一）+（从）=（一一）+［（人）+（人）］

=［（一一）+（人）］+（人）=（夫人）

例10：王云给点力（二字常用词一）　　　　　　主动

"给"表示"添加"，起加号作用，扣合关系如下：

（王云）+（丶力）=［（王）+（丶）］+［（云）+（力）］=（主动）

以上两例均适合算术运算中的"加法结合律"。

3. 特别提示

"加字法"灯谜，通常是把几个独体字合成为一个（或几个）合体字。可以把谜题转化为类似于算术加法形式的"文字加法运算题"，运算规律符合算术运算中的"加法交换律"和"加法结合律"，即文字相加的顺序可以任意调整和任意组合。

"加字法"与"积木法"很相似,都是把谜面上的两个或两个以上单字(或以文字描述的笔画、偏旁、部首以及各种符号等)加合起来成为另一个字或词。与积木法不同的是,使用加字法的谜面中包含着表示加字特征的字眼,这些字眼的作用就像算术运算中的"加号"一样,关键要先找出谜题中的"加号",再把谜题转化为加法运算题,扣合谜底就直观多了。

试用"加字法"扣出谜底。

1. 手提包(字一)
2. 村里安身(字一)

提示:"里"表示要加合到中间去。

3. 人人进庄(字一)

提示:就像两个数加上一个数。

4. 个个相连(十五画字一)

提示:是"连"表示加,还是"相连"表示加?

5. 一一补足(九画字一)

提示:要弄清是"补"表示加,还是"补足"表示加?还要注意部件组合的位置。

6. 千骑北上(字一)

提示:"上"指明要加在上方。

7. 合二而一(字一)
8. 二小队集合(字一)
9. 有水有电要大上(字一)
10. 二人顶三人(字一)

提示:本题像两个数加上两个数,还要注意部件相互交叉。

11. 一点到乌江(字一)
12. 一一接见来人(八画字一)
13. 两点一干到三点(字一)
14. 日月照北京(二字常用词一)

15. 月大多一日（时间用词一）
16. 月月守户旁（人体部位一）
17. 来日三人上大一（气象用词一）
18. 十二点到大田（二字常用词一）
19. 11日来人（云南市名一）
20. 十二月抵沪（银行用词一）

三、减字法

1. 谜法要领

● 定义

"减字法"是把谜面上某个（或某几个）合体字减损去某个（或某几个）独体字，使之成为另一个字（或词）的扣合方法。

● 典型谜例

例：您放心（字一）　　　　　　　　　　　　　　　　　你

扣合思路："放"是"放掉"，表示减字，相当于"减号"，因此可把谜题变换成一道文字减法运算题：

（您）－（心）＝（你）

这个简单式子的运算结果是显而易见的。

● 特征与要领

特征：谜面含有表示减少、去除意思（即表示减字特征）的字词，常见的有"减、少、去、出、省、除、节、不要、不用、不足、不见、清除"等，这些字词的作用如同算术运算中的"减号"一样。

谜面中必然有包容关系的合体字和独体字（或有包容关系的字与字素、笔画）。

要领：把谜面上起"减号"作用的字词找出来，谜题便可以转化为文字减法运算题的形式，通过"减字"运算可以更直观地求出谜底。

2. 应用实例

例1：饥不得食（字一）　　　　　　　　　　　　　　　　几

"不得"表示减字，相当于"减号"。本例以"食字旁"（饣）来替代"食"字。谜题变换为算式：

（饥）－（亻）＝（几）

字谜中也有连减的形式，如：

例2：何必开口伤人（字一）　　　　　　　　　　　　丁

"开"与"伤"都表示减损之意，"必开"别解为"一定要去掉"，因而"必开"与"伤"都作"减号"看，灯谜算式即成为连减形式：

（何）－（口）－（人）＝（丁）

先找出谜题中的"减号"，再把谜题转化为减法运算题，求出谜底就容易了。

例3：两省去一人（字一）　　　　　　　　　　　　内

谜面要顿读为"两／省去／一人"，"省去"相当于"减号"。本条是一个字减去两个字的形式，谜题可变换为如下算式：

（两）－（一人）＝（内）

例4：全不用人干（字一）　　　　　　　　　　　　一

"不用"表示减字，起"减号"作用。此例相当于一个大的数减去两个小的数，谜题变换为算式：

（全）－（人干）＝（一）

用减字法猜谜，有时要减去的部分不很直观，需要仔细观察才能够发现。如：

例5：巧夺天工（字一）　　　　　　　　　　　　人

被"夺"显然表示减损，"夺"相当于"减号"。谜面别解为"要巧妙地夺去'天'字中的'工'字"，于是算式就成为：

（天）－（工）＝（人）

本例中的"工"要从"天"字拦腰切断，所以这是"巧"夺。余下"人"即为谜底。

例6：旭日升空鸿鸟飞（江西市名一）　　　　　　　　九江

"升空"与"飞"表示减字，起"减号"作用，谜题可变换为算式并运算：

[（旭）－（日）]＋[（鸿）－（鸟）]

＝（九）＋（江）

＝（九江）

例7：明天开放一日（历法用词一）　　　　　　　　月大
"开放"表示减字，相当于"减号"，谜面变换为算式并运算：
（明天）－（一日）
=[（明）－（日）]+[（天）－（一）]
=（月）+（大）
=（月大）

例8：湖水清可分（已故特型电影演员一）　　　　　古月
谜面顿读作"湖水清/可分"。"清"别解为"清除"，相当于"减号"。
（湖）－（氵）=（胡）
"胡"按谜面要求可分拆成"古月"二字。

例9：饭食不足心别急（动物学名词一）　　　　　　反刍
"不足"与"别"表示减字，谜题可变换为算式并运算：
[（饭）－（饣）]+[（急）－（心）]
=（反）+（刍）
=（反刍）
注意语义倒装："心别急"别解为"'心'部不要的'急'字"，是倒装句。灯谜中这样的倒装句很常见。

例10：语言脱口而出（电视连续剧一）　　　　　　那五
谜面顿读作"语/言脱/口而出"。"脱"与"出"，相当于"减号"，通过连减扣定"五"字。"那"是衬字，起"衬托、帮衬"作用，谜底解作"那就是'五'字"，有了衬字使扣合更有韵味。
注意衬字作用：衬字不能随便乱加，在扣合中能够解释得通的才行。要是把这个谜底的衬字改用"老"字，"老五"就没法做出与谜面相吻合的解释。

3. 特别提示

使用"减字法"扣合的灯谜，谜面必然含有表示减字特征的字词。从一个合体字中分离出一个或几个简单的字可以看成是文字部件的相减，可将谜面转化为文字减法算式，运算过程可以很直观地扣出谜底。
要注意灯谜别解后的语义倒装，并注意灵活使用衬字与衬词。

练习三

试用"减字法"扣出谜底。

1. 汗水流尽（字一）
2. 适当出口（字一）

提示：谜面顿读为"适／当出／口"。

3. 载去十车（字一）
4. 千古一绝（字一）

提示：本条相当于两个数减去一个数。

5. 主见少了点（字一）
6. 忍让之心还差点（字一）

提示："让之"和"还差"都表示"减去"，本条相当于"连减"的形式。

7. 烟消日出不见人（字一）
8. 潮水早退月已落（字一）

提示：本条要减去三个部件。

9. 零点无雨起飞（字一）

提示：谜面要读作"零／点无／雨起飞"。

10. 闲时出门看落日（字一）

提示：本条以两个字作为"被减数"并连续进行"减法"。

11. 岷山之下江水流（称谓一）
12. 他们两人都去了（国名一）
13. 三明一日游（时间用词一）
14. 奢侈者多不可用（称谓一）
15. 清除积水和废土（时间用词一）
16. 斩断情思两心绝（浙江县名一）
17. 鸠鸟鸿鸟都不见（江西市名一）
18. 背景光明（我国大城市一）
19. 打不还手，骂不还口（姓氏二）
20. 春游三日骑马可去（机构简称一）

四、加减法

1. 谜法要领

● 定义

"加减法"是"加字法"和"减字法"并存于一条谜中的扣合方式。"加减法"又称"加减混合法",也叫作"增损法"。

● 典型谜例

例：还不去接车（字一） 连

扣合思路：谜面"去"提示减字,要减去的是"不"字。"接"表示"接纳",提示加字。谜题转化为加减混合运算的式子,可以表示为：

（还）－（不）＋（车）＝？

通过运算：

（还）－（不）＋（车）＝（辶）＋（车）＝（连）

● 特征与要领

特征：谜面不仅带有表示添加、组合意思（即加字特征）的字词,而且还带有表示减少、去除意思（即减字特征）的字词。

要领：以谜面上某个字为基础加上（或减去）一个较简单的字,然后再减去（或加上）另一个较简单的字,可组成其他字或词（即谜底）。先把谜面上起"加号"和"减号"作用的字词找出来,谜题便可以转化为文字加减混合运算题的形式。

2. 应用实例

例1：选出先进一人（字一） 达

谜面应顿读为"选出先／进一人"。

第一步：找特征（"出"字相当于"减","进"字相当于"加"。）

第二步：列算式（把谜题转化为"文字加减混合运算题"）

（选）－（先）＋（一人）＝？

第三步：做运算（按顺序运算求谜底）

（选）－（先）+（一人）

=（辶）+（大）

=（达）

例2：摊点增加来推销（字一）　　　　　　　　　叉

第一步：找特征（"增加"是"加"，"销"为"减"）

第二步：列算式

（摊）+（丶）－（推）= ？

第三步：做运算（求谜底，应当使用简便运算）

（摊）+（丶）－（推）

=（摊）－（推）+（丶）

=（又）+（丶）

=（叉）

例3：游子方离母牵挂（字一）　　　　　　　　　海

现在把以上步骤连起来（"离"相当于"减"，要从"游"字中减去"子方"。"牵挂"的作用是"加"，要加的是"母"字）列式并运算：

（游）－（子方）+（母）

=（氵）+（母）

=（海）

例4：层云散尽现重山（字一）　　　　　　　　　屈

（层－云）+（山+山）

=（尸）+（出）

=（屈）

例5：一一参与排洪水（字一）　　　　　　　　　其

（一一）+（洪）－（氵）

=（一一）+（共）

=（其）

例6：嵩山之游13日（河北县名一）　　　　　　高阳

（嵩）－（山）+（13日）

=（高）+（阳）

=（高阳）

例7：禾中长草心不忙（节气一）　　　　　　　　芒种

谜面要顿读作"禾中／长草／心不忙"。"心不忙"是倒装句式，应别解为"心"字不要的"忙"。

（禾中）+（草）+［（忙）−（心）］
=（种）+（艹）+（亡）
=（芒种）

例8：妃子当日被废了（商朝人名一）　　　　　　妲己

（妃子）+（日）−（了）
=（妃）+（子）+（日）−（了）
=（妃）+（日）+（子）−（了）
=（妃）+（日）+（一）
=（妃）+（旦）
=（妲己）

例9：千里姻缘一线牵，既已取得又放弃（春秋人名一）重耳

（千）+（里）+（取）−（又）
=（重）+（耳）
=（重耳）

例10：该出言也该出力（字一）　　　　　　　　　劾

（该）−（言）+（力）
=（亥）+（力）
=（劾）

注意字义增损两重性：此例第一个"出"字解作"出去"，起减损作用；第二个"出"字解作"出现"，却起添加作用。又如"放"字，解作"放走、放开"起减损作用，具体谜例"您放心（猜一字）你"；若解作"安放、放入"就起添加作用，具体谜例"你放心（猜一字）您"。还有"排"和其他一些字也可以别解成"加减"两重性。

3. 特别提示

"加减法"其实就是"加字法"和"减字法"的组合。谜面既有表示加合特征的字眼，又有表示减损特征的字眼，可以把谜题转化为

类似于算术加减混合形式的"文字加减混合运算题"。要领是掌握三个步骤：找特征、列算式、做运算，运算得出的结果就是谜底。

练习四

试用"加减法"扣出谜底。

1. 他去也，我来也（字一）
提示：要认准起"减号"作用的是"去"还是"去也"？起"加号"作用的是"来"还是"来也"？

2. 招手不见走进来（字一）
提示："不见"的是"手"（扌），"进来"的是"走"。

3. 明月当空请光临（字一）

4. 厂里增加出口（四画字一）
提示："增加"一词要分开用，"增"字相当于"加号"，要加上的是"加"字。

5. 掉队之人又赶上（字一）

6. 言谈不合就生气（字一）

7. 学子出去长见识（字一）

8. 一争名利定不和（字一）
提示：起"加号"作用的是"争"，起"减号"作用的是"定不"（肯定不要）。

9. 明星相聚二日游（字一）

10. 古来清明少有晴（字一）

11. 缘木求鱼最不可取（字一）

12. 宣传王二小，一一去抗日（字一）

13. 约会误了点，见面无心思（国名一）

14. 废尽谀言，广得人言（南北朝文学家一）

15. 吕蒙营扎此林间（五代帝王一）

16. 采得草药一整日（国名一）

17. 他人不得垄断（中药名一）

18. 潜下深水分开找（舞蹈名词一）

19. 化为一牛草下藏（油料作物一）

20. 一点入得门中，面君个个缄口（福建特产一）

五、半字法

1. 谜法要领

● 定义

"半字法"是从谜面上某两个（或两个以上）字中各取出半边来拼合，使之成为另一个字或词的扣合方法。

● 典型谜例

例：半硬半软（字一） 砍

扣合思路：首先从"硬"和"软"两字中各取其半。半个"硬"字有两种取法，①石、②更；半个"软"字也有两种取法，③车、④欠。①②和③④这两组部件各取其一来用，共有四种组合方式：①③（"石"和"车"）、①④（"石"和"欠"）、②③（"更"和"车"）、②④（"更"和"欠"）。只有选取①④组合，"石"和"欠"才能合成"砍"字。因为其他三种组合都无法组成字，显然"砍"就是谜底。

● 特征与要领

特征：谜面上有"半"字出现，还常见有多个"半"字，并且语句结构对称，互相关联，连贯成意。

要领：根据"半"字的提示，从谜面上相关的几个字里各取出一半来拼合成另一个字或词。注意：必须选择适用的那"一半"。

2. 应用实例

例1：功一半，过一半（字一） 边

"功"字的一半是"工"或"力"，"过"字的一半是"寸"或"辶"。各取其半的四种组合中，唯有"力"和"辶"才能组成字，可见谜底是"边"字。

例2：半价出售（字一） 催

本条谜面要顿读作"半／价出售"，必须从"价、出、售"三字中各选取出一半来拼合。三个字取半有三组"亻介""山山""隹口"共六个部件，从每组各取一个部件来用，共有八种组合，要多次试行组合才能找到谜底。此处只有选"亻山隹"才能组合拼成"催"字。

例3：彼此各一半（字一）　　　　　　　　　　　　跛

谜面顿读作"彼此各／一半"，因而要从"彼、此、各"三字中各选取出一半来拼合。本例谜面中的"各"字很容易被忽略，因而在审题时要注意把可能出现的顿读方式和产生的别解考虑充分。只有选取"皮止口"方能组成谜底"跛"字。

例4：半天雷（气象名词一）　　　　　　　　　　　大雨

谜面别解为"天雷"二字各有一半。"天"的一半可取"大"，"雷"的一半可取"雨"，谜底就是"大雨"。若取"天雷"二字的另一半，则组不成气象名词。

如果这个谜面要求猜福建县名的话，"天"的一半取"大"，"雷"的一半就应当取"田"，谜底就变成"大田"。同理，这个谜面若要求猜一个字，便是"奋"字。

例5：半旧半新（数量词一）　　　　　　　　　　　1斤

从"半旧"（丨日）和"半新"（亲斤）部件的四种组合中，符合谜目要求的组词只有"1斤"，可以确定它是谜底。（同样谜面也可以猜一个字"昕"。）

例6：只对一半（数量词一）　　　　　　　　　　　八寸

从"只"（口八）和"对"（又寸）各取一半来，符合谜目要求的组词只有"八寸"。（同样谜面也可以猜一个字"时"或"叹"。）

例7：只有一半（时间用词一）　　　　　　　　　　八月

从"只"（口八）和"有"（ナ月）各取一半来，符合谜目要求的组词只有"八月"。（同样谜面也可以猜一个字"右"。）

可见，同样的谜面（如例5、例6与例7），取不同的组合会得出不同的结果。从这几例也可以看出，用"半字法"猜词有时比猜字还更容易。

例8：半推半就（二字常用词一）　　　　　　　　　打扰

从"半推"（扌隹）和"半就"（京尤）部件的四种交叉组合中，可以分别组出"㨼"和"扰"两个字来，但组不成词，怎么办？给"㨼"和"扰"加衬字，看哪个加上合适的衬字可以成为谜底。（通过试加相关的衬字"打"，"打扰"可以别解为"猜成'扰'字"，符合谜目的要求，适合作为谜底。猜谜俗称"打谜"。）

3. 特别提示

"半字法"灯谜特征比较明显,谜面常用的字眼是"半""一半",或以"半……,半……"连用、"……一半,……一半"连用的形式出现。要特别注意多字素的情况,所有相关的字都要取半使用,不要漏了。有时还要考虑如何加上合适的衬字。

"半字法"是前面介绍过的"积木法"谜的一种特殊现象。"积木法"要把谜面所有的字整个都拿来拼合,而"半字法"只从谜面有关的字里每字各取出一半来拼合成谜底。

练习五

试用"半字法"扣出谜底。

1. 半耕半读(字一)
2. 猜错一半(字一)
3. 酸甜各半(字一)
4. 要一半,扔一半(字一)
5. 前一半,后一半(字一)
6. 一半甜,一半辣(字一)
7. 拆去一半,补上一半(字一)

提示:"拆"字去掉一半,"补"字拿来一半。

8. 你答对一半(字一)
9. 先写半点,后写半划(字一)

提示:"先写"与"后写"用以提示谜底部件书写顺序的先后。

10. 如有一半提一半(字一)

提示:"如有一半"是指"如"字的一半,或是"有"字的一半,还是"如有"二字各一半?要都试一试。

11. 售出一半付一半(字一)
12. 半瓶冷饮(字一)
13. 个个取一半(字一)
14. 半居天上半人间(字一)

(注:谜面出自唐王建《题柱国寺》诗:"皇帝施钱修此院,半居天

上半人间。")
15. 半部草案（礼貌用词一）
16. 村庄故物半已失（唐诗人一）
17. 槐李半凋零（二字贬称一）
18. 集资受益得一半（矿管名词一）
19. 半没蓬蒿感苍凉（四字股票术语一）
20. 猜出一半（五字常言一）

六、选拼法

1. 谜法要领

● 定义

"选拼法"是从谜面中某两个（或两个以上）字中，各选出一个部件来拼合成另一个字的扣合方法。

● 典型谜例

例：有劳有逸（五画字一）　　　　　　　　　　边

扣合思路：谜面给我们暗示，谜底含有"劳"字的部件，也含有"逸"字的部件。因而要从"劳"和"逸"二字中各选取一个部件拼合起来。只有分别选取"力"和"辶"这两个部件，才能拼合成五画的字"边"。

如果谜目不限定猜五画字，选取"⺈"和"兔"两个部件可拼成"冤"字（十画），而选取"艹"和"兔"这两个部件又可拼成"菟"字（十一画）。

● 特征与要领

特征：谜面上有表示多项选择的字眼，如"有……，有……""选段""选集"等。

要领："选拼"的含义就是给你的材料不要全部用上，只要选出适用的部分来拼合。

2. 应用实例

例1：有茶有酒（字一）　　　　　　　　　　　　　　　　沐

谜面别解为有"茶"字的成分，也有酒字的成分。通过选取不同部件组合试探，只有取"茶"字中的"木"和"酒"字中的"氵"才能组拼成字。

例2：断桥边（八画字一）　　　　　　　　　　　　　　　析

如果只是简单地把谜面理解为"断去'桥'字的半边"，那么断去"桥"字的左边余下"乔"，而断去"桥"字的右边余下"木"，这样模棱两可谜底没有唯一性，并且笔画都不符合谜目要求。因此谜面要别解为"'断'字的半边和'桥'字的半边"，从"断桥"二字中各取半边来拼合。因为谜面没有具体指定要哪半边，按理说可以任意选取半边来用，但是要保证选取的部件能够拼成字，这种"任意"还是要受限制的。所以只能选取"断"字的右边"斤"和"桥"字的左边"木"，才能拼成"析"字，否则没法拼成字。

例3：吃得多，做得少（字一）　　　　　　　　　　　　　仡

谜面提示要从"吃"字中选取的部件笔画多一些，从"做"字中选取的部件笔画少一些。只有从"吃""做"两字中分别取用"乞"与"亻"，才能符合谜面的要求拼合成字。

还有选拼多个部件的情况，如：

例4：边吃边喝边吟（字一）　　　　　　　　　　　　　　品

根据谜面提示，谜底是由"吃""喝""吟"三字各取半边组拼成的。通过选拼试探，只有选取这三个字的左边部件才能拼合成字。

例5：选修妇科（字一）　　　　　　　　　　　　　　　　倭

谜面要别解为"从'修妇科'三字中各选取出一个部件"。经过选取不同"部件"组合试探，只有取"修"字的左边（亻），"妇"字左边（女）和"科"字的左边（禾）才能组拼成字。

3. 特别提示

"选拼法"是从谜面中某两个（或两个以上）字中，各选出一个部件来拼合成另一个字。"选拼法"与"半字法"相似，只是谜面不

用"半"字提示,随意性更大一些。

注意:从谜面上的每个字中,随便拿出一些部件来不一定能拼合成字,所以对部件要有所选择,这个试探寻找谜底的过程就是"选拼"。

练习六

试用"选拼法"扣出谜底。

1. 有吃有喝(字一)

提示:谜底含有"吃"字的部件,也有"喝"字的部件。即要从"吃"和"喝"二字中各选取一个部件拼合成谜底。

2. 有粗有细(字一)
3. 有儿有孙(字一)
4. 灯谜选集(字一)

提示:要从"灯谜"二字中各选取一个部件"汇集"于一处。

5. 话剧剪辑(字一)

提示:要从"话剧"二字中各"切剪"出一个部件,再"编辑"(组装)起来。

6. 戏剧选段(字一)
7. 河那边(字一)

提示:要从"河那"二字中各选取半边来组合成字。

8. 边推边敲(字一)
9. 机务段改组(字一)

提示:"机务"二字各选取一个部件来改变组装。

10. 新谜选集多一点(字一)

提示:从"新谜"二字中选取部件"汇集"后,再加上一个"点"(丶)。

11. 海峡两边今团聚(字一)
12. 真的多,假的少(字一)

七、残缺法

1. 谜法要领

● 定义

"残缺法"是把谜面上某个或某几个字有意残损去一部分，而把剩余的部件拿来拼合成字的扣合方法。是字形拼合法的一种特殊现象。

● 典型谜例

例：抱残守缺（字一） 　　　　　　　　　　　　　　　　导

扣合思路："残"与"缺"都别解为表示字形的"残缺"，谜面义变为"抱"字是残缺的，"守"字也是残缺的。因为谜面没有具体指定要"残缺"掉哪个部分，按理说可以残缺任意部件，这种任意性在灯谜术语中叫"任意残损"。但这种"任意"还是要受限制的，必须保证留下的部件能够拼成字。所以本例只能残损去"抱"字左边和右上方，"守"字缺掉上半段，这些被残损的部件本身拼不成字，而它们与留下的部件交换组合也拼不成字，只有留下的部件"巳"和"寸"才能拼成字，由此确定了这种选择是唯一的。

● 特征与要领

特征：谜面上有"残、缺、余、留、破、省、略"等表示残缺或剩余的字眼。

要领：将位于表示残缺特征字眼前后的字、词残损去一部分字素后，再行组拼成另一个字或词。

2. 应用实例

例 1：迎春节（字一） 　　　　　　　　　　　　　　　　昂

谜面应别解为"迎春"二字各"节"去（即残缺掉）一部分，再把各自剩下的部分拼合起来成另一个字。要保证让留下的部件能够拼成字。本例只能"节除"去"迎"字的"辶"和"春"字的上半段，留下"卬"和"日"两个部件拼合成谜底。

例 2：该省就省（字一） 　　　　　　　　　　　　　　　谅

"省"字别解为"省略"，表示字形"残缺"。谜面理解为"该"

字省去一部分，"就"字也要省去一部分。本例只能省去"该"字和"就"字的右边，留下各自的左边"讠"和"京"才能拼成字。

例3：伽利略（字一） 和

伽利略是意大利十七世纪物理学家、天文学家。谜面应别解为"伽利"二字各"省略"（即残缺）去一些部件。只能"省略"去"伽"字的左边及中部，并省去"利"字的右边，留下两个部件"口"与"禾"拼合成字。

例4：斜月残灯（字一） 炙

残缺的"灯"字可以是"火"，也可以是"丁"。只有取"火"，才能与倾斜变形的"月"字拼合成字。

例5：人残心不残（字一） 必

"人残"别解为"人"字是残缺的（可以是前面的"丿"，也可以是后面的"乀"）。"心不残"别解为"心"字不是残缺的，也就是完整的。残缺的"人"字只有取"丿"，才能与完整的"心"字拼合成字。

例6：残梅看不足（字一） 相

谜面别解为"梅"字要残缺掉一部分，"看"字也是不足的（即不完整的）。通过选取残损"梅"和"看"两字的部件，去留不同"部件"组合试探，只有去掉"梅"字右半边（即留下"木"），留下"看"字下半段（目），才可组拼成字。

例7：残阳如血（字一） 媪

谜面要求用残缺的"阳""如""血"（即从这三个字中分别选取某个部件）来拼合成另一个字。通过几次留用不同部件试拼，可以确定只能分别残留下"日""女""皿"这三个部件才是唯一可拼成字的选择。

例8：高温季节（字一） 淳

谜面实际上是要求把"高温季"三字各"节除"掉一部分。经过试探，只有将"高"字节除下半段，"温"字节除右半边，"季"字节除上半段，余下的三部分"零件"方可拼合成"淳"字。

3. 特别提示

"残缺法"灯谜的谜面上虽带有表示残缺或剩余特征的字词，一般没有指明要残损的具体部位,但不能随意残损,要以留下可用的部件为原则来决定部件的去留。

"残缺法"与"选拼法"相同之处:两者都是通过选取没有明确指定的部件来拼合出谜底。不同之处:"选拼法"从谜面某几个字中选取出部件来拼合成另一个字;而"残缺法"则先是把谜面上某个(或某几个)字残损去一部分,再把剩余的部件拿来拼合成谜底。

试用"残缺法"扣出谜底。

1. 城池残破(字一)

提示:"城池"二字是残缺破损的。

2. 断简残编(字一)

提示:断了一半的"简"字与残缺的"编"字。

3. 断壁残垣(字一)

4. 国破家残(十二画字一)

5. 减少次品(字一)

提示:"次"和"品"二字都要"减少"掉一些部件。

6. 当省则省钱要省(字一)

提示:要把"当""则""钱"三字各省去一部分,再将余下的部件拼合起来。

7. 劳动节(字一)

提示:"劳"和"动"两字都要有选择地"节除"掉一部分。

8. 晚妆残(字一)

9. 果断有力(字一)

提示:要把"果"字中"断"掉(残缺掉)一部分,再与"力"字组合起来。

10. 才全貌不全(字一)

提示:"才"字是完整的,"貌"字是残缺的。

11. 雪残梅也残(字一)

12. 寺庙残破人栖身(字一)

提示:"寺庙"二字各残损掉一部分后,再加上个"人"(亻)。

13. 断桥看残雪（字一）

提示："断桥看"应别解为"桥看"二字各断掉一部分。

14. 残雾楼台（字一）

提示："雾楼台"三字都是残缺不全的。

15. 残香留得三两点（字一）

提示：谜面必须顿读为"残香留／得／三两点"。

16. 忠孝不能两全（物理名词一）

17. 残羹剩粒（字一）

18. 江村西部落残阳（劳动计量用词一）

19. 雪拥蓝关旧垒残（民俗活动一）

20. 他方寸零乱，俺面庞瘦损（明代文学家一）

八、方位法

"方位法"实际上是"拆字法"的具体运用，字谜中所占的比例较多。

"方位"指的是方向位置。东、南、西、北为基本方位；东南、东北、西南、西北为中间方位。表示相对方向和位置的词通常有"上、下、左、右、前、后、内、外"等。

1. 谜法要领

● 定义

"方位法"是通过谜面上表示方向、位置的词（即方位词）的提示，来取用汉字相应位置上的部件（或字素）拼合成字的扣合方式。

● 典型谜例

例1：南京（字一）　　　　　　　　　　　　　　　　　　　　　小

扣合思路：用方位法猜谜，往往是根据地图方向定位的习惯（上方为北，下方为南，左边是西，右边是东）来确定字的部件。"南京"别解为"京"字的"南部"（即下方），"京"字是"上中下"结构，下方字素为"小"。这是最简单的"方位法"谜例，只扣合一个字素。

例2：先上后下（七画字一）　　　　　　　　　　　　　　　　告

扣合思路：根据谜面"上"与"下"所指示的方位，取用"先"字上半段（⺌）和"后"字的下半段（口），拼合起来即为"告"字。

● 特征与要领

特征：谜面总是带有表示方位的字或词。

要领：根据谜面方位词所指示的方位寻找出字的部件（偏旁、部首、笔画、其他字素等）。扣合多个部件的，必须组拼整合成为字或词。

2. 应用实例

例1：四中（字一） 　　　　　　　　　　　　　　　　　　　儿

"四中"是"第四中学"的缩写。但在此谜中"四"是基本词，"中"表示方位，指的是"四"字的中心部位，显然是"儿"字。

例2：吃苦在前（八画字一） 　　　　　　　　　　　　　　　若

"前"是方位词，谜面暗藏的意思是指"吃苦在"三个字的"前面"部分，分别是"口、艹、𠂇"，组合起来就是"若"字。

例3：富士山下（字一） 　　　　　　　　　　　　　　　　　画

"下"是方位词，谜面别解义指的是"富士山"三个字的"底下"部分，这三个部件是"田、一、凵"，组合起来即为"画"字。

例4：挖西边，补东边（字一） 　　　　　　　　　　　　　　扑

按地图标示方向的习惯，左边为西，右边为东，上方为北，下方为南。灯谜套用这种方式来确定文字的部件，本例"挖"字的西边（即左边）是"扌"，"补"字的东边（即右边）为"卜"，两部分合起来成为"扑"字。

例5：孔雀东南飞（字一） 　　　　　　　　　　　　　　　　孙

《孔雀东南飞》是我国古代著名的汉乐府诗篇名。用作谜面要曲解为："孔雀"二字的"东部"或"南部"分别"飞走"（即去掉）了。"孔"字的东部（即右边）"乚"去掉，余下"子"；"雀"字的南部（即下方）"隹"去掉，余下"小"；"子"与"小"再拼合成"孙"字。

例6：离开北方到华南（字一） 　　　　　　　　　　　　　　卉

离去"开"字的北部，余下"廾"；"华"字的南部（下方）是"十"；"廾"和"十"组合成"卉"。

例7：黄昏之后（时间用词一）　　　　　　　　　　八日

　　谜面别解为"黄昏"二字的后面部分。"黄"字的后面部分是"八"，"昏"字的后面部分为"日"，所以扣合"八日"。

例8：最先下基层（北京名胜一）　　　　　　　　　日坛

　　谜面别解为"最"字先写的部分和"基层"二字的下半段，分别为"日""土""云"，简单组合即为"日坛"。

例9：至高无上，奉献在前（省名一）　　　　　　　云南

　　"至"字的高处部位是"云"，"无"字的上方为"一"，组合成"云"；"献"字的前面部分是"南"。"奉"作"奉呈"别解，提示加字。

例10：贵在首金先得到（颜色用词一）　　　　　　中灰

　　"贵在首金"四字的先写部分依次为"中、𠂇、丷、人"，简单组合即为"中灰"。

例11：游罢城西到垄上（著名电影演员一）　　　　成龙

　　"城"字西部是"土"，"土"游离走余下"成"；"垄"字的上方为"龙"；"到"提示加字。

例12：流莺啭呖唱枝头（字一）　　　　　　　　　藻

　　此谜的方位词"头"很容易被忽略，但至关重要，它在提示选取"流莺啭呖唱枝"六字的前头部分，分别为"氵、艹、口、口、口、木"，适当组合即成"藻"字。另有一谜"初听流莺喧柳叶（字一）藻"，与本例相似，以"初"来提示"听流莺喧柳叶"六个字初始的部件，分别指定"口、氵、艹、口、木、口"，这些部件组合亦成"藻"字。

3. 特别提示

　　谜面若出现"上、下、左、右、前、后、东、西、南、北、中、里、外、头、尾、内、心"等方位词，就是使用方位法的迹象。要根据方位词所指示的方位从相关的字中寻找出需要的部件（偏旁、部首、笔画、其他字素等），然后再根据谜面中的动词、连词和助词等所提供的信息，将所取的部件组合成字或词。还要注意，有时谜面设计比较巧妙，方位词容易被忽略，这时要注意辨认谜面上的衬字，要自行消化掉，不要被蒙蔽了。

　　前面介绍的七种谜法是用整个字或半个字来组合的（即大块的组

合），而方位法可以细化到用笔画组合。

此外，各种常见的笔画、部首的方位扣合法可参考本节练习之后所附的《资料一：笔画、部首常见的方位扣合方式》。

试用"方位法"扣出谜底。

1. 国内（字一）

提示："内"指"中心部位"。

2. 前前后后（字一）

提示："前前"别解为"前"字的"前半段"，"后后"别解为"后"字的"后半段"。

3. 出风头，得苦头（字一）

提示："出风头"别解为"去掉'风'字的上头部分"。

4. 上慈下孝（字一）

5. 左拐就到街中心（字一）

6. 低头不见抬头见（字一）

提示："头"指"开头部分"。

7. 白首志高雄心在（字一）

提示："首"指"首先部分"，"心"指"中间部分"，"高"指"上面部分"。

8. 东西南北燕分飞（字一）

提示："飞"意为"飞走"，即表示"去掉"。"燕"字东西南北四个部分全都去掉。

9. 初仕南唐后归宋（字一）

提示："初"指"初始部分"，"初仕"即为"亻"部。

10. 初见端倪知后来（字一）

11. 推心置腹终须友（字一）

提示："心"和"腹"都指"中心部位"。"终"指"末了部分"。

12. 两点刮起东北风（字一）

提示："东北风"方位提示"风"字的东北部（右边和上方），即笔画"乁"。还要两个"点"加进去。

13. 自始至终要用心（字一）
14. 嵩岳之南（土地名词一）
15. 贡酒要先上（省名一）
16. 从头开始从头来（称谓一）
提示：要认准"从头开始"中的方位词。
17. 朝前走，入川东（时间用词一）
18. 先查中间，后查上下（国名一）
19. 领先就是样样走在前（动物一）
20. 树先进，迎岁首，点滴助人在前头（燃料一）
21. 标杆树在前（字一）
22. 先去云贵西南部（字一）

资料一：笔画、部首常见的方位扣合方式

方位的确定一般按照地图"上北、下南、左西、右东"的惯例，或以偏旁、部首、笔画在汉字中的位置，以及书写时的先后顺序为依据。常见表示方位的词有：

左：前　西　头　先　初　始　首　端
右：后　东　尾　末　终
上：前　北　头　先　顶　天　冠　初　始　首　端
下：后　南　尾　末　终　底　地　基
中：心　间　里　内　怀　深处
外：周　围　圈　表

根据以上表示方位的词，整理出笔画、部首常见的方位扣合方式如下，以供猜谜或制谜时参考。

一：天上　开头　夏初　至高　无上　日中　前天　平顶　上面　两头　下头　西北　六中　三中　中兴　后卫　工头　南亚
丨：山中　川中　川东
丿：向上　白头　手头　秋初　上升　先生　船头　街头
丿：人前　广西　西川　西风
丶：户头　肩头　太后　之上　凡心　丹心　为首　北京
乛：承上　先买

亅	:	水中	小心	心事					
十	:	居心	居中	苦中	田间	支前	华南	草根	上古	南北
		午后	苦心							
二	:	云端	其中	中层	目中	云南省				
厂	:	厅前	原先	产后						
丁	:	厅内	南宁	尾灯						
匚	:	边区	外匪	行中医						
七	:	虚心	先切	上车						
卜	:	后补	点头	桌上	占先					
刂	:	右侧	到后	别后	列后	删后	山水间			
冂	:	周边								
亻	:	雄心	唯心	附中	难中	首付	优先	首位	仰头	左侧
		西侧								
八	:	空中	分头	交心	穿心	先公				
人	:	会上	伞头	琴心	舍北	舍前	谷中	足下	火腿	内心
		从前	仓前	盒盖	金顶					
亠	:	北京	交头	市前	产前	前夜	率先	亭前	芳心	初亮
⺍	:	前头	关头	丫头	羊角	北美	关上			
冫	:	西凉	先冷	冲在前						
一	:	爱心	劳心	营中	家中	先写	冠军	军帽		
儿	:	先后	四中	光脚	充足					
几	:	虎尾	凤冠	亮底						
讠	:	调头	先讲	先让	先试	先谢	课前	狱中	话前	访前
		前记								
又	:	树间	树中	最后	东汉	鸡头	对头	圣上	东南枝	
凵	:	山边	凹下	击下	画下	空山				
厶	:	云南	台上	台北	去后	丢下	勾心	会后	云脚	
匕	:	倾心	先比	此后						
乂	:	齐心	风中	下文	交底	区内	中区			
卩	:	脚后	卸后							
阝	:	阶前	陕西	陇西	队前	阵前	东部	东都	东郊	东郭

东郡
力：后勤　后劲　先加　劫后　穷根　前功尽弃
工：江东　上贡　低空　前功　首攻　头功　江西省
士：上声　先声　喜上　吉首
土：城头　西城　城西　西坡　堂下　塞下　中等　上去　坐下
　　埋头　庄后　前场　地头　圣地
艹：苏北　蒙头　藏北　苗头　蓬头　苦头　节前　芋头　葱头
　　蒜头　苍天　前茅　宽心　上茶　花前　高薪　上苍　巷前
　　上菜　荷盖
大：天下　奔头　上套　吴下　前奔　套头　夺冠　内因　南美
　　奠基
扌：抢先　提前　前提　先撤　首批　先搬　首推　摇头　抱头
　　报头　指头
寸：东村　村后　下等　寻根　寺后　寺南　夺下　日落时
⺌：堂前　上堂　当前　当头　当初　上当　光头　光前　先赏
　　高尚　掌上
口：问心　中堂　宫中　后宫　南宫　京中　河内　台下　堂内
　　赏心　点心　向心　回心　名下　吕后　苦根　舍下　呆头
　　呆脑　呈上　启下　吞下　如东　前哨　低谷　谷底　名下
　　唱前　先叫　先听　叩首　党内　党中央　周末
囗：外围　田边　外国　国外　国际　圆周　外圆
山：岩上　崖顶　出头　岭头　峰前　西峰　西岭　南岳　岸上
巾：幕后　帐前　帘下　市南
彳：前往　街头　先行　西行　西征　御前　行头
彡：影后　参后
饣：饭前　先饮　首饰　馆前　馒头　饯别后
夂：雾中　客心　冬前　夏末　夏后
犭：首犯　先猜　猴头　狗头　猪头　猜前
广：上座　庭前　府上　床前　床头
忄：前情　先怕　初惊　别后悔
氵：西湖　洞前　江头　汕头　西游　西流　河西　西洋　江西

	湘西	淮西	渡头	源头	西沙	左派	西汉	派头	首演
	潮头	前沿							
宀：	塞北	北宋	宫前	案头	高空	空前	上宾	寨前	安上
	定额	官帽	灾前	首富	赛前	窗前			
辶：	外边	这边	旁边	中缝					
彐：	下雪	雪后	慧心	急中	灵前	归后			
尸：	尽头	上层	高层	屋上	屋顶	居上			
巳：	先导	前导	巷后	巷尾	巴中去				
小：	南京	东南							
女：	好头	婚前	奶头	妆后	娶后	南安	要下来	耍滑头	
纟：	前线	西线	西经	头绪	红头	初绿	先给	前级	
王：	班前	班后	美中	皇后	南望	头球	西半球		
木：	枝头	湘中	枕头	西楼	榜首	栏前	南宋	村前	西村
	树头	架下	梳头	首相	桥西	下集	菜根	寨下	后果
	极左	桌下							
戈：	战后	戏后	先划	后半截					
日：	昂首	前景	早上	意中	中意	低音	最先	鲁南	春末
	中间	初晴	尾音						
贝：	先购	赏后	赛后	坝后	先赋	贼头	赚头	赌头	
火：	秋后	灯前	炉前	灾后	炕头	烟头			
攵：	散后	改后	败后	放后	敌后				
斤：	匠心	断后	浙东	斩后	前所未有				
月：	背后	胸前	东湖	西服	后期	期末	朝东	朝后	首脑
	左脚								
勹：	韵尾								
灬：	然后	燕尾	黑后	熊脚	照下	熟后			
心：	惹下	意下	想后	恐后	后患				
玉：	国内	中国							
石：	码头	砖头	矿前	岩下	碰头	磁头	磕头	砍头	端砚
目：	眼前	省下	盼头	湘东					
田：	富足	西畴	冀中	后备	画中	思前	留下	留底	鱼肚

	鱼腹	界首						
皿：	篮下	盆底	盘底	盘根	揭盖头			
钅：	先锋	前锋	镜前	镜头	针头	钻头	钟头	锄头	首钢
	镐头							
禾：	前程	秋前	税前	初稿	初秋	秃头	秦末	上香	前科
衤：	袖头	被头	裤头	左袖	前襟			
鸟：	鸡尾	鸣后	鹊先飞					
竹：	笔头	箭头	上等	上策	上篇	先笑	竿头	高等	
足：	先跳	跟前	前路	跟头					

九、移位法

1. 谜法要领

● 定义

"移位法"是把谜面上某个字（或某几个字）的一些笔画或字素的位置进行移动或调整，使之成为另一个字（或另几个字）的扣合方式。

● 典型谜例

例：移机（字一）　　　　　　　　　　　　　　　　　　　　朵

扣合思路：谜面别解为要把"机"字的字素进行移位，经过移位左右结构变成上下结构，形成的另一个字就是"朵"。

● 特征与要领

特征：谜面通常带有"移、动、改、变、调整、改革、重组、翻新、换装、变了样"等表示移位、变动含义的字眼。

要领：根据特征字的提示，从谜面中找出应当进行"部位移动"处理的那个字（或几个字），并找出要移位的笔画或字素，将它（或它们）作适当的移动，使之成为另一个字或词。

2. 应用实例

例1：要主动点（字一）　　　　　　　　　　　　　　　　　玉

"动"字表示"移动、变动"，谜面别解为："要将'主'字中的'点'移动位置"。把"主"字头顶上那个"点"（丶）移到右下方，就变成了"玉"字。

例2：散而复聚（字一）　　　　　　　　　　　　　　　血

由谜面提示，先把"而"字的部件离散开来，再把离散开来的部件重新聚合，便成另一个字"血"。

例3：断环重合（字一）　　　　　　　　　　　　　　　坏

谜面暗示，把"环"字在某处断开后重新组合起来。"环"要巧断为"一、坏"，换一种方式重新合起来，就会变成"坏"字。

例4：平装上下集（字一）　　　　　　　　　　　　　　椎

"上下集"别解为"集"字的上下两个部分；"平装"别解为"水平方向装配"。把"集"字上下两个部件"隹"和"木"，改为水平方向装配起来，即把原先上下结构的字通过"部件移位"改变成左右结构的字"椎"。

例5：整理小本本（字一）　　　　　　　　　　　　　　禁

谜面说明"小本本"三个字的部件要进行整理。通过试探，把两个"本"字中的"一"都调整出来，然后再把所有部件理好拼合起来就是"禁"字。

例6：大干变了样（时间用词一）　　　　　　　　　　十天

谜面别解为"大干"两个字改变了样子，即把"大干"两字的笔画稍做移位调整就会变成"十天"二字。

例7：大胆改革（时间用词一）　　　　　　　　　　　明天

"改革"一词用以提示要作改变。谜面别解为"将'大''胆'两字的笔画进行移动"，重新组合可成"明"和"天"两个字。

例8：小崔换装（鸟名一）　　　　　　　　　　　　　山雀

"换装"一词用以提示要改换方式进行组装。谜面别解为"将'小''崔'两字的部件进行移动"，重新组装可成"山"和"雀"两个字。

例9：来人有变动（粮食品种一）　　　　　　　　　　大米

"变动"一词提示"来人"二字要做改变。把"来"字上面一横调到"人"字中，就变成"大米"二字。

例10：白天加以巧安排（杂志一）　　　　　　　　　　智力

"巧安排"一词提示要巧妙地重新安排文字部件。"白天加"三字部件巧加移位安排可成"智力"二字。

3. 特别提示

"移位"只是位置的移动，笔画和字素的基本形态保持不变。笔画移位可以在一个字的内部进行，也可以在几个字之间互相移动。移位前后总的笔画不增也不减。即被移位的字和移位后形成的字，它们的笔画总数是相等的，不增也不减。

其实这种方法就是将某些笔画和部首在一个字之间或几个字之间互相进行调整，因此也叫"调整法"。

要注意的是，若谜面上多个字的笔画或部件进行移位调整，那么这几个字笔画总和就是谜底笔画的总和。

练习九

试用"移位法"扣出谜底。

1. 部位调整（字一）
提示："部"字偏旁位置进行调整。

2. 可的松（字一）
提示："可"字结构左右松开一些。

3. 改变血型（字一）
提示："血"字外形做了改变（即部件移动）。

4. 园貌改观（字一）
提示："园"字结构要做比较大的移动改变，笔画还要交叉。

5. 加以调整，上下安定（字一）

6. 显然有变化（字一）
提示：要认准是"显"字还是"然"字发生变化。

7. 来了就调整（字一）

8. 大小交错（字一）
提示："大小"二字部件移动并交错组合成为另两个字，再拼成一个字。

9. 东西调防（字一）
提示：谜面别解为将"防"字东西（即左右）两边的部件位置进行对调。

10. 异乡变旧貌（字一）

提示："乡"字变异，最后一个笔画稍微离开些就成了"纟"。"旧"字也要做移位变动。

11. 大大改变（称谓一）
12. 立体交叉（二字常用词一）
13. 调用一百人（时间用词一）
14. 二丛移栽（称谓一）
15. 月相变化（中药一）
16. 明末动乱（天文名词一）
17. 人防改革（队列名词一）
18. 将要抵达生变故（二字谦词一）
19. 车已到达重组装（辽宁市名一）
20. 云开日出变了样（四川县名一）

十、转动法

"转动法"也叫"辗转反侧法"，这类谜虽然比较少见，但手法新奇，饶有趣味。

1. 谜法要领

● 定义

"转动法"是把谜面的某一字（或几个字）整字或其中的某个字素经过转动方向（或颠倒、反视），使之成为另一个字或词的扣合方式。

● 典型谜例

例：转干（字一）　　　　　　　　　　　　　　　　　　　　士

扣合思路："转"提示转动，将"干"字向左（或向右）转动180°，也相当于"倒转"了个头，变成"士"字。

● 特征与要领

特征：谜面上常带有"翻、转、倒、反、翻转、倒转"等用以提示旋转、转动特征的字词。

要领：根据特征字的提示，找出应当"转动"方向（或颠倒、反视）的字或字素，将它转动到适当的角度。

2. 应用实例

例1：镜中人（字一） 　　　　　　　　　　　　　　　　入

"人"字映在镜子里，看到的是左右相反的字形，即反视的效果，相当于将"人"字向里头转动了180°。

例2：像是反转片（字一） 　　　　　　　　　　　　　丬（pán）

将"片"字反转到背面来看，整个字全部反位，相似于"丬"字。

例3：置（字一） 　　　　　　　　　　　　　　　　　　目

谜面"置"可分解为"罒"与"直"两个部件，把"罒"这个部件旋转一个角度，转到"直"立起来为止。

例4：似乎本末倒置（字一） 　　　　　　　　　　　　　半

谜面别解为"好像原本就是将'末'字倒个头放置"。"末"字颠倒（即旋转了180°）后，看起来就像"半"字。

例5：岗位转移（字一） 　　　　　　　　　　　　　　岖

此例用了两种手法：一是"转"，把"岗"的下半段部位"冈"向左转动90°成为"区"；二是"移"，将"区"从下方移动到右边，于是就形成了"岖"字。

例6：妇女解放翻了身（字一） 　　　　　　　　　　　山

"翻"字提示转动。先把"女"从"妇"字中解放出来（即去掉），剩下"彐"。再把"彐"向右翻转90°，即成为"山"字。

例7：失恋后倒少点牵挂（字一） 　　　　　　　　　　业

"倒"字提示颠倒。先把"恋"字后面的"心"去掉，剩下"亦"；再把"亦"倒过来（即转动180°），再去掉个"点"（丶），便像是"业"字。

例8：等到年初才反映（字一） 　　　　　　　　　　　长

"反"字提示反视。先把"年"字初始笔画"丿"取来，再把"才"字反转过来（即左右反转）与"丿"拼合，即为"长"字。

3. 特别提示

"转动法"只是将整个字或其中的某个部件旋转了一个角度，转动前后笔画和字素的基本形态保持不变，只是方向或角度变了。有时提示转动特征的字或词不太明显,注意不要忽略掉。

练习十

试用"转动法"扣出谜底。

1. 倒挂士(字一)

提示:谜面是中国象棋术语。"倒挂"别解为字形颠倒。

2. 反面人物(字一)

提示:从反面来看"人"字。

3. 犹如丫丫翻了身(字一)

提示:"翻了身"指字形倒翻了个头。

4. 一心只图翻了身(字一)

提示:"只"字翻转个方向。

5. 凶横(字一)

提示:"横"别解为把字形横过来看。

6. 由上转下(字一)

提示:把"由"字上头转到下头。

7. 灵活转动(字一)

提示:把"灵"字中的某个部件转动移位。

8. 转业进厂(字一)

9. 翻个筋斗就干(字一)

提示:谜面别解为(把谜底这个字)翻个头来(即旋转180°),就成为"干"字。

10. 湖中打转(字一)

提示:取"湖"字的中间部分"古",使之旋转成为另一个字。

11. 带头扭转方向(字一)

提示:"带"字的头部是"卅",旋转90°即成为别的字。

12. 横目而去(字一)

提示:谜面别解为把"目"字横过来(旋转90°),成为"罒"。而再与"去"拼合成谜底。

13. 翻开日记(字一)

提示：谜面别解为把"开"字倒翻过来（即旋转180°），再记上（写上）"日"。

14. 梦后芳心动（字一）

提示："芳"字中心部位是"⼂"，横向右转动90°即成为"卜"；再与"梦"字后半拼合成字。

15. 出了错反而凶（字一）

提示：谜面别解为（把谜底这个字）去掉"错"（即符号"×"），再倒反过来（即旋转180°），就成了"凶"字。

16. 挖掉苦根翻了身（字一）

提示：把"苦"字的根部（口）去掉，剩下上半部再翻个身（即旋转180°），就是谜底。

17. 会后去把南京转（字一）

提示：把"会"字的后面部分（云）去掉，剩下"人"；"京"字南部（下半）是"小"，转动（向左旋转90°）后与"人"合成谜底。

18. 罗湖桥头变了样（字一）

提示：取"罗湖桥"三字的前头部分，其中某个部分还要旋转改变方向。

19. 山区上下面貌转变（字一）

提示：先把"山区"二字按照上下结构来组合，再把其中某个部分转动一个方向。

20. 山村变了样（字一）

提示："山村"二字参差组合，并且"山"字还要转向。

十一、包含法

1. 谜法要领

● 定义

"包含法"是从谜面多个文字中找出共同包含的字素而扣合的方式。

● 典型谜例

例：桃李杏梅村村有（字一） 木

扣合思路：谜面应当别解为"桃李杏梅村村"这六个字都含有的字素。通过观察，可以发现这六个字的共同特征，全都包含有

"木",这个"木"字就是谜底。

● 特征与要领

特征：谜面上大部分字中（或多个字中）包含相同的偏旁部首或字素，并且这些偏旁部首或字素就是简单的独体字。

要领：按照谜面的提示词语将这个被共同包含的偏旁部首或独体字找出来，它就是谜底。

2. 应用实例

例1：甜咸苦辣，各味俱备（字一）　　　　　　　　　　口

谜面应当理解成"甜咸苦辣各味"六个字中都具备某个相同的部件。通过观察，不难看出这个共同具备的相同部件是"口"。

例2：加劲劳动，个个有份（字一）　　　　　　　　　　力

谜面告诉我们"加劲劳动"四个字中个个含有这样的成分（即字素）。不难看出这四个字共同包含的成分（字素）是"力"。

例3：个个参加运动会（字一）　　　　　　　　　　　　云

谜面隐含的意思是"运动会"三字中个个都有某个相同部件加在里头。这个加在里头的相同部件就是"云"。

例4：好妯娌、好姑嫂、好婆媳处处可见（字一）　　　　女

谜面提示"好妯娌、好姑嫂、好婆媳"九个字都有的部件，显然是"女"。

例5：格言警句常常可见（字一）　　　　　　　　　　　口

谜面暗指"格言警句常常可"七个字都可以见到的部件，稍加留意即可看出它们共同包含的部件是"口"。

例6：孔教孟学尽有得（字一）　　　　　　　　　　　　子

谜面指明是"孔教孟学"四字中都含有的部件，不言而喻这个部件是"子"。

例7：唐虞有，尧舜无；商周有，汤武无（字一）　　　　口

谜面指出是"唐虞"和"商周"四个字中都含有的部件，这个部件是"口"。而"口"恰是"尧舜"和"汤武"四个字所没有的部件。"尧舜无"与"汤武无"起附加说明和映衬作用，增加谜面的回互其辞韵味。

例8：明有一个，暗有两个（字一）　　　　　　日

谜面别义是指"明""暗"二字都有的部件，并且"明"字只有一个这样的部件，而"暗"字却有两个这样的部件。

3. 特别提示

"包含法"通常只在字谜中使用，谜底一般是简单的独体字，以"部件"的形式巧妙地同时隐含在谜面的某几个字（或大部分字）中，成为谜面多个文字共同的部件。

表示共同包含的词语比较灵活，最明显的有"俱备、尽有、个个有份、个个参加、个个都不少"等，还有一些是通过"有"和"无"的反复比较来提示包含关系的。要注意从谜面别解中发现"包含"的特征。

练习十一

试用"包含法"扣出谜底。

1. 贵贱都有份（字一）

提示：找出"贵贱"二字都有的成分。

2. 早晚晨昏时时见（字一）

提示："早晚晨昏时时"六字中都可以见到谜底这个字。

3. 睁眼相看瞧见它（字一）

4. 藏在垃圾堆里（字一）

提示：谜底隐藏于"在垃圾堆里"五字的每个字中。

5. 唱歌说话都靠它（字一）

提示："唱歌说话"四个字中都有的部件。

6. 珠玑琳琅全俱备（字一）

7. 国营商店商品齐备（字一）

8. 上下前后都能找到（字一）

提示："上下前后"四个字中都能找到的部件。

9. 钻研知识个个参与（字一）

10. 桌椅箱柜样样有（字一）

11. 提倡晚婚个个有份（字一）

12. 问君吃喝可有（字一）

13. 堤坝地基全靠它（字一）

14. 好好学，里面都有（字一）

15. 琵琶琴瑟各成双（字一）

提示："琵琶琴瑟"四字中每个字都有一对这样的部件。

16. 感恩念想个个有（字一）

17. 早晚都有，中午没有（字一）

提示："早晚都"三字中含有的部件，而又是"中午"二字所没有的部件。

18. 站没有走有，来没有去有（字一）

19. 赢有输也有，胜有败没有（字一）

20. 隋朝有，唐宋无；明清有，民国无（字一）

十二、假设法

此前介绍过的8种方法（加字法、减字法、加减混合法、半字法、选拼法、残缺法、方位法、包含法），都是根据谜面提供的文字元素进行增减来扣合谜底，指向性很明确，都是从谜面到谜底的顺向思维。但有一种谜法却要把未知的谜底先介入扣合过程，必须用到逆向思维，这就是"假设法"。

1. 谜法要领

两条字谜的比较：

（1）一生仗义（字一）

（2）一生刚正（字一）

显然（1）是用"加字法"，化为文字加法算式：

（一）＋（义）＝（文）

那么（2）若也用"加字法"，化为文字加法算式：

（一）＋（"刚"或"正"）＝（？）

这个算式无法运算。

改变思路：谜面"一生刚正"可别解为"假设有这么个谜底，若生出（即加上）个'一'，刚好就成了'正'字"。按此思路，谜题可以变换为灯谜算式表示：

（谜底）+（一）=（正）

通过逆运算可得出：（正）－（一）=（谜底）

所以：（谜底）=（正）－（一）=（止）

我们别解谜面时，是建立在假设已经有一个谜底的基础上来分析谜题的，因此把这个过程反过来看（即逆向思维），"正"字去掉了"一"成为"止"字，也就是谜底。

例（2）就是"假设法"的典型谜例，由此可给"假设法"下个定义。

● 定义

"假设法"是通过变化条件作用在假设的谜底（虚拟的、未知的谜底）上所产生的变化结果，反过来推导出真正谜底的扣合方法。

● 特征与要领

特征：谜面可分为两个部分：一部分是变化条件，另一部分指明（加在假设的谜底上）将会产生的变化结果。

要领：利用变化结果与变化条件两者之间的相互关系，逆向推演而扣合谜底。

2. 应用实例

例1：一点补充（字一）　　　　　　　　　　　　　　　允

谜面别解为"'一'和'点'（、）两个字素若补在（即加在）假设的谜底上，就会成为'充'字"（即产生的结果）。把这个过程反过来看，"充"字去掉了"一"和"、"成为另一个字，就是真正的谜底。

我们别解谜面时，是建立在已经有一个（虚拟的）谜底的基础上，因此谜题可以转化为文字算式来表示：

（谜底）+（一）+（、）=（充）

根据以上关系式倒推出：

（谜底）=（充）－（一）－（、）=（允）

谜底即为"允"字。

"假设法"灯谜，还可以借助数学列方程的形式来分析扣合关系并解出谜底。如本例：

一点补充(字一)

首先设谜底为 X,依照谜题别解后的意思列出文字方程如下:

$(X)+(一)+(、)=(充)$

解方程得:

$(X)=(充)-(一)-(、)$

$(X)=(允)$

于是谜底"允"字就解出来了。

例2:引进人才留得住(字一)　　　　　　　　　　　主

谜面要顿读成"引进人／才留得住",别解为假设的谜底"引进了'人'(亻),才能留得个'住'字。引进"人"(亻)是条件,留得"住"是结果。那么,从"住"字中减损去"亻",就可以还原出真正的谜底"主"字。

列文字方程说明扣合过程如下:

设谜底为 X,依谜题之意列出文字方程如下:

$(X)+(人)=(住)$

解方程得:

$(X)=(住)-(人)$

$(X)=(主)$

例3:来日定会成明星(字一)　　　　　　　　　　　腥

谜面别解为:要是来个"日"字(这是给定条件),就一定会成为"明星"二字(这是产生的结果)。显然,没有来个"日"字,只能是"月星",组合成为谜底"腥"字。列文字方程说明扣合过程如下:

设谜底为 X,依照谜题别解后的意思列出文字方程如下:

$(X)+(日)=(明星)$

解方程得:

$(X)=(明星)-(日)$

$(X)=(月星)$

$(X)=(腥)$

再举两个不止单一变化的例子,如:

例4:进口连衣裙(字一)　　　　　　　　　　　　　尹

这是不止增加一个元素的变化例子。

谜面转化成文字运算表达式为：

（谜底）+（口）+（衣）=（裙）

亦即：（谜底）=（裙）－（衣）－（口）=（尹）

例5：鸟来山山鸣（字一）　　　　　　　　　　　　呫

这是变化结果多元素的例子。

将谜题以文字算式来表示：

（谜底）+（鸟）=（山山鸣）

解得：（谜底）=（山山鸣）－（鸟）=（山山口）=（呫）

还有一些变化的结果是隐性的，要通过会意理解才能明晰，如：

例6：居心不良（字一）　　　　　　　　　　　　亚

此例应理解为：假设的谜底加上"心"，就成了含义为"不良"的字。转换为文字算式为：

（谜底）+（心）=（含义为"不良"的字）

亦即：（谜底）=（含义为"不良"的字）－（心）

由此可知，这个含义为"不良"的字必然带有"心"部，可以借助字典来翻查，带"心"部含义为"不良"的字是"恶"，那么：

（谜底）=（恶）－（心）=（亚）

例7：减一就不对（字一）　　　　　　　　　　　　韭

假设的谜底减去"一"，就成了含义为"不对"的字。转换为文字算式：

（谜底）－（一）=（含义为"不对"的字）

亦即：（谜底）=（含义为"不对"的字）+（一）

含义"不对"的字不止一个，只有"非"字能与"一"合成"韭"字。那么：

（谜底）=（非）+（一）=（韭）

这种带转义的假设法谜的扣合不那么直观，只有靠多实践，熟练就能生巧。

例8：二日抵达三明（时间用词一）　　　　　　　　一月

谜面别解后的意思是：如果"二日"这两字抵达（加到）假设的谜底当中，就会变成"三明"二字。显然，从"三明"二字中减损掉

"二日",余下的"一月"就是谜底。演化为文字算式是:

(谜底)+(二日)=(三明)

亦即:(谜底)=(三明)-(二日)=(一月)

例9:上则为日星(外国科学家一)　　　　　本生

谜面别解为:如果假设的谜底上方加个"日"字就会成为"星"字。那么,从"星"字中减去"日",余下的是"生"。演化为文字算式是:

(假设的谜底)+(日)=(星)

亦即:(假设的谜底)=(星)-(日)=(生)

此例谜底中的"本"是衬字,"本生"别解为"原本是个'生'字"。本生(1811—1899),德国科学家,研制的实验煤气灯,被称为本生灯,至今许多实验室还在用。他还研制了本生电池。

3. 特别提示

要有将假设的"谜底"参与到谜面中分析的观念,找准变化的条件(即需要增加或减少的元素),弄清变化产生的结果是什么(尤其要注意多元素的结果)。再从所产生的结果入手,利用逆向思维,通过相反的变化倒推出真正的谜底。谜题可以转化为文字算式来演算,也可以借助数学列方程的形式来解出谜底。就像已知一个加数与和,求另一个加数;又像已知一个减数与差,求被减数一样。

练习十二

试用"假设法"扣出谜底。

1. 有目共睹(字一)

提示:谜面别解后的含义是,假设的谜底加上个"目"就会成为"睹"字。

转化为灯谜方程就是 $(X)+(目)=(睹)$,求出 X 就是谜底。

2. 有米就来(字一)

3. 少生为妙(字一)

4. 有点入迷(字一)

提示:假设的谜底加个"点"(、)进去,即成为"迷"字。

5．来日大暑（字一）

6．日行一里（十二画字一）

提示：假设的谜底去掉个"日"便成为"一里"二字。"行"义为走掉，起"减字"作用。

7．更加便利（字一）

8．统一中国（字一）

9．一到五点就上演（字一）

10．未见力作显魅力（字一）

11．西装革履（字一）

提示：谜面要别解为"西边装配上'革'字，才能成为'履'"。本条是带转义的假设法谜，"履"先要义扣"鞋"，谜就容易猜了。

12．有口难言（字一）

提示：本条也是带转义的假设法谜，谜面要别解为（假设的谜底）"有了'口'字，便成为'难言'（即说不出话）的意思"。先要找出带"口"字旁的、字义又是"说不出话来"的字，再逆推出谜底。

13．有人不是真的（字一）

提示："不是真的"先要扣出一个字，再借助这个字用假设法猜出谜底。

14．涂上白，反而黑（字一）

提示：先要找出意思与"黑"相同的字有哪些，特别要注意其中带有"白"这个部件的字，再用假设法就不难猜出谜底。

15．不要三等品（字一）

提示：假设的谜底不要（即去掉）其中的"三"就等同于"品"字。

16．想生财，要聚才（字一）

17．除非上去才作罢（字一）

提示：假设的谜底除掉"非"加上"去"才作为"罢"字。

18．日日忆旧时（数量词一）

19．期待共相聚（时间用词一）

20．一一归来见天子（《红楼梦》人物一）

十三、排除法

有些谜面可以扣合的谜底不止一个，违反了谜底唯一性的规则，需要在谜面采取补充限制的办法避免多底，这就要用到"排除法"。"排除法"也叫"限底法"。

1. 谜法要领

● 定义

"排除法"是在谜面上明确排除扣合某一个谜底的可能性，促使改变思路寻求唯一谜底的扣合方式。

● 典型谜例

例：人言不可信（字一）　　　　　　　　　　　　　　　认

扣合思路："人言"二字用积木法可以组拼出两个字来：一是"人"用偏旁"亻"替代，与"言"拼合成为"信"字；二是"言"用偏旁"讠"替代，与"人"拼合成为"认"字。按灯谜的规则只能有一个谜底，谜面的后半"不可信"别解为"不能猜作'信'字"，排除了"信"字，只能扣合"认"字。

显然，谜面可分为两段，"人言"是实际扣合部分，"不可信"是限底部分。

● 特征与要领

特征：谜面前半是实扣部分，后半是限底部分。实扣部分是主体，限底部分是补充。

要领：根据被排除的谜底这个线索，从另一个角度来扣合出真正的谜底。

2. 应用实例

例1：一大一小，认尖错了（字一）　　　　　　　　　　奈

显然"一大一小"是实扣部分，"认尖错了"是限底部分。"一大一小"若看成是一个"大"字和一个"小"字，无疑可扣合成"尖"字。而限底部分点出"猜'尖'是错的"，必须改变思路，把"一大一小"四个部件拼合起来扣定"奈"字。

例2：甲字出头，不是申字（字一）　　　　　　　　　　岬

"甲字出头"很容易猜成"申"字，但谜面限定谜底"不是申字"，必须改变思路。一旦把"甲字出头"别解一下，便产生新的

意思,"'甲'字与'出'字的开头部分"。显然"出"字开头是"山",与"甲"可拼合成"岬"字。

例3:二山在一起,猜出不是底(字一)　　　　　击

人们首先会把"二山在一起"理解成两个"山"字放在一起,但由于限定"出"字不是谜底,说明还有其他别解。若望文生义把"二山"两字叠合在一起,便有出人意料之外的结果,形成了"击"字。

例4:字字去了盖,别作子字猜(字一)　　　　　一

从直观来看,"字字去了盖"就是把"字"字的顶盖("宀")去掉,剩下"子"字。而"别作子字猜"明确排除猜"子",说明谜里还有机关。谜面上的助词"了"字很容易被忽略,关键在于"去了盖"要别解成去掉"了"和"盖"。"字"字去掉"了"和顶盖"宀",真正的谜底"一"就出来了。

例5:没点良心,岂能恳切(字一)　　　　　恨

"没点良心"可扣合"恳"字,若把"心"用偏旁"忄"替代,又可扣"恨"字。后句"岂能恳切"别解为"岂能用'恳'字来切合谜底",排除了扣"恳"字。本条排除用词不太明显,容易被忽略。

例6:着力落实两点,岂可无所作为(字一)　　　　　办

"着力落实两点"扣合"为"和"办"均可,后句"岂可无所作为"有个"为"字,间接起到排除扣合"为"字的作用,同时提示了"办"的字义。本条限底用词比较隐晦,但可以给我们启示,扣合思路不能墨守成规,要广、要新,还要奇。

例7:大口加小口,猜回你别走,
　　　要是猜作咽,还不放你走(字一)　　　　　固

谜底排除了"回"字与"咽"字。通过进一步分析谜面,"加"字不能忽略掉,用"加号"(+)替代的话,就可与半成品"回"字拼合成"固"字。要特别注意部件拼合的技巧。

3. 特别提示

"排除法"灯谜通常在谜面上故意点出比较容易猜出的那个谜底并把它排除掉,而留下有更多思考余地的那个谜底,促使人们改变思路继续探寻,以增加扣合的难度和趣味性。因此要舍易求难,知难而进。

练习十三

试用"排除法"扣出谜底。

1. 画中不是田（字一）

提示："画"字的中部范围可以取大些，也可以取小些。

2. 半推半就不打扰（字一）

提示："打"可别解为"猜谜"，有些地方把"猜谜"叫作"打谜"。

3. 台灯后隐约可见（字一）

提示："隐约可见"是限底部分，又同时提示谜底隐约看去像是"可"字。

4. 半真半假值不得（字一）

5. 石字出头，不是右字（字一）

提示："出头"不是指"石"字一撇透到上头去。

6. 郭少一耳，莫猜享字（字一）

7. 日里有一横，猜目不算能（字一）

8. 一横又一直，不能猜作十（字一）

9. 如少掉个口，猜女非高手（字一）

提示：关键要认清真正起"减损"作用的字。

10. 安字去了盖，别作女字猜（字一）

提示：要注意是哪些字"去了盖"？

11. 宋字去掉盖，猜木没出来（字一）

12. 日月一齐来，不作明字猜（字一）

13. 工中添一点，猜玉没沾边（九画字一）

提示：奥妙在于"一点"如何添。

14. 木字又成双，森林不相关（字一）

提示：是"木"字"成双"？还是"又"字"成双"？还是另有机关？

15. 林字多一半，不作木森看（字一）

提示："多一半"是多了什么？

16. 全中添两点，猜金差得远（字一）

17. 由字加了一直，猜作曲字不对（字一）

提示：助词"了"字不可忽视。

18. 一加一，不是二（字一）

提示："加"有时要用数学中的"加号"（+）替代。

19. 一减一，不是零（字一）

20. 加个太阳，加个月亮，若猜明字，还是不像（字一）

提示："太阳"是"日"，"月亮"即"月"。

十四、象形法

1. 谜法要领

● 定义

"象形法"是将文字或字的某个部件（偏旁、部首、笔画）的形状想象成某个物体的形状，通过象形描绘来扣合的方式。

● 典型谜例

例：平地盖起楼三层（字一）　　　　　　　　　　　且

扣合思路："平地"象形为底下"横"的笔画（一）；三层"楼"房的形象相似"月"的字形；"且"字的整体结构就像是一座在平地上盖起的三层楼房。

● 特征与要领

特征：把谜底文字的整体或其中的一部分巧妙地比作某种形象化的东西，即把文字或字素看成是某种实物形象的简笔画。象形法有全部象形的，也有部分象形的。

一般是用常见的实物的形态来比拟文字或偏旁、部首、笔画的形态。如"干"字像"蜻蜓"，"且"字像三层"楼房"，笔画"、"像"水珠"、"子弹"或"星星"等等。

要领：纯象形法制成的谜，仅是拟物形象描述，没有文义扣合成分，不须考虑谜底的文字意义，而要发挥丰富的想象力，用形象思维来联想扣合出形象化的谜底。

2. 应用实例

（1）常用笔画与字素的象形

● "一"的象形

"一"的笔画形象犹如房梁、桥梁、钢丝、板凳、棍棒、道路、日光灯、地平线等。

例1：二人走钢丝（字一）　　　　　　　　　　　　　　丛

谜底"丛"字底下的"一"，象形绳索。此例只是部分象形。

例2：不装日光灯（字一）　　　　　　　　　　　　　　丕

谜底"丕"字底下的"一"，象形日光灯管；"不"装在"一"上，成"丕"字。

例3：太阳升上地平线（字一）　　　　　　　　　　　　旦

"太阳"会意扣"日"，"一"象形地平线，"日"与"一"组合成"旦"字。

● "｜"的象形

"｜"的笔画形象犹如针、笔、箭、树干、桅杆、电杆、直尺、道路、墙面等。

例4：一树两个杈（字一）　　　　　　　　　　　　　　丫

"｜"象形树干，"丷"象形树上的两个枝杈。

例5：立竿见影补漏洞（治安呼号一）　　　　　　　　110

谜底"110"中，前个"1"象形直立的"竹竿"，后个"1"象形前面竹竿的"影"子；"补漏洞"是补上一个象形的空洞"0"。

例6：一箭射穿铜钱眼（字一）　　　　　　　　　　　　中

"｜"象形"箭"，"口"象形铜钱当中的方孔，"｜"贯穿于"口"成为"中"字。以上三例属全部象形。

● "丿"的象形

"丿"的笔画形象犹如刀、剑、篙、桨、针、鞭子、柳丝、雨丝、月牙儿、眉月、斜刂、新月等。

例7：一针见血（字一）　　　　　　　　　　　　　　　血

谜底"皿"上加一象形的"针"（丿）成"血"字。

例8：刀下结仇（字一）　　　　　　　　　　　　　　　亿

谜底"亿"加上象形的一"刀"（丿），便成为"仇"字。

例9：风里来，雨里去，一篙相伴（字一）　　　　　　　希

"风"字的里头是"×"，"雨"字的里头去掉余下"帀"，一根"篙"象形"丿"，"×、帀、丿"合成"希"字。

- "、"（含"·"）的象形

"、"（含"·"）的笔画形象犹如星星、雨点、水滴、泪珠、浪花、斑点、球、小鸟、药丸、粟粒、豆粒、子弹等。

例10：天上有星星（字一）　　　　　　　　　　　　关

两点（丷）象形"星星"，放在"天"字上面成为谜底"关"字。

例11：树上的鸟儿成双对（字一）　　　　　　　　米

"树"扣"木"；相对于树来说，鸟儿只是一个小点，因此"鸟儿成双对"象形为两个点"丷"；"木"与"丷"合成"米"。

例12：三人踢球，一人倒钩（字一）　　　　　　　似

"、"象形"球"；"レ"象形"人"字倒过来的样子。

- "乚"（含"亅"）的象形

"乚"（含"亅"）的笔画形象犹如弯月、小船、倒卷的尾巴、曲线、钩子、弯路、钓钩等。

例13：一钩弯月带三星（字一）　　　　　　　　　心

谜底"心"字底的卧钩"乚"象形弯月，三个点象形三颗"星"。

例14：轻舟小楫穿浪行（字一）　　　　　　　　　必

谜底"必"字的"乚"象形轻舟，三点象形浪花，"丿"似斜划的小楫。谜面巧用"穿"字作照应，更显出小舟破浪前进之动态。

例15：一一垂钓钩（字一）　　　　　　　　　　　于

"亅"象形垂下的钓钩，"一""一"与"亅"组合成谜底"于"字。

- "口"（含"囗"）的象形

"口"（含"囗"）的笔画形象犹如方形、格子、方框、小窗口、孔洞、铜钱眼、四面围墙、包围圈等。

例16：破格选人才（字一）　　　　　　　　　　　财

"口"象形为"格子"。"破格"别解为残破的格子，象形为"口"字破缺了一个边，即"冂"，再选进"人""才"二字，组拼便成"财"字。

例17：老鼠洞（字一）　　　　　　　　　　　　　囝

"囗"象形孔洞，"老鼠"扣"子"（生肖与地支借代相扣）。

例18：重重包围，十面埋伏（字一）　　　　　　　　　　　　固

"口"象形包围圈。"重重包围"为内外两个圈，象形为"回"。"十"埋伏在其间就成为"固"。

（2）其他象形举例

例1：两道闪电雨点下（字一）　　　　　　　　　　　　　　专

"两道"象形为两条横的道道"二"。"雨点"象形为"丶"。"闪电"的形状就像"竖横折"的笔画（乚）。三个象形部件组合起来成为"专"字。

例2：风鼓三帆船西行（字一）　　　　　　　　　　　　　　巡

三片船帆被风吹得往西边鼓，可象形为部首"巛"。"船"象形为"辶"，并且船头是向西的。

例3：沾露瘦竹破花窗（字一）　　　　　　　　　　　　　　卧

提示："瘦竹"简笔画形如"丨"。半扇"花窗"象形为"臣"。

例4：依依垂柳绽新芽（字一）　　　　　　　　　　　　　　州

柳树枝条低垂，象形为"川"；枝条上绽出的"新芽"就像小小的点"丶"。

例5：远山如眉残月影（字一）　　　　　　　　　　　　　　翁

"八"象形眉毛，"厶"象形远山，"习"为残缺的月。"残月影"即两个"习"字。"八、厶、习、习"组合成"翁"字。

例6：凹（工程安全用词一）　　　　　　　　　　　　　　　塌方

谜面"凹"字的形状，犹如一个当中塌陷下去的方块，故而得出谜底"塌方"。

例7：驴高栏低（字一）　　　　　　　　　　　　　　　　　骊

"骊"字右下方的"冊"象形栅栏。

例8：里外都是未知数（字一）　　　　　　　　　　　　　　风

"风"字的里面"×"象形英文字母X，此字母在数学中常用来表示未知数。"风"字外面的半包围类似"几"，"几"的字义是表示不确定的数值。

例9：平沙落双雁，小窗透远山（河北名胜一）　　　　　　　丛台

"丛"字的上半部"从"象形"双雁"，"一"象形平平的沙地；"台"字的"口"象形"小窗"，"厶"象形远山。

例10：两层楼，四间房，没有门，只有窗（字一）　　噩

"两层楼，四间房"的构架像"田"又像"王"；"窗"就像"口"。四个窗（口）与"田"拼合不成字，只能与"王"组合成谜底。

例11：支起炸药包，坦克来了（餐饮用词一）　　早点

"早"字形状很像绑在支撑杆上的炸药包；"点"的字形犹如坦克的造型。

例12：远树两行山倒影，扁舟一叶水平流（字一）　　慧

"远树"的写意画就像"丰"字，因有两行故为"丰丰"；"山"影倾倒成为"彐"；"扁舟一叶"象形笔画卧钩"乚"；"水平流"提示将"氵"平放。各个象形部件组拼成"慧"字。

人们习惯上还把秃宝盖"冖"的形象视为"桥"，把"彡"视为雨丝或东风拂动的柳枝，把"阝"视为迎风飘动的旗子，等等，还有许多新的象形方式需要读者去发现，去创造。各种常见的笔画、部首、符号象形可参考本节练习之后所附的《资料二：笔画、部首、符号象形扣合方式》。

3. 特别提示

象形法灯谜通常是以谜面对谜底文字的形象进行描述的，也有用谜底对谜面文字的形象进行描述的偶例。猜纯象形法制成的谜，可以不考虑被视为象形的那个文字的意义，关键要带着形象思维的观念来透视谜面，并进而想象出谜底文字的拟物形象。实际灯谜作品中纯象形（全部象形）的不多，局部象形的占大多数，因而象形法常与其他谜法配合使用。

练习十四

试用"象形法"扣出谜底。

（一）常用笔画与字素的象形灯谜

1. 高路入云端（字一）
2. 新月挂树梢（字一）
3. 一鞭残照里（字一）

提示:"残照"会意为一个残破的"日"字(形如"丨彐"),里头加上象形的一条"鞭"(丿)。

4. 中国排球(字一)
5. 见点滴就学(字一)

提示:一"点"一"滴"象形为"⌣",加在"字"上,就成为"学"字。

6. 立竿见影(英文字母一)
7. 鸟宿池边树(字一)

提示:"丶"象形一只在远处的小鸟。"树"会意为"木"。

8. 儿女相逢泪两行(字一)
9. 一针一线绣五星(字一)
10. 个(《水浒传》人物诨号一)
11. 月如钩(字一)
12. 小船撑一篙,浪花两三朵(字一)
13. 人钻钱眼中(字一)
14. X光机(字一)

提示:英文字母X象形汉字部件"乂"。"X光"别解为"乂"光了(没有了)。

15. 二回(成语一)
16. 梁间燕双栖(字一)
17. 架上空悬七星刀(字一)
18. 天上双星对残月(三国人名一)

提示:"双星"象形两点"⌣","对残月"别解为"一对残缺的'月'字"。

19. 眉月挂在远山上(字一)

提示:"眉月"指像眉毛形状的初生月儿,象形笔画"丿"。"远山"象形为"厶"。

20. 垂钩惊鱼各西东(字一)

提示:"鱼"抽象象形为"丶","各东西"指散在左右两边。

(二)其他象形灯谜

1. 蜻蜓点水(字一)

提示:蜻蜓的形状像"干",加上点状的"水"(氵)。

2. 杠铃,篮板(字一)

提示:"杠铃"象形为"艹"。

3. 阳光照北京，东风拂柳丝（字一）

4. 曲径孤星新月斜（字一）

提示："曲径"犹如"Z"字形。

5. 大于小于等于（字一）

提示：数学中"大于号"为"＞"；"小于号"为"＜"；"等号"是"＝"。

6. 刷子刷锅水珠溅（字一）

提示：锅刷的形状犹如"勿"字。

7. 篱横竹露处，隐约有人家（字一）

8. 水田之上群雁飞（字一）

9. 瓜儿连着藤，藤儿牵着瓜（网络用词一）

10. 一盆奇葩蕾初绽（字一）

提示：要发挥丰富的想象力，去找出这样的字：上半段像绽开的花，下半段像一个花盆。

11. 一叉平放，一钩低垂，四鱼游至，逮之而去（字一）

提示："叉"竖放形如"巾"；钓"钩"象形为"亅"；四条小"鱼"象形为四个"丶"。谜面最后一句用减字法再扣合一次谜底。

12. 篱落疏疏一径深（八画字一）

提示：谜面是一句古诗。要想象出这样的画面，两边是篱笆，当中是一条小路。

13. 画楼影里燕双飞（字一）

提示："楼房"画出来形如"且"。

14. 弹簧连动装置（公安用词一）

提示："弹簧"象形为"巛"。

15. 一抹新月，三间平房（字一）

提示：三间连着的"平房"形如"皿"。

16. 激浪小舟片片帆（字一）

提示：船桅上挂着两片"帆"，形状像"串"。

17. 歪戴帽子双眼瞪，直用锄头横用棍（字一）

提示：歪戴的"帽子"示意象形顶上为"丿"；"锄头"象形为"亅"；"棍"横过来象形为"一"。

18. 两株幼苗（俗称谓一）

提示:"幼苗"象形为一根细杆顶上刚长出两个小叶片。

19. 两把靠背椅,一扇百叶窗(字一)
提示:"百叶窗"象形为"目"。两把"靠背椅"是面对面的,靠你去想象。

20. 高楼林立,天线密布(字一)
提示:"高楼"象形可参考以上谜例,"林立"说明多。

资料二:笔画、部首、符号象形扣合方式

一:减号 负号 绳索 电线 横木 屋梁 平堤 道路 板桥 独木桥 钢丝绳 地平线

丨:针 直道 棍棒 桅杆 电杆 立木 旗杆 箭杆 一支笔

丿:剑 刀 鞭 叶片 残月 船桨

丶:星星 泪珠 雨点 水滴 豆粒 小鸟 小虫 小球 药丸 珠玉 子弹 斑点

亅:钓钩

乙:鸭 鹅 大鱼钩

乚:孤舟 弯月 钓钩

十:天线 十字路口 加号 正号 是

匚:三面围墙 残缺的方格

冂:球门 残缺的方格

亻:雁阵斜飞

人:雁阵 飞燕 山形 斜顶的房盖

八:眉毛 胡须

乂:错误 乘号 禁止符号 否定

丷:双眼 一对小鸟

冖:大盖帽 斗笠 罩盖 桥(传统象形)

卩:风帆 旗帜

阝:风帆 飘扬的旗 画戟 阿拉伯数字13

厶:远山 鼻子 三角形

干:蜻蜓 飞机

口:方格 框框 洞眼 嘴巴

囗:方格 框框 窗户 围墙 包围圈

巾：钢叉　画戟　船帆

川：柳丝　垂柳

彡：斜风　斜雨丝　柳丝斜飘

个：竹叶（形似国画的笔意）　路标　箭头　鸟爪

丫：幼苗　树杈　萌芽　三岔路　高脚酒杯

宀：帽子　官帽　乌纱帽

辶：扁舟　小船　龙舟

乡：曲径

幺：重山　乱山　塔松

巜：雁群　弹簧

丰：远树（形似国画的笔意）

卅、丗：栏杆　栅栏　路障　篱笆

从：双雁　双燕

灬：马蹄迹　熊脚等印迹

且：三层楼房

田：小窗　四方（四个方格）

冊：栅栏　篱笆、栏杆

回：篮板　口罩　蒲团

凸：领奖台

虫：风帆　挂着风帆的小船

品：菊花（传统象形）

亦：蝴蝶（传统象形）

酉：酒坛　风箱　铁砧

，：蝌蚪

。：圆球

•：小球　药丸　珠玉　泪珠

？：曲棍球

！：棒球

……：排球

○：明月　明镜　车轮　皮球　圆洞　井口　花环

+：是

-：非

×：错误　差错

此外，读者还可以发挥自己丰富的想象力，创造出各种新的适用的象形方法。

第二节　字义扣合类

字义扣合类统称为"会意法"，是灯谜中使用最普遍的类型，它是使用会意（含归纳、推理、借代、应答等）手法，从谜面语词的意思去揣摩领会扣合谜底，即文义推敲法。

"会意"，本是汉字造字方法"六书"之一。汉代学者把汉字的构成和使用方式归纳成六种类型，即象形、指事、形声、会意、转注、假借，总称"六书"。"会意"是用两个或几个部件合成一个字，把这些部件的意义合成新字的意义。如"信"字。"人言为信"，"信"字由"人"字和"言"字合成，表示人说的话有信用。

"会意法"灯谜顾名思义就是按照语词的含义来进行扣合，谜面与谜底是建立在别解基础上表达语义相同、相关、相连或相补的和谐统一体。谜面不是描述字形笔画增减和变化的过程，谜底也不再是字形变化的结果。

"会意法"在灯谜中运用得最广，常见的有正面会意、反面会意、借代会意、问答会意、推理会意、用典会意等多种形式。

一、正面会意法

1. 谜法要领

● 定义

"正面会意法"是根据谜面的文义从正面进行思考，用别解的语言从相同的角度（即用相同的语态）把谜面的意思表达再现出来的扣合方式。正面会意法，也叫正扣法。

● 典型谜例

例1：好吃（字一）　　　　　　　　　　　　　呵

扣合思路："好吃"的同义词是"可口"；"可口"二字用"积木法"一拼合即为"呵"字。本例"好吃"换成同义词"可口"来表达，属"同义替代"。

例2：庄稼汉（字一）　　　　　　　　　　　　　　　　侬

扣合思路："庄稼汉"指的是"农民"；"农民"又称"农夫""农人"，其中只有"农人"（"人"以偏旁"亻"替代）用"积木法"可拼合成另一个字"侬"。本例以"农人"来再现"庄稼汉"的意思，是同一事物的不同说法，属"换一种说法"。

● 特征与要领

特征：谜面与谜底表达的语态是一致的。若谜面是肯定的句式，谜底也应是肯定的句式；若谜面是否定的句式，谜底也应按否定的句式来表达。

要领："正面会意法"大体上有两种会意方式：一是"同义替代"，谜底用同义词来"翻译"或代替谜面的意思；二是"换一种说法"，即按照谜面的语义和表述方式用另一种说法作为谜底表达出来。

（若是字谜，一般要把谜面的语义高度浓缩为字数较少的词或短语，然后用"积木法"把这几个字拼合成为一个字。）

2. 应用实例

例1：枝头累累（字一）　　　　　　　　　　　　　　　夥

"枝头累累"说明"果"实结得很"多"，谜面语义可简化会意为"果多"，"果"和"多"拼合起来成"夥"字。本条谜底是换一种说法来表达谜面的意思。

例2：五千仞岳上摩天（字一）　　　　　　　　　　　嵩

谜面是陆游《秋夜将晓出篱门迎凉有感》诗句，描写山势高峻。正面会意为"山很高"，浓缩为"山高"，再拼合成"嵩"字。

例3：人人都是普通劳动者（字一）　　　　　　　　　筑

谜面的意思可以换句话说："个个都是平凡的工作人员"，语义简化为"个个凡工"，这四字拼合一体就是谜底"筑"字。

例4：红色宣言（地理名词一）　　　　　　　　　　　赤道

"赤"与"红色"同义；"道"别解为"说"，与"言"同义。属同义替代。

例5：家喻户晓（应用文体一）　　　　　　　　　　　通知

谜面的意思是"全都知晓"，谜底别解为"通通都知道"，谜面与谜底正面会意相扣。

例6：人面不知何处去（二字口语一）　　　　　　　丢脸

"人面"即"脸"；"不知何处去"，自然是"丢"了。属换一种说法。

例7：把百姓放在第一位（称谓一）　　　　　　　　先民

从正面来理解谜面的意思"首先应当是人民"，简言之就是"先民"。

例8：热泪盈眶（金鱼品种一）　　　　　　　　　　水泡眼

泪水含在眼眶里，浸泡着眼球，自然是"水泡眼"（别解为"泪水泡着眼球"）。

例9：挠痒要使劲（三字常言一）　　　　　　　　　抓重点

"挠痒"的动作是"抓"，"要使劲"扣"重点"（别解为"力要用得重一点"）。

例10：善事从我做起（成语一）　　　　　　　　　　好自为之

"善"意思为"好"，"我"是"自己"，"为"应解作"干，做"。

3. 特别提示

"会意法"指的是按意思来扣合，要从分析、领会谜面文字（包括字、词、句）可能具有的各种含义入手，联想、推敲、试探，扣合出（别解后）含义能与谜面相吻合的语词来。

如果是字谜，谜面会意扣合的并不是这个字的意思，（如果是，便成了纯粹字义解释，不是灯谜）而应当将谜底这个字拆解成二字（含二字）以上的词或短语来应合谜面之意。

"正面会意"要求谜面与谜底表达的语态是一致的。"正面会意法"有两种扣合方式：一是同义替代，谜底用同义词来"翻译"或代替谜面的意思；二是换一种说法。要把握好语词"同义替代"和"换一种说法"能够准确、到位，尤其是比较复杂的语义要格外注意简化、提炼或浓缩。

 **练习十五**

试用"正面会意法"扣出谜底。

1. 手术（字一）

提示：要换一种说法。

2. 千言万语（字一）

提示：谜面形容"语句很多"。

3. 起诉无效（字一）

提示：谜面之意是"白花力气去告状"。

4. 张贴布告（字一）

提示："张贴布告"就是"出告示"。

5. 第二次握手（字一）

提示："第二次握手"指的是又一次见面。

6. 人人动手（字一）

提示：说明"个个都在干活"。

7. 桂花飘香时（字一）

提示：桂花在"八月天气"开放，谜底是由三个字拼成的字。

8. 过眼云烟（字一）

提示：谜面别解为"所看见的都是虚无缥缈的"。

9. 鲁班的徒子徒孙（字一）

提示：鲁班是传说中木匠的祖师。

10. 玉盘珍馐值万钱（字一）

提示：谜面语义是"食物非常之贵"。

11. 大家都是飞毛腿（字一）

提示：换句话说"每个人都跑得很快"。

12. 风平浪静（浙江市名一）

13. 光棍一条（体育项目一）

14. 恢复本来面目（化学名词一）

15. 学龄儿童全部入学（逻辑名词一）
16. 整天泡在泳池中（旅游用词一）
17. 猛加一鞭疾驰而去（交通用词二）
18. 看起来很好，说出来一般（西汉人名二）
19. 爷爷奶奶都讲进了发廊（十字俗语一）
20. 黄鹂吞声燕无语（字一）

提示：谜面说的是"各种鸟都停住了口"，谜底是由四个字拼成的合体字。

二、反面会意法

1. 谜法要领

● 定义

"反面会意法"是根据谜面的文义从反面进行思考，用别解的语言从相反或相对的角度（即用相反的语态）把谜面的意思表达再现出来的扣合方式。"反面会意法"与"正面会意法"相反，也叫反扣法。

● 典型谜例

例1：武（字一）   斐

扣合思路："武"的对立面是"文"。若从相对的角度（即用相反的语态）来表达"武"的意思，可以说成"不是文的"。"不是文的"语义可简化为"非文"，这二字用"积木法"拼合起来就成为另一个字。

例2：对外不说（字一）   讷

"外"的反义词是"内"；"不说"相反的意思是"说"，亦即"言"。"内"与"言"拼合成"讷"字。

● 特征与要领

特征：谜面和谜底中通常含有两对反义的字词。谜面和谜底中也有只含一对反义字词的，但在谜底或谜面上还要带有一个否定词，如"不""非""无""反"等。

要领：根据谜面文义从相反或相对的方面去会意，把谜面的语义浓缩后转换成相反语态的另一种说法。

（若是字谜，一般要把谜面的语义高度浓缩为字数较少的词或短语，然后用"积木法"把这几个字拼合成为一个字。）

2. 应用实例

例1：不往水路去（字一）　　　　　　　　　　　　　赶

从相反的角度来表达谜面的意思，就是"从干的路走"。语词浓缩为"走干"，拼合成"赶"字。

例2：男的占多数（字一）　　　　　　　　　　　　　妙

"男的占多数"反过来说必定"女的占少数"，语词简化为"女少"，两字可拼合成另一个字。

例3：儿童不宜（字一）　　　　　　　　　　　　　　倚

"儿童不宜"只是对儿童限制，对大人却没有限制。反过来说"大人是可以的"，表达方式可压缩成"大人可"，"人"用偏旁"亻"替代，便可拼成另一个字。

例4：弯道慢行（铁路交通用词一）　　　　　　　　直快

从谜面相反的方面去想，"直路速度就快"，语义提炼为"直快"。"弯"与"直"，"慢"与"快"为两对反义词，是典型的反面会意特征。"直快"本义是"直达快车"，通过别解来应合谜面之意。

例5：只要嫩的（作家一）　　　　　　　　　　　　老舍

谜底从反面来会意"老的（不嫩的）就舍弃掉"。"嫩"与"老""要"与"舍"是两对反义词。

例6：不难过（古籍一）　　　　　　　　　　　　　易经

谜面别解为"不难过去"，谜底从反面来说是"容易经过"。"难"与"易"是一对反义词，"不"是否定词。

例7：从不自量（称谓一）　　　　　　　　　　　老丈人

"量"（liàng）异读作 liáng，谜面变义为"从来不量一下自己"，反过来就是"老是丈量别人"。"自（己）"与"（别）人"是相对的两个方面，"不"是否定词。

例8：劣质产品可调换（四字口语一）　　　　　　好不容易

谜底别解作"好的（产品）不容许调换（易）"，从相反的角度来应合谜面的语意。"劣""好"是一对反义词，"不"是否定词。

例9：生产必须出正品（成语一）　　　　　　　　不可造次

"造次"：急遽，匆忙。"不可造次"即不能匆匆忙忙地进行，意为要慎重。谜底别解为"不能够制造出次品来"。

例10：后入库的没检查（四字常用词一）　　　先进经验

"后入库的没检查"，也就是没"验"货。由此倒推，先进库的已经查验过了，这样就得出谜底"先进经验"。

3. 特别提示

"反面会意法"的扣合特点，谜面与谜底要用不同的语态来表达相同的意思。谜面与谜底表达的语态是相反的。若谜面是肯定的句式，谜底则是否定的句式；若谜面是否定的句式，谜底则要以肯定的句式来表达。

"反扣法"的谜底，从局部来看与谜面的含义是相反的，而从整体来看谜底别解后表达的意思与谜面的含义是一致的。在实际应用中要注意掌握用否定句式来表示肯定的说法。

练习十六

试用"反面会意法"扣出谜底。

1. 黑（字一）

提示："黑"相反的是"白"。

2. 小的不行（字一）

3. 十有九是（字一）

提示："是"的反义词是什么？剩下的占十份中的几份？

4. 尽是男人（字一）

5. 损失不小（字一）

提示：要换一种说法。

6. 并非实地（字一）

7. 男的都认识（字一）

提示：反过来讲"女的才是陌生的"。

8. 下面的不说（字一）

9. 不是男同学（字一）

10. 不谈甲乙丙（字一）

提示:"甲乙丙丁"是常用的序词,根据谜面"不谈甲乙丙"语意,很可能要说的是"丁"。

11. 实在不愿意看(字一)

提示:谜面别解为"实的东西不愿看"。那么反过来就是"只看(见)虚的"。

12. 不用小的(公职一)
13. 不说农村(山东地名一)
14. 如今成沧海(福建县名一)
15. 今日得宽余(成语一)
16. 只考基础知识(成语一)
17. 畅所欲言(交通用词一)
18. 摸清情况才发言(四字口语一)
19. 惟当局者迷(《水浒传》人名二)
20. 四海无闲田(五字口语一)

三、归纳法

1. 谜法要领

● 定义

"归纳法"是将谜面罗列的各种条件、因素、现象等在概念和意义上进行归类合并,即通过别解会意归纳成为更简练的形式在谜底表现出来的扣合方式。

● 典型谜例

例1:多多合作(字一)　　　　　　　　　　　　　　　　罗

扣合思路:"多多"两字的字形结构是由四个"夕"字组成,归纳为"四夕","四夕"拼合成"罗"字。

例2:日月星(福建市名一)　　　　　　　　　　　　　　三明

扣合思路:"日、月、星"都是带有亮光的天体,归纳为"三明"(别解为"三种明亮的物体")。

● 特征与要领

特征:谜面罗列有多个同一类型的名词,或多个具有并列关系的元素。

要领：将谜面所列的各项内容归纳成简练的（带有别解的）综合表达方式。

2. 应用实例

例1：桃李迎春（戏剧角色一） 　　　　　　　　三花

谜面上的"桃"指"桃花"，"李"指"李花"，"迎春"别解为"迎春花"。谜底将它们归纳为"三花"（别解为"三种花"）。

例2：赤兔白龙乌骓黄骠（字一） 　　　　　　　　驷

"赤兔、白龙、乌骓、黄骠"都是好马的代表，将它们归纳起来为"四种马"，谜底"驷"可拆成"四马"，别解作"四种马"以应合谜面。

例3：甲子（四字竞赛用词一） 　　　　　　　　并列第一

"甲"和"子"分别是"天干"和"地支"的第一位，谜底将它们归纳为"谜面并行排列的是代表次序第一的用词"。"天干"和"地支"都是传统用作表示次序的符号，十个天干和十二个地支相配成为六十组序数循环使用。

例4：后面在检查卫生（节日一） 　　　　　　　　六一

"面在检查卫生"每个字的最后笔画都是"一"，共有六个"一"，所以归纳为"六一"。

例5：阿英日记（历史名著一） 　　　　　　　　三国志

阿英，现代著名剧作家，《阿英日记》是书名。谜面上的"阿""英""日"分别看作是"阿富汗""英国""日本"三个国家的简称，谜底将它们归纳为"三国"（别解为"三个国名"）；"志"，文字记录。

例6：严禁黄、赌、毒（安全用词一） 　　　　　　　　三不放过

"黄、赌、毒"指的是"黄色书刊影碟、赌博、毒品"三种危害极大的社会毒瘤。谜底"三不放过"归纳别解为"这三种危害极大的东西都不能放过"。

"三不放过"是指在调查处理工伤事故时，必须坚持事故原因分析不清楚不放过，事故责任者和群众没有受到教育不放过，没有采取切实可行的防范措施不放过的原则。

例7：起翦颇牧，用军最精（京剧名词一）　　　　　全武行

谜面语出传统启蒙读物《千字文》，"起、翦、颇、牧"指战国时期的四位名将"白起、王翦、廉颇、李牧"。"全武行（读háng）"在戏曲领域指规模较大的武打。将"行"异读成xíng，作"能干"解，整个谜底别解为"全是军事方面很能干的人"，起到了对谜面的归纳作用。

例8：铁拐李、汉钟离、张果老、蓝采和、何仙姑、吕洞宾、
　　　韩湘子、曹国舅（二字科技新词一）　　　　　神八

铁拐李（李玄李洪水）、汉钟离（钟离权）、张果老、蓝采和、何仙姑（何晓云）、吕洞宾（吕岩）、韩湘子、曹国舅（曹景休）等八人是民间广为流传的道教八位神仙，即"八仙"。"神八"是神舟八号无人飞船的简称，别解为"神仙八位"。

3. 特别提示

"归纳法"的谜底是对谜面各并列元素归纳后的概括表述，通常带有概括谜面元素多少的相关数字，往往可据此数字为线索找出扣合的契机。关键全在于如何从谜面上多个并列元素中提炼出共同特征（共性）的东西来。

练习十七

试用"归纳法"扣出谜底。
1. 南北植松柏，东西种梧桐（字一）
2. 日光灯（福建市名一）
3. 中华美德（历史名词一）
4. 佳妙（成语一）
5. 元首（四字竞赛用词一）
6. 鳏寡孤独（票据名词一）
7. 海瑞新传（历史名著一）
8. 沙中海市（江苏景区一）
9. 云开雨霁五更初（节日一）

10. 真心不二辅后主，死而后已献赤心（节日一）
11. 花荣、柴进、吕方、穆春、周通、孙新（电影片名一）
12. 湘资沅澧之水道（上海路名一）
13. 煤电水油气（体育竞赛名词一）
14. 家事国事天下事，事事关心（机械配件一）
15. 政务公开、厂务公开、村务公开（快餐食品一）
16. 在企业立足，更需要上进（纪念日简称一）
17. 桃花江、牡丹江、芙蓉江（著名画家一）
18. 荷叶荷花莲蓬藕（曹植诗一句）
19. 白素贞和小青（《水浒传》诨名一）
20. 久经乱，多是两处歇。婉转安能舍，更人心怆别。日移香谢。但画残竹，一笺无可写！应念妻惜，牛女相盼亦此夜（传统节日一）

四、问答法

1. 谜法要领

● 定义

"问答法"是根据谜面所提的问题，以谜底来按问作答的扣合方式。

"问答法"本质上也是一种"会意法"。

● 典型谜例

例：指头触电有何感觉（字一）　　　　　　　　　　摩

扣合思路：指头触电肯定手会发麻，用最简单的语言回答谜面的提问就是"麻手"或"手麻"。"摩"拆解成"麻手"来应合谜面。

● 特征与要领

特征：谜面是疑问句，即提出问题；谜底是应答句，以别解的方式回答问题。

要领：根据谜面所问的问题顺藤摸瓜扣住谜底。

这种谜的谜底不是通常知识测验题的答案，而是通过别解含有谜趣的回答。在字谜中，应将作为谜底的合体字拆分为两个或两个以上独体字组成的词来回答谜面所提的问题。

2. 应用实例

例1：消防车为何出动（字一）　　　　　　　　　烟

我们知道，现实生活中通常是因为发生了火灾，消防车才出动，答题的要点是"因为有火灾"，提炼为"因火"二字，组合成"烟"字，即为谜底。

例2：天冷你咋办（字一）　　　　　　　　　　　袈

按人们的生活经验，天冷就要"加穿衣服"。可用"加衣"二字简要回答谜面问题，这两字合二为一就是谜底。

例3：樱桃一点知何似（字一）　　　　　　　　　如

旧时常把女子的嘴称作樱桃小口，所以"樱桃一点"就像是"女子的口"，简化为"女口"，拼合即成"如"字。

例4：坏作何解（四字口语一）　　　　　　不好意思

"坏"（字）怎么解释？显然是"不好"的"意思"。一问一答之间，谜底就出来了，关键在于要别解谜底的词义。

例5：谁给万物光和热（物理学名词一）　　　　太阳能

谁能给自然界万物光和热？当然只有"太阳"才可能。谜底"能"由能量别解为"能够"。

例6：何为万物之灵（法律名词一）　　　　　　自然人

"自然人"是在自然状态下出生的人。在我国，公民在民事法律地位上和自然人同义。谜底别解后回答谜面的问题"自然是人类"。

例7：风声何来（四字口语一）　　　　　　　都是吹的

风的声音是因为吹动而产生的，所以谜底别解为"都是（风）吹动引起的"来应答谜面。"吹"由"吹牛、吹嘘"变义为"风的吹动"。

例8：怎样熄灭酒精灯（篮球用词一）　　　　　　盖帽

熄灭酒精灯的做法一般是盖上酒精灯的玻璃罩子，没有空气（因没有氧气助燃）火就灭了。谜底"帽"是借指玻璃罩子，"盖帽"别解为"盖上玻璃罩子"，从而来回答谜面的问题。

例9：仙人在何方（省名一）　　　　　　　　　　山西

谜面别解为"'仙'字中的'人'（亻）部在什么方位"。由于

"亻"在"山"的左边(即西边),所以谜底别解为"在'山'的西边"来回答谜面的问题。

例10:奈何只存其二(四字俗语一)　　　　没大没小

本条谜面并不是疑问句,要别解后才是疑问句,这种情况很容易蒙蔽人。谜面应当别解为"奈字为何只剩下其中的'二'"。显然是没有了"大"字,也没有了"小"字。

例1至例8是明答式,谜底直接地回答谜面所提出的问题。例9、例10为暗答式,即先对谜面进行别解,再巧妙地别解谜底来答题。

3. 特别提示

"问答法"是谜面和谜底以提问和应答进行相扣的一种会意形式。谜面是疑问句,谜底是应答句。因为灯谜不是通常的知识测验题,虽要按问作答,但不是直问直答,而是通过别解含有谜趣的回答。直观上看起来谜底与谜面好像答非所问,只有别解后的语义才能准确回答问题。

要做到按题作答,必须先找准回答的范围和内容,即先要抓住答题的关键词,再将关键词配上相关的衬词就成为谜底。

练习十八

试用"问答法"扣出谜底。
1. 何物不怕火炼(字一)
提示:俗话说"○○不怕火,怕火不○○"。从这个角度来理解灯谜扣合。
2. 鲁班本行是什么(字一)
提示:鲁班是传说中木匠的祖师。
3. 光线太暗为何不宜看书(字一)
提示:光线太暗看书对什么最有害?
4. 代父从军是何人(字一)
提示:这个人是历史传说中的女英雄。
5. 是谁坐镇水晶宫(字一)
提示:是神话传说中统领水族的巨灵。

6. 一句有几天（字一）

7. 嫦娥玉兔在何处（常用字一）

提示：嫦娥是神话中由人间飞到月亮上的仙女。

8. 尺子有啥用（物理名词一）

9. 云怎么会动呢（二字新词一）

10. 如何是好（体育名词一）

提示：谜面别解提问：如何才是"好"字？

11. 演讲金牌从何来（著名歌曲歌词一句）

12. 如何展示口才（四字竞赛用词一）

13. 唐僧西行图个啥（成语一）

14. 解析几何（数量词一）

提示：谜面别解为"'析'字拆解后会是多少数量"。

15. 清室八旗如何分（国名一）

16. 制服怎样改坎肩（成语一）

17. 女娲为何要炼石（四字俗语一）

18. 春花秋月何时了（节气二）

19. 敢问路在何方（古称谓二）

20. 相声演员靠啥来着（五字俗语一）

五、借代法

借代，是一种修辞手法，顾名思义便是借一物来代替另一物出现。借代一般是类似于以小见大，用小事物来反映大的局面或情况，使句子形象具体。通俗地说，借代是一种说话或写文章时不直接说出所要表达的人或事物，而是借用与它密切相关的人或事物来代替的修辞方法。被替代的叫"本体"，替代的叫"借体"。

灯谜中的"借代法"是会意法的特殊形式，与修辞中的"借代"运用是不同的。借代修辞中的"本体"是不出现的，用"借体"来代替。而在灯谜"借代法"扣合关系中，"本体"和"借体"要出现在同一条谜中，"本体"在谜面，"借体"在谜底，以成呼应。

● 定义

"借代法"是以借用人和事物的多种名称、相关事物之间的对应关系或与之相关、互为包容的名称来相互替代的一种扣合方式。

"借代法",又称"假借法"或"替代法"。一般情况是谜面只体现部分,谜底引出全体;谜面点明特殊,谜底延伸到一般。谜底含义的范围更大,要能够包容谜面。

灯谜"借代法"具体运用中,有时也借用事物的泛指名称来替代特指名称。要特别注意:等同的概念可以互相借代;而有大小之分的概念,必须小概念在谜面,大概念在谜底,不能倒吊。

在会意类灯谜中,"借代会意"所占的比例很大。"借代法"运用很广,主要有两大类:一是人和事物本身的多种名称互相替代;二是约定俗成的相关事物之间的对应关系相互替代。常见的有人名借代、地名借代、物名借代、生肖与地支借代、符号与名称借代、五行与方位季节颜色对应借代等多种形式。

人名借代

1. 借代方式

灯谜中的人名借代主要有:以姓氏代人名或字,名与字互代,外号(别称)与名字互代,小名与大名互代,还有以官衔、职务代人名等方式。

如:宋时文人秦观,字"少游","少游"可用其姓氏"秦"替代,也可用其名"观"替代。

● 典型谜例

例1:矮脚虎(字一) 瑛

扣合思路:"矮脚虎"是古典名著《水浒传》人物"王英"的诨名,以姓名"王英"借代扣合诨名,"王英"二字可以合成为一个字。

例2:弃疾延年须有道(字一) 辩

扣合思路:"弃疾"即南宋著名爱国词人辛弃疾,以姓氏"辛"来替代;"延年"即东汉诗人辛延年,也以姓氏"辛"来替代;"道"别解为"说",会意扣"言"(讠);这三个部件合成为一个字。

● 特征与要领

特征:谜面含有人名或某个具体人的各种名号,谜底则必然含有同一人物的其他名号或姓氏。

要领：同一个人的名字与他的各种名号可以互相借代，不论在谜面还是在谜底都可以任意互扣。而名字（或名号）与姓氏借代相扣时，只能名字（或名号）在谜面，姓氏在谜底，不能颠倒。

2. 应用实例

例1：孔子登泰岱（字一） 岳

孔子的姓名是"孔丘"，以"丘"来替代，这是尊称与人名的借代。"泰岱"即泰山，泰山又名岱宗，故也称"泰岱"，会意扣"山"。"丘"与"山"合成"岳"字。

例2：少年有为（二字新词一） 小康

把"有为"看作是人名"康有为"，谜面的意思就变成"少年时期的康有为"。康有为，近代思想家、文学家，清朝末年"戊戌变法"的首领。谜底相应别解为"小时候的康有为"来应合谜面。本条是借用"姓氏"（康）来替代"名字"（有为）的例子。

例3：鲁迅来了（二字常用词一） 周到

鲁迅，中国著名文学家、思想家、评论家、革命家，原名周树人，以笔名"鲁迅"闻名于世。谜底以姓氏"周"借代人名"周树人"来应合谜面的"鲁迅"。"来了"扣合"到"。

例4：昌黎尺牍（西汉人名一） 韩信

韩愈，唐代诗人、文学家、哲学家、思想家、政治家，自谓郡望昌黎，世称韩昌黎。故以姓氏"韩"借代名号"昌黎"。古代称书信为"尺牍"，故"尺牍"扣"信"。

例5：翼王统雄兵（《水浒传》诨名一） 石将军

翼王，即太平天国将领石达开，以姓氏"石"借代封号"翼王"。"将"（jiāng）异读成 jiàng，解作"带兵"。故谜底别解为"石达开带领军队"以应合谜面。

例6：鲁智深不再粗鲁（外国著名科学家一） 达尔文

《水浒传》中梁山好汉鲁智深，原名"鲁达"，为人豪侠而鲁莽。谜中以原名"达"借代出家后的名号"鲁智深"。"不再粗鲁"则举止变得有点"斯文"了。

例7：孔子之作（唐诗人一）　　　　　　　　　　丘为

孔子名"丘"，以名借代尊称。"丘为"别解成"孔子所作所为"。

例8：悟空先行，八戒断后（食品二）　　猴头、猪尾巴

《西游记》人物孙悟空本是猴子，八戒是猪。以本相借代法号。

例9：武二郎见武大妻（四川县名一）　　　　　　松潘

《水浒传》中打虎英雄武松，排行第二，又称"武二郎"，其兄"武大郎"之妻是潘金莲。谜底"松"以名借代俗称"武二郎"，以姓氏"潘"借代人名"潘金莲"。

例10：东坡子由猜谜语（化工产品二）　　大苏打、小苏打

苏轼，北宋文学家、书画家，字子瞻，号东坡居士，世称苏东坡。其弟苏辙，字子由，也是北宋文学家。苏轼又称"大苏"，苏辙又称"小苏"。本例是"字号"与俗称相互借代。"打"别解为"猜谜"。

3. 特别提示

必须先从谜面中的人名入手，以对应的名号或姓氏借代后，再按其他各种谜法的要领扣合谜底。

要注意同一个人姓名、字号与别称的多样性。

 练习十九之（一）

试用"人名借代法"扣出谜底。

1. 陈玉成（字一）

   提示："陈玉成"是太平天国著名将领。

2. 姜昆洋弟子，行！（字一）

3. 孔子墓（地理名词一）

4. 阎王府（成语一）

5. 鲁迅诞生一世纪（成语一）

6. 东坡与少游（战国人名一）

7. 小温侯遇及时雨（亚洲岛屿一）

8. 那悟空姗姗来迟（食用菌一）

9. 《淮阴侯列传》（秦汉人名一）

10. 乐天在半山之上（字一）

提示：白居易字"乐天"，王安石号"半山"。

11. 稼轩自传（字一）

提示：南宋著名词人辛弃疾号"稼轩居士"。

12. 陈达先行，杨春断后（成语一）

13. 行者、豹子头、摸着天（武术界称谓一）

14. 公孙胜败北（成语一）

15. 奉先赶来拖住公台（西藏名胜一）

提示：《三国演义》人物吕布字"奉先"，陈宫字"公台"。

16. 阳货见孔子（苏州名胜一）

提示：阳货是春秋时期历史人物，又名"阳虎"。

17. 司马温公闭门拒客（四字物理名词一）

提示：北宋政治家、文学家、史学家司马光，死后追封温国公。

18. 操与丕植（西汉人名一）

提示：谜面指曹操与曹丕、曹植父子三人。

19. 荐之于平原君（成语一）

提示：平原君是战国时期四君子之一，姓赵名胜，平原君是其号。

20. 秀全年迈，其儿又难成器（七字俗语一）

提示：洪秀全是太平天国天王。

地名借代

1. 借代方式

灯谜中的地名借代主要有：全称与简称、古地名与现地名、别称与本名的互代，国名简称代首都、省名简称代省会等方式。

如：四川简称"川"，古称"蜀"，全称、简称与古称可以互相替代。

● 典型谜例

例1：蜀语（字一） 训

扣合思路："蜀"是四川省的简称之一，以另一简称"川"来借代。"语"会意扣"言"。"川"与"言"二字可以合成为一个字。

例2：绿化北京（《水浒传》人名一）　　　　　　　　燕青

扣合思路："北京"以它的古称"燕"来借代，"绿化"会意为"青"，"燕青"即为谜底。（北京古代先后被称为蓟城、燕都、燕京、涿郡、幽州等。）

● 特征与要领

特征：谜面含有地名或某个具体地名的各种别称，谜底则必然含有同一地名的其他别称或简称。

要领：地名与这个地名的各种别称可以互相借代，不论在谜面还是在谜底都可以任意互扣。地名（或地名别称）与简称借代相扣时，一般来说地名（或地名别称）在谜面，简称在谜底。而首都与国名借代相扣时，只能首都在谜面，国名在谜底。

2. 应用实例

例1：山东日出（字一）　　　　　　　　　　　　　　鱼
"山东"用其简称"鲁"借代，再把"鲁"字中的"日"排除出去，即为"鱼"字。

例2：我离开河南（字一）　　　　　　　　　　　　　象
"河南"以简称"豫"来借代，再将"豫"字中的"我"（即"予"，"予"有"我"之意）去掉，即（豫）－（予）＝（象）。

例3：差一点到上海（字一）　　　　　　　　　　　　渥
上海以简称"沪"来借代，"到上海"即会意为"至沪"；"至沪"两字"差"个"点"，可拼合成"渥"字。

例4：东北地区辽宁省（字一）　　　　　　　　　　　黠
东北三省是黑龙江、吉林和辽宁。谜面"省"字别解为"省略"，那么东北省略去"辽宁"，只剩黑龙江和吉林，这两个省的简称分别是"黑""吉"，拼合成为"黠"。

例5：回函寄庐州（农业用词一）　　　　　　　　　复合肥
"庐州"是合肥市的古称，古今地名互相借代。谜底顿读为"复／合肥"，别解作"复信给合肥"。

例6：太原夺魁登榜首（四字竞赛用词一）　　　　　并列第一
"太原"古称"并州"，以古名简称"并"借代。谜底顿读为"并／

列第一",别解作"并州（太原）名列第一"。

例7：昆明大雪（七言唐诗一句）　　　春城无处不飞花

"昆明"四季如春，别称"春城"，以别称借代。谜底别解为"春城到处飘飞着雪花"。底句出自唐代韩翃《寒食》诗。

例8：巴黎产品（政法用词一）　　　　　　　　　法制

"巴黎"是法国首都，以国名简称"法"借代。谜底别解为"法国制造"。

例9：罗马华侨（称谓一）　　　　　　　　　　意中人

"罗马"是意大利首都，以国名简称"意"借代，谜底别解为"住在意大利的中国人"。

例10：天魁星现芙蓉国（清朝诗人一）　　　　　宋湘

"芙蓉国"是湖南的美称，唐宋时代，湖南湘、资、沅、澧流域多芙蓉，故有此称。以湖南简称"湘"借代"芙蓉国"。古典名著《水浒传》人物宋江系"天魁星"下凡，以姓氏"宋"借代对应的星宿。

3. 特别提示

必须先从谜面中的地名入手，以对应的别称或简称借代后，再按其他各种谜法的要领扣合谜底。要注意同一个地域的多名性与别称的多样性。

国名与首都，外国大城市，中国省级地名、省会（首府）、大城市，都是常用的制谜素材，因此要注意收集掌握这些地名的全称、简称、别称（有的还要知道它的古称），对猜谜制谜大有益处。

练习十九之（二）

试用"地名借代法"扣出谜底。

1. 到达陕西（字一）

提示：陕西省简称"秦"或"陕"。

2. 山东剧团（古代能工巧匠一）

提示："剧团"俗称"戏班子"。

3. 福建无虫灾（字一）

提示：地名"福建"要先用其简称借代，然后再用减字法扣合。

4. 山西一日游（字一）
5. 神州新貌（湖南县名一）
6. 温州归来夺魁首（海南名胜一）

提示：温州市别称"鹿城"。

7. 兰州战役（著名电影演员一）

提示：兰州市别称"金城"。

8. 南京的村庄（湖南县名一）
9. 火车从湖南省会开出（家具名一）
10. 布加勒斯特—北京（明朝小说家一）

提示：首都以国名简称借代。

11. 蜀道如今不再难（国名一）
12. 北京警备部队（王维《使至塞上》诗一句）

提示：北京古时属燕地。

13. 此日平壤在望（元稹《遣悲怀》诗一句）

提示："平壤"是朝鲜首都。

14. 十八离开福州，二十抵达成都（字一）

提示：福州市别称"榕城"，成都市别称"蓉城"。

15. 二十日抵吉隆坡（字一）

提示：吉隆坡是马来西亚首都，马来西亚简称"大马"。

生肖与地支借代

1. 借代方式

"天干"与"地支"是两组传统用作表示次序的符号，这两组符号经常搭配使用。

天干——甲、乙、丙、丁、戊、己、庚、辛、壬、癸
地支——子、丑、寅、卯、辰、巳、午、未、申、酉、戌、亥
传统民俗的十二生肖
鼠、牛、虎、兔、龙、蛇、马、羊、猴、鸡、狗、猪
十二生肖与地支的对应关系

地支、生肖与十二时辰对应关系表

地支	子	丑	寅	卯	辰	巳	午	未	申	酉	戌	亥
生肖	鼠	牛	虎	兔	龙	蛇	马	羊	猴	鸡	狗	猪
十二时辰	夜半	鸡鸣	平旦	日出	食时	隅中	日中	日昳	晡时	日入	黄昏	人定

灯谜中常用传统的十二生肖与同它相对应的十二地支互相借代。即子对鼠、丑对牛、寅对虎、卯对兔、辰对龙、巳对蛇、午对马、未对羊、申对猴、酉对鸡、戌对狗、亥对猪。相对应的生肖与地支，无论哪个在谜面、哪个在谜底都可以互相替代。如：生肖"鼠"用它所对应的地支"子"替代，生肖"牛"用"丑"替代等。

- 典型谜例

例1：垂杨系马（八画字一）　　　　　　　　　　杵

扣合思路：生肖"马"与对应的地支"午"可以互相借代相扣；"杨"是树木，义扣"木"；"木"与"午"系在一起成为谜底。

例2：秀才无缘见真龙（成语一）　　　　　　　生不逢辰

扣合思路：以地支"辰"来借代对应的生肖"龙"。谜底中"生"别解为"书生"，应合谜面的"秀才"。

- 特征与要领

特征：谜面含有十二生肖名词（指相关动物名）或地支名称，谜底则必然含有与谜面相对应的地支名称或生肖名词。

要领：十二种生肖动物名与对应的地支名称可以互相借代，不论在谜面还是在谜底都可以任意互扣。

2. 应用实例

例1：米老鼠（字一）　　　　　　　　　　　　籽

生肖"鼠"以与它对应的地支"子"来借代，"米"字与"子"组合成"籽"。

例2：夜老虎（字一）　　　　　　　　　　　　夤

生肖"虎"以地支"寅"来借代，"夜"会意扣"夕"，"夕"与"寅"拼合成"夤"。

例3：不要出丑（字一）　　　　　　　　　　　　　　　　物

地支"丑"以与它对应的生肖"牛"来借代，"不要"会意为"勿"，"牛"与"勿"拼合成"物"。

例4：牛顶羊屁股（字一）　　　　　　　　　　　　　　　羞

谜面暗示"牛"在后，"羊"在前。生肖"牛"以地支"丑"借代，"丑"与"羊"（略有变形）拼合成"羞"。

例5：未入灯谜之门（成语一）　　　　　　　　　　羊落虎口

地支"未"以与它对应的生肖"羊"来借代。"灯谜"又称"文虎"，"门"是进出之口，所以"灯谜之门"可扣"虎口"。

例6：猴子称大王（法律名词二）　　　　　　　　申诉、自首

俗语说"山中无老虎，猴子称大王"。生肖"猴"用地支"申"借代，谜底"申诉、自首"别解为：猴子（申）称（诉，意为说）己（自）是大王（首，首脑）。

例7：夜间老鼠频频出没（天文名词一）　　　　　　黑子活动

生肖"鼠"以地支"子"来借代。谜底别解为"黑夜老鼠在活动"。

例8：工作时间固定在寅时至巳时（八字对人评论语）

　　　　　　　　　　　　　　　　　　　　　做事总是虎头蛇尾

地支"寅"和"巳"分别以对应的生肖"虎"和"蛇"借代。谜底中的"头""尾"，别解为"起始与结束的时间"。

3. 特别提示

生肖和地支是一一对应的，二者可以互相借代。谜面中如有与"生肖"相关的字出现，应往相应的地支上想；谜面中如有地支的字眼出现，应往相应的生肖上想。解谜先从生肖与地支对应关系互相借代入手，再按其他各种谜法的要领进行扣合就会更加明晰。

练习十九之（三）

试用"生肖与地支借代法"扣出谜底。

1. 白马（字一）

提示："白"有"说"的意思。

2. 丑得出奇（字一）

提示："丑"要看作是地支。

3. 养猪入门（字一）

4. 未必出丑（字一）

提示：注意本题有两个地支用词，是否都要借代？

5. 姑娘属狗（字一）

6. 羊年要有好开端（字一）

7. 出手共捉两头蛇（字一）

8. 端午（成语一）

9. 肯定很丑（《水浒传》人物小名一）

10. 老虎食兔草（成语一）

11. 四五个丑角（成语一）

提示："角"别解为人民币单位。

12. 午间客场获银牌（国名一）

提示：古时主位在东，客位在西。

13. 当即把老鼠消灭光（六字口语一）

14. 酒醒不见两只鸡（天文名词一）

15. 未到市区暮鼓声传（报纸名一）

五行、五色、五方等对应借代

五行、五方、五色、五季等，是我国传统习俗和生活中一些常用的名词类目。

五行：指金、木、水、火、土五种物质。

五色：指青、黄、赤、白、黑五种颜色。

五方：指东、西、南、北和中央五个方位。

五季：中医以四时配五行而为五季，即春、夏、长夏（农历六月）、秋、冬。

五音：古时的五音指宫、商、角、徵、羽五个音阶。

五脏：指心、肝、脾、肺、肾五种器官。

灯谜利用其中的对应关系，使谜面与谜底互相借代扣合。由此派生出的借代扣合多种多样。

1. 借代方式

五行	五方	五色	五季	五音	五脏	天干
木	东（青龙）	青	春	角	肝	甲乙
火	南（朱雀）	红	夏	徵	心	丙丁
土	中	黄	长夏	宫	脾	戊己
金	西（白虎）	白	秋	商	肺	庚辛
水	北（玄武）	黑	冬	羽	肾	壬癸

上表所列的各种对应元素，无论在谜面还是在谜底大都可以互相借代。

● 典型谜例

例：春夏之交（十三画字一）　　　　　　　　　　　　　楠

扣合思路："春夏"是"五季"的两个元素，"交"别解为"结交"，起加合作用。首先要把"春"与"夏"用各自相对应的元素借代，因对应的元素较多，必须有所选择，以能拼合成字来确定。通过试探，"春"以五行的"木"借代，"夏"以五方的"南"借代，可组合成"楠"字。

● 特征与要领

特征：谜面含有五行、五色、五方、五季等元素的名称，谜底则必然含有与谜面相对应的某一种元素的名称。

要领：五行、五色、五方、五季等，其中对应关系的元素可以互相借代，不论在谜面还是在谜底都可以任意互扣。

2. 应用实例

例1：东方之珠（字一）　　　　　　　　　　　　　　　术

"东方"对应五行中的"木"，以"木"借代；"珠"象形一点"、"。

例2：枉自伤春（字一）　　　　　　　　　　　　　　　王

"春"以五行中的"木"借代。"伤"表示减损。从"枉"字中减损"木"便为"王"字。

  例3：归来之后在东南（字一）   棩

  "归来之后"别解为：取来"归"字后面的字素"ヨ"。"东南"是"五方"的两个元素，用各自相对应的元素借代，因对应的元素较多，通过试探，"东"以"木"借代，"南"以"火"借代，可与字素"ヨ"组拼成字。

  例4：黄金时代（传统节日一）   中秋

  颜色"黄"对应方位"中"，五行之"金"以时序（季节）"秋"借代。"代"在此谜中提示使用借代手法。

  例5：北方话（人体穴位一）   水道

  "北方"对应五行中的"水"，以"水"借代；"话"会意扣"道"（说）。

  例6：炎（国际名词一）   南南合作

  五行中的"火"对应五方的"南"，两个"火"在一起则可扣"南南合作"。由于世界上的发展中国家绝大部分都处于南半球和北半球的南部分。于是从20世纪60年代开始，这些国家之间为摆脱发达国家的控制，发展民族经济，开展专门的经济合作，即称为"南南合作"。联合国在2003年12月23日通过决议，决定每年12月19日为南南合作日。

  例7：金和尚（《聊斋志异》篇目一）   西僧

  五行中的"金"对应五方的"西"；"和尚"会意扣"僧"。

  例8：铜雀与朱雀（台湾地名一）   台南

  "朱雀"是南方之神，借代扣"南"。"铜雀"指三国时期遗址铜雀台，故而扣"台"。

  3. 特别提示

  五行、五方、五色、五季、五脏、五音等是一一对应的，它们之间可以互相借代。因为种类比较多，关键要从可借代的多种元素中找出适合的那一个。

  还要注意与其他谜法的合理配合使用。

练习十九之（四）

试用"五行、五色、五方等对应借代法"扣出谜底。

1. 南方男子（字一）
提示：古时称成年男子为"丁"。
2. 西方太阴（字一）
提示："太阴"即月亮。
3. 朱雀桥边归来后（字一）
4. 株（歌曲一）
5. 春到海南（山东市名一）
6. 火势正旺（江西市名一）
7. 容许结对对春联（植物一）
8. 青春似火（名贵木材一）
9. 北方产品（动物学名词一）
10. 东西方联姻（京剧名一）
11. 中东局势急转直下（历史名词一）
提示："中"与"东"分别借代相扣。
12. 青春似火（《青春之歌》人物一）
13. 南来北往（世界名著一）
14. 西夏（四字口语一）

符号与名称借代

1. 借代方式

现实中，人们为了节省时间方便书写，习惯上经常要使用一些简单的符号来表示特定的意义。

常用符号：对（√）、错（×），是（＋）、非（－）；
数学符号：加减乘除（＋－×÷），正（＋）、负（－）；
其他符号：阴（－）、阳（＋）；……
在灯谜中，各种符号与它所对应的名称可以互相借代。

- 典型谜例

例：乘除少一点（字一）　　　　　　　　　　　　　　　　文

扣合思路：数学中乘的符号是"×"，除的符号是"÷"。运算名称用符号借代，"×"与"÷"合起来再减少一个"点"（丶），就成为"文"字。

- 特征与要领

特征：谜面含有各种常见的符号或符号名称，谜底则必然含有与谜面相对应的符号名称或各种符号。

要领：各种常见的符号与对应的符号名称可以互相借代，不论在谜面还是在谜底都可以任意互扣。

2. 应用实例

例1：杜绝是非（字一）　　　　　　　　　　　　　　　　木

"是"以符号"+"借代；"非"以符号"－"借代。"绝"表示减损，"杜"字减损掉"+"与"－"成为"木"。

例2：一叠一叠人民币（字一）　　　　　　　　　　　　　羊

人民币的符号是"¥"，将"一"叠合两次进去，便像是汉字"羊"。

例3：负离子（字一）　　　　　　　　　　　　　　　　　了

"负"的符号是"－"。谜面别解为"负"的符号（－）离开"子"，字素减损后成为"了"。

例4：结果小于三（字一）　　　　　　　　　　　　　　　巢

数学中"小于"的符号是"＜"。"小于三"别解为"三个'小于'的符号"，即"巛"，与"果"字结合成为"巢"。

例5：走出误区，非要不可（字一）　　　　　　　　　　　匪

"误"以错误的符号"×"借代。"走出误区"别解为"区"字去掉错误的符号（×），余下"匚"。"匚"加上"非"，即是"匪"字。

3. 特别提示

必须先从谜面中的符号或符号名称入手，以对应的符号名称或符号借代后，再按其他各种谜法的要领扣合谜底。要留心各种常见符号所代表的准确名称，还要注意与其他谜法的合理配合使用。

练习十九之（五）

试用"符号与名称借代法"扣出谜底。

1. 人口开始增加（字一）

提示："加"字应当巧用。

2. 有机可乘（字一）

提示："乘"可以看作运算符号。

3. 十八乘以六（字一）

4. 一错再错，铸成大错（字一）

提示："错"用符号借代。"一错再错"合起来是三个"错"，加上最后一个"错"共有四个"错"。

5. 是非曲直不分（字一）

提示："是非"用符号借代，"曲直"用象形扣合。

6. 加加减减又不对（字一）

7. 是非之人是非多（字一）

8. 下人不正上要正（字一）

提示："不正"指"人"字写得有点歪。后一个"正"用符号"+"借代。

9. 午后复斜阳（字一）

提示："阳"别解为"阳性"或"阳极"用符号"+"借代，并且这个符号形状是斜的。

10. 是非生也（商贸用词一）

提示："是非"以符号借代，"生"用会意扣合。

其他借代方式

1. 年龄与雅称借代

三十岁：而立；四十岁：不惑；五十岁：知天命；六十岁：花甲、耳顺；七十岁：古稀；八九十岁：耄耋；百岁：期颐；六十六岁：顺寿；七十七岁：喜寿；八十八岁：米寿；九十九岁：白寿；一百零八岁：茶寿……

《礼记·工制》:"五十杖于家,六十杖于乡,七十杖于国,八十杖于朝。"所以,"杖家"指五十岁,"杖乡"指六十岁,"杖国"指七十岁,"杖朝"指八十岁。

《礼记·曲记篇》:"人生十年曰幼,学;二十曰弱,冠;三十曰壮,有室;四十曰强,而仕;五十曰艾,服官政;六十曰耆,指使;七十曰老,而传;八十九十曰耄……百年曰期颐。"意思是人生以百年为期,所以称百岁为"期颐之年。"

年龄与雅称可以互相借代。

● 应用实例

例1:三十岁出头(字一)　　　　　　　　　　　　端

古人说"三十而立",因而三十岁雅称"而立"之年。此例"三十岁"以雅称"而立"借代;"出"字的头部为"山";"而立"与"山"拼合成"端"。

例2:白居易年已五十(成语一)　　　　　　乐天知命

孔子说他自己"五十而知天命",因而五十岁又称"知命"之年。此例"年已五十"以别称"知命"借代;唐诗人白居易字"乐天"。"乐天知命"本义是"安于自己的处境,由命运安排",谜中别解成"白乐天已到知命之年"而与谜面相扣。

例3:年届不惑仍光棍(条例用词一)　　　　　四十一条

四十岁别称"不惑"之年。"年届不惑"以具体岁数"四十"借代相扣;"一条"别解为"光棍一条"。因而扣成谜底"四十一条"。

例4:将届古稀之年(南宋学者一)　　　　　　陆九龄

杜甫有"人生七十古来稀"之诗句,因而七十岁雅称为"古稀"之年。"将届古稀之年"是快到七十岁了,因而谜底"陆九龄"别解为"六十九岁年龄"与谜面相扣。"陆"(lù)异读作 liù,义变为数字"六"的大写。

例5:年近茶寿(数量词一)　　　　　　　一百零八将

民间把一百零八岁高龄称为"茶寿"。"茶寿"以具体岁数"一百零八"借代相扣;"将"(jiàng)异读作 jiāng,字义由"将领"变异为"将近"。

2. 时间借代

月份、日期、节日名称与其别称等相互借代。

月份与别称对应借代关系表

正月	二月	三月	四月	五月	六月	七月	八月	九月	十月	十一月	十二月
孟春	仲春	季春	孟夏	仲夏	季夏	孟秋	仲秋	季秋	孟冬	仲冬	季冬
端	花	桐	梅	蒲	暑	瓜	桂	菊	阳	葭	腊
陬	如	寎	余	皋	且	相	壮	玄	阳	辜	涂

上表所列的各种对应元素可以互相借代。

● 应用实例

例1：仲春（字一） 　　　　　　　　　　　　　娟

农历"二月"又称"花月""如月"，唯"如"与"月"可组合成字。

例2：国庆节在上海（字一） 　　　　　　　　　坤

"国庆节"是十月一日，以简称"十一"借代扣合。"上海"简称"沪"或"申"。"申"与"十一"拼合成"坤"。

例3：农历十六办婚事（成语一） 　　　　　大喜过望

农历初一月相为"朔"，十五为"望"。农历十六已经过了"望"日，婚事是大喜事，因而谜底别解为"大喜事过了望日才办"。

例4：十月芙蓉（粮食复制品一） 　　　　　　阳春面

气象谚语有"十月小阳春"的说法，所以"十月"用"阳春"借代。白居易《长恨歌》有"芙蓉如面柳如眉"之诗句，所以"芙蓉"就作为"面"来用。

例5：闰九月（成语一） 　　　　　　　　　玄之又玄

农历"九月"又称"玄月"。农历"闰九月"是连着两个九月，谜底以"玄"借代"九月"，"玄之又玄"别解为"玄月之后又是玄月"来应合谜面之意。

3. 物名借代

动物、植物等往往有一个或者几个别名、代名或异称，物名与其别名、代名或异称可以互相借代。灯谜中还常常以具体物名来扣合这一类事物的统称。

● 应用实例

例1：鸦片战争（带规格日用品）　　　　　　　　　　大烟斗
"鸦片"别名"大烟"，以别名借代。"战争"义扣"斗"。

例2：玉兔与金乌（时间用词一）　　　　　　　　　一月一日
传说，月宫里有玉兔捣药，太阳里有三足乌，因而月亮别称"玉兔"，太阳别称"金乌"。此谜系物名与别称借代相扣。

例3：电动机一台又一台（国名一）　　　　　　　马达加斯加
"电动机"以俗称"马达"来借代。

例4：归来迎解放（电脑操作用词一）　　　　　　　　　回车
"解放"别解为解放牌汽车，以统称"车"来借代。

例5：牡丹在雨前（饮品种类一）　　　　　　　　　　　花茶
长江流域江南茶区对不同节气采制的春茶有不同的称呼，如"明前茶"是清明节前采制的茶叶，"雨前茶"是清明后谷雨前采制的茶叶。"雨前"别解为"雨前茶"，以统称"茶"来借代扣合。同样，"牡丹"是花的品种，以统称"花"来借代。

4. 朝代、年号与帝王的姓氏借代

历史年号与朝代借代扣合，朝代宜在谜底。朝代与帝王的姓氏借代扣合，帝王姓氏宜在谜底。

● 应用实例

例1：唐代瑰宝（古代医学家名一）　　　　　　　　　李时珍
唐朝帝王姓李，朝代"唐"以帝王姓氏"李"来借代。谜底别解为"李唐时期的珍宝"。

例2：播讲《朱元璋传》（应用文体一）　　　　　　　说明书
朱元璋，明朝开国皇帝，以"明"借代谜面的"朱元璋"；播讲则是"说"；谜底"说明书"别解为"说的是明朝历史的书"。

例3：晋宫灯火（北宋人名一）　　　　　　　　司马光

晋代是司马氏的天下，所以"晋宫"用帝王姓氏"司马"借代扣合；"灯火"会意为"光"。

例4：大明天下（明朝戏曲家一）　　　　　　　　朱权

"大明"即明朝，以帝王姓氏"朱"来借代。谜底别解为"朱氏政权"。

例5：大宋皇储（京剧名一）　　　　　　　　赵氏孤儿

宋朝的帝王姓"赵"，"孤"是古代帝王的自称，谜底别解为"赵氏帝王的儿子"。

5. 通假借代

利用古代汉语中本字与通假字借代关系而扣合。

例1：归心似箭（数学名词一）　　　　　　　　反切

古汉语中"反"通"返"。此例以"反"借代"返"，谜底别解为"返回的心情很迫切"来应合谜面。

例2：火从何来（六字俗语一）　　　　　不知其所以然

古汉语中"然"通"燃"。此例以"然"借代"燃"，谜底别解成"不知道它是怎么燃烧起来的"来应合谜面。

例3：别提孩子有多高兴（作家连作品体裁）　莫言小说

古汉语中"说"通"悦"。此例以"说"借代"悦"，谜底别解为"不要说小（孩）的喜悦"来应合谜面。

例4：长河落日圆（辽宁市名一）　　　　　　　　沈阳

古汉语中"沈"（shěn）又读作chén，义通"沉"。此例以"沈"借代"沉"，谜底别解为"太阳下沉（水中）"来应合谜面。

例5：入夜心惆怅（时令用词一）　　　　　　　　晚秋

古汉语中"秋"通"愁"。此例以"秋"借代"愁"，谜底别解为"天晚心中愁闷"来应合谜面。

6. 其他借代

例1：西方不亮（网络用词一）　　　　　　　　黑客

古时主位在东，宾位在西，所以"东"借指主人，"西"借指客人。本例谜面"西方"别解为"客人方面",借代扣"客"。"不亮"反面会意扣"黑"。

例2:从丙子到丙戌(珠算口诀一句)　　　三一三十一

"丙子"与"丙戌"都是天干与地支互相搭配组成的序数,常用于农历纪年。此例将它们的搭配分开来看,"丙"是天干第三位,"子"和"戌"分别是地支第一位和第十一位。以各自的顺序位借代扣合,就是"三／一／三／十一"。

例3:沉鱼落雁(二字常用词一)　　　　　　　信息

古代有"鱼传尺素"和"鸿雁传书"的传说,人们把鱼和雁看成信使,后来"鱼""雁"(或"鱼雁")也泛指书信。此例谜面别解,"鱼、雁"以"信"(书信)借代而扣合。

例4:错把梅花当桃花(成语一)　　　　　指鹿为马

常见有"梅花鹿"和"桃花马"的说法,有人便用动物种类的统称"鹿"和"马"来借代。此例"梅花"借代扣"鹿","桃花"借代扣"马"。

例5:全部得零分(腌制食品一)　　　　　　咸鸭蛋

数字"零"写成阿拉伯字是"0",形状酷似"鸭蛋",所以人们调侃考试得零分为"吃鸭蛋"。此例"零分"以俗称"鸭蛋"借代相扣。"咸"别解为"全、都"。

除此之外,还有"数字借代法""韵目借代法"等,有的较为简单,有的已很少用,不再一一列举。

练习十九之(六)

试用"其他借代方式"扣出谜底。
1. 年届古稀爱心存(字一)
   提示:"古稀"是七十岁的雅称。
2. 将届杖朝之年(字一)
   提示:古时称八十岁为"杖朝之年"。
3. 刚交十二月(宋代人一)
4. 望穿(昆剧目一)

5. 团结万岁（书名一）
6. 七月秋初临（水果一）
7. 子房（四字时间用词一）
8. 金环银环（《水浒传》人物诨号一）
9. 贞观盛世（电影演员一）
10. 大明皇室（秦汉人名一）
11. 贞观之治（南宋画家一）
12. 唐人（唐朝人名一）
13. 晋室东渡（西汉人名一）
14. 洪武立国（运动员一）
15. 明朝独醒（现代作家一）
16. 纣王兵败如山倒（《岳阳楼记》一句）
17. 寻得桃源好避秦（四字政治用词一）

提示：谜面出自南宋谢枋得《庆全庵桃花》诗："寻得桃源好避秦，桃红又见一年春。花飞莫遣随流水，怕有渔郎来问津。"

18. 惆怅近黄昏（外国作家一）
19. 冲天香阵透长安（浙江地名一）
20. 何以"内举不避亲"（清代爱国将领一）

提示：以孩子具有才能这个角度扣合，并使用通假借代。

"借代法"提要

"借代法"灯谜的扣合，就是根据谜面词语的提示，用与之对应的近义词、同义词或异称等取代谜面中可互相称代的词语。要求谜底使用表示较大概念的字、词去替代谜面中表示较小概念的字、词，亦即谜底含义的范围更大，要能够包容谜面。借代法的名目繁多，具有对应关系可以互相借代的元素五花八门，因此要善于从谜题中发现需要借代的因素，找准（别解后）与之相关的同类名称来替代，难题也就容易化解了。

六、夹击法

1. 谜法要领

● 定义

"夹击法"是利用多个并列关系因素的描述来两面夹击逼出其中某个因素状态的扣合方式。

● 典型谜例

例：只有海空占优势（三国人名一）　　　　　　　　陆逊

扣合思路："海、陆、空"是常见的一组并列关系的因素，只有"海空"占优势，则可从这两面夹击中会意出"陆上相对来说要逊色些"，简言之就是"陆逊"。

● 特征与要领

特征：谜面是对多个并列关系因素中的两个（或两个以上）因素进行描述，谜底则是对其中未曾述及的那个因素进行说明。

要领：根据谜面罗列的几个并列因素，先找出未被提到的那个因素，再对它的状态进行会意描述。

2. 应用实例

例1：档次不低（二字教育名词一）　　　　　　　　高中

"高、中、低"是商品档次的系列用词。由谜面"档次不低"可知是高、中档以上的，因而谜底"高中"别解为"高档和中档"，用以夹击应合谜面之意。

例2：首先国家，其次集体（电影片名一）　　　　第三个人

国家、集体、个人三者的关系经常同时提到。由于谜面只描述"国家"和"集体"，决定了谜底要从"个人"来说事。由谜面的"首先"和"其次"决定了接下去要说的是"第三"。谜底顿读成"第三／个人"，别解为"第三才是个人"（个人与国家和集体相比只能排在第三位）来应合谜面。

例3：只争朝夕（二字礼貌用词一）　　　　　　　　午安

"争"，力求获得。"只争朝夕"本是力求尽快达到或实现之意。

此例谜面要别解为"只有早（朝）晚（夕）发生争斗"，因"早、午、晚"是一天中的代表性时段，由"早、晚"夹击出"中午是安宁的"，故而扣底"午安"。

例4：人生地不熟（五字口语一）　　　　　只有天晓得

古人将"天、地、人"三者并列称为"三才"。由谜面"人"和"地"二者都是生疏、不熟悉的，夹击出"只有'天'这个因素是知道的"。

例5：马前张保，马后王横（名胜别称一）　　中岳

谜面语出古典小说《说岳全传》，张保、王横二人是岳飞的部将，总是紧跟在岳飞的鞍前马后。前是张保、后是王横，那么中间是何人？一定是岳飞。由此扣出谜底"中岳"（别解为：中间是岳飞）。

例6：三才叹，唯有人生太短暂（成语一）　　天长地久

三才"天地人"中，唯有"人"生太短暂，不言而喻另外两个要素是长久的。于是谜底之义"天和地是永久的"，二者形成夹击谜面之势。

3. 特别提示

"夹击法"与"反面会意法"有相似之处，但它不是运用非此即彼的一正一反扣合方法，而是从与谜面"左邻右舍"的关系去扣合谜底。夹击法常用"上中下""左中右""好中差""天地人"等并列相关因素之间的关系进行扣合。如谜面上出现"左""右"等因素，那么可夹击出"中"；如出现"天""地"等因素，可夹击出"人"。然后再对所夹击出的因素进行状态描述，从而形成扣合关系。

练习二十

试用"夹击法"扣出谜底。
1. 左也不是，右也不是（机构简称一）
2. 是进亦忧退亦忧（成语一）
3. 看中（成语一）
4. 早晚会出事（二字礼貌用词一）
5. 中低档的更好用（摄影名词一）

6. 东北三省辽宁没到（字一）
7. 东南烽火，北地狼烟（陕西市名一）
8. 日中为市（六字商业俗语一）
9. 只识人情薄如纸（六字成语一）
10. 上有兄长，下有弟妹（二字俗称谓一）

七、因果法

1. 谜法要领

● 定义
"因果法"是谜面与谜底之间使用因果关系来扣合的方式。

● 典型谜例
例：酒后行车（行政用词二）　　　　　　　开会、出差
扣合思路：谜面"酒后行车"是前因；谜底"开会、出差"别解为"开车就会出差错"，这是严重的后果。谜底中的"差"是多音字，本读作 chāi，在此谜中要读成 chā，音变引起义变，别解为"差错"。

● 特征与要领
特征：谜面与谜底互为因果。谜面若是"起因"，谜底就是由此产生的"结果"。谜面若是"结果"，谜底就是引发的"原因"。
要领：根据谜面提供的"原因"判断出准确的"结果"，或从谜面提供的"结果"入手查找产生的"原因"。
当然，谜面或谜底的文字要通过别解才能形成因果关系。在字谜中，应将作为谜底的合体字拆解为两个字以上的词来切合谜面。

2. 应用实例

例1：孙悟空三调芭蕉扇（字一）　　　　　　　　　　烟
《西游记》故事，唐僧师徒取经途经火焰山，被满山大火挡住前路，后来孙悟空设法三次从牛魔王夫妇手上借得芭蕉扇，扇灭大火继续西行。谜底拆解成"因火"，指出孙悟空三调芭蕉扇的原因。

例2：望梅止渴（卫生宣传用语一）　　　　　　　不喝生水
梅子味酸，人们一想到吃梅子牙根就会发酸并且流出口水，因而

就不感到渴。谜底别解为"不曾喝进水,反而会生出口水"以扣合谜面。谜面、谜底是因果关系,"望梅"是原因,"生水"是结果。

例3:林冲被逼上梁山(电力名词一)　　　　　　高压

谜面是《水浒传》中大家熟知的故事。北宋末年,太尉高俅为了满足其子高衙内霸占林冲妻子的目的,设计陷害林冲。林冲被发配到沧州看管草料场,高俅还派人火烧草料场,林冲没被烧死却也难逃死罪。林冲无路可走,终于在风雪之夜于山神庙杀死高俅爪牙陆谦等人,夜奔梁山,走上反抗道路。谜底"高压"别解为"高俅的压迫"。谜底为因,谜面为果。

例4:再次催促(排球术语一)　　　　　　一传不到位

谜底别解为"第一次传唤人没有到位"。为什么要"再次催促"呢?是因为第一次传唤人没有到。谜底"一传不到位"是原因,谜面"再次催促"是结果,这是倒果为因的例子。

例5:东风不与周郎便(七字俗语一)　　英雄难过美人关

谜面出自唐诗人杜牧《赤壁》诗:"东风不与周郎便,铜雀春深锁二乔。"谜面是原因,谜底是可能产生的后果——"周瑜这样的英雄也过不了赤壁大战这个坎,大乔小乔二位美人也要被虏而关进铜雀台"。

例6:光于前(文艺界称谓一)　　　　　　　　影后

谜面出自传统启蒙读物《三字经》:"扬名声,显父母。光于前,裕于后。"释义为:如果你为人民做出应有的贡献,人民就会赞扬你,而且父母也可以得到荣耀,给祖先增添了光彩,也给后代留下了好的榜样。光前:光大前业;裕后:遗惠后代。为祖先增光,为后代造福,形容人功业伟大。谜面别解为"光在前面照过来",谜底随之变义为"影子就在背后出现了",谜面、谜底即为因果关系。

3. 特别提示

"因果法"灯谜,要按照谜面提供的线索判断出因果关系,它有两种表现形式:一种是根据谜面列出的原因,推断出结果作为谜底,即由"因→果";另一种是根据谜面陈述的结果,由谜底来说明它的原因,即由"果→因"。要注意使用别解的语言来表达因果关系。

练习二十一

试用"因果法"扣出谜底。
1. 结果成了灰色（成语一）
2. 因为风调雨顺（河北、江苏市名各一）
3. 八戒步入火焰山（菜肴一）
4. 望梅止渴（卫浴产品性能一）
5. 老师育才有办法（李清照诗一句）
6. 科学种地能致富（汽车品牌二）
7. 为有源头活水来（福建县名一）
8. 伯乐常有（国名一）
9. 有了三农好政策（河北、云南县名各一）
10. 若非先主垂三顾（象棋用词二）

八、特征法

许多事物都具有明显的特征，人们在日常生活中一旦接触到，这些特征留下的印象就会特别深刻。人们根据经验，一见物名就可知其形状、物性、颜色等各种特征，如糖味甜、药味苦、冰雪寒冷、火焰灼热、血色鲜红、雪花洁白、鲜花味香等。灯谜也常将这些特征运用在底面的扣合关系之中。

1. 谜法要领

● 定义

"特征法"是以事物的形状、颜色、性质、用途等特征来进行扣合的方式。

● 典型谜例

例：雪里送炭（西药名一）　　　　　　　　白加黑

扣合思路："雪"的特征是"白色"的，人们常用"雪白"来形容纯净的白色。"炭"的特征是"黑色"的。要把"白"和"黑"这两种特征在谜底中表现出来，于是"白加黑"别解为"在白色（雪）

之中加进黑色的东西（炭）"。

● 特征与要领

特征：通常以某种具有明显特征的事物名做谜面，这种事物的"特征"就是谜底的关键词。

要领：根据谜面的事物联想它的主要特征，在谜底中以别解的方式把其特征表现出来。

2. 应用实例

例1：愚公门前看不远（字一）　　　　　　　　　　岘

神话故事中，愚公的家门口有两座大山挡住去路，一座是太行山，一座是王屋山。愚公家的特征是一出门就看到山，谜底"岘"据此特征拆解作"见山"。

例2：点点杨花入砚池（成语一）　　　　　　黑白混淆

谜面出自南宋叶采《暮春即事》："双双瓦雀行书案，点点杨花入砚池。闲坐小窗读周易，不知春去几多时。"杨花特征是"白色"的。"砚池"指凹形砚，也指砚端低洼储水处，砚是用来研墨的，其特征是"黑色"的。谜底经别解点出特征：黑的（墨）与白的（杨花）混淆起来。

例3：关公害了缺碘症（五字俗语一）　　　脸红脖子粗

传说中的关公是红脸英雄，俗话常说"红脸关公"。缺碘症患者会引起甲状腺肿大（表现为脖子粗大）。谜底以别解的语义点出二者的特征。

例4：百年松树，五月芭蕉（成语一）　　　　粗枝大叶

"百年松树"的特征是枝干很粗，扣"粗枝"；"五月芭蕉"特征是叶片很肥大，故扣"大叶"。两段各自相扣成谜。

例5：电扇（四字常用词一）　　　　　　　转变作风

"电扇"使用的特征是叶片转动而产生出风来。谜底"转"（zhuǎn）要异读并顿读为"转（zhuàn）/变作风"，别解成"由（叶片）转动而变成风"来说明电扇的特征。

例6：卷尺（物理用词一）　　　　　　　　释放能量

大家都很熟悉，"卷尺"要拉开才能用来测量长度。"量"

（liàng）在这里要异读作"liáng"，别解作"丈量、测量"，因而谜底义变为"放开能够用来测量（长度）"，说明卷尺的用途特征。

例7：一三五七九（八字熟语半句）　　　　　无奇不有

谜面所列的一串数字共同的特征都是单数，即"奇数"。谜底"奇"（qí），异读为（jī），点出"奇数"特征，全底别解成"不是奇数的没有"。

例8：孟良和焦赞的脸谱（世界名著一）　　　　红与黑

孟良和焦赞是旧小说中杨家将的两名将领，在传统京剧中孟良的脸谱是红色的，焦赞的脸谱是黑色的。谜底抓住了这两个脸谱的特征。

3. 特别提示

"特征法"灯谜，关键在于从谜面给定的事物中找出它的特征，并运用别解的语言来表现特征。谜底以特征作为关键词，配上相关的衬词来应合谜面。

练习二十二

试用"特征法"扣出谜底。

1. 包公上场（字一）
2. 愚公之居（成语一）
3. 一三五七九（储蓄名词一）
4. 二四六八十（成语一）
5. 一三五七九（古女一）
6. 千里冰封，万里雪飘（吉林县名一）
7. 千里莺啼绿映红（成语一）
8. 赤橙黄绿青蓝紫（国名一）
9. 不管三七二十一（数学名词一）
10. 姚明独自在守候（成语一）
11. 看在关羽和张飞的面上（世界名著一）
12. 桃李争春次第开（六字面部表情语）
13. 丸药（五言唐诗一句）

14. 雪地挂彩（四字口语一）
15. 两圆相交（五字俗语一）
16. 关公曹操同台戏（十字俗语一）
17. 梅花雪花伴除夕（乘法口诀一）

提示：梅的花朵五瓣，雪花六瓣。

18. 才女巧作圈儿词（流行歌曲一句）

提示：南宋才女朱淑真著名的《圈儿词》，通篇由许多行圆圈组成，没有一个文字。谜底系《常回家看看》歌词。

19. 大漠孤烟直，长河落日圆（五字俗语一）
20. 杨柳千条尽向西（电影片名一）

提示：谜面出自唐诗人刘方平《代春怨》诗："朝日残莺伴妾啼，开帘只见草萋萋。庭前时有东风入，杨柳千条尽向西。"根据杨柳枝往西边飘这个特征来扣合谜底。

九、承启法

1. 谜法要领

● 定义

"承启法"是根据谜面所引用文句的上、下文或整篇的文义，加以联想、会意的扣合方式，也叫"承上启下法"。

● 典型谜例

例1："打得鸳鸯各一方"（电工器材一）　　　　　绝缘棒

扣合思路：看到谜面，应当联想到是什么东西"打得鸳鸯各一方"。谜面是著名的《四季歌》歌词，第一段末两句是："忽然一阵无情棒，打得鸳鸯各一方。"原来把两只鸳鸯打得天各一方的是一阵无情的大棒，所以谜底是"绝缘棒"（别解成"断绝姻缘的大棒"）。此谜用的是承上法，承接谜面上句之意而扣合谜底。

例2："地上本没有路"（交通名词一）　　　　　人行便道

扣合思路：谜面语出鲁迅小说《故乡》，结尾是富有哲理的名言："其实地上本没有路，走的人多了，也便成了路。"此谜用的是启下法，以谜面下文之意扣合谜底，"人行便道"别解为"由于人的行走便成了道路"而与谜面相呼应。

● 特征与要领

特征：谜面所引用的文句（诗、词、文、赋中现成的句子或人们熟悉的俗语等），与它的上下句（或上下文）的语义必定有紧密的承接关系。

要领："承启法"可分为承上法和启下法，承接谜面的上文之意扣合谜底的叫"承上法"，延伸谜面的下文之意扣合谜底的叫"启下法"。谜底中的关键字必定包含在谜面的上下句（或上下文）中。

2. 应用实例

例1："更上一层楼"（眼疾一）　　　　　　　　　　高度远视

谜面是唐代王之涣《登鹳雀楼》诗的最后一句，承接上句"欲穷千里目"之意扣合谜底。谜底"高度远视"别解为"往高处去可以看到更远的地方"，兼顾到了谜面及其上句的诗意，系属承上法。"度"义变作为动词"度越"解。

例2："恐惊天上人"（物理名词一）　　　　　　　　声压

唐代李白《夜宿山寺》诗的后两句是："不敢高声语，恐惊天上人。"此谜以下句做谜面，承接上句"不敢高声语"之意而扣合谜底"声压"，别解为"把声音压低"。系属承上法。

例3："夜半临深池"（四字熟语一）　　　　　　　盲目行动

据《世说新语·排调》载：东晋文学家顾恺之到殷仲堪家中做客，桓温的儿子桓玄也在，三人抽签玩文字游戏，就"危"字说事。桓说："矛头淅米剑头炊。"殷说："百岁老翁攀枯枝。"顾说："井上辘轳卧婴儿。"当时殷仲堪的一个参军在旁说道："盲人骑瞎马，夜半临深池。"后人用以比喻盲目行动，后果十分危险。谜用承上法，承接谜面上句"盲人骑瞎马"之意而扣合谜底，"盲目行动"别解为"盲目（瞎眼）的人和马在乱走"。

例4："城门失火"（三字菜肴名一）　　　　　　　　烧带鱼

成语"城门失火，殃及池鱼"，说的是城门着火，大祸降临池中之鱼。据传说：有个名叫池仲鱼的人，居住在宋国城门旁边，有一天，城门突然着火，火势蔓延到他家里，把他活活烧死了。又有一种说法：宋国城门起了大火，人们都取用池子里的水去灭火，结果池里的水被舀干了，所有的鱼都干死了。此谜系用启下法，延伸谜面下句"殃及池鱼"之意扣合谜底，"烧带鱼"别解作"烧起大火连带把鱼也烧了"。

例5："石油工人一声吼"（三字自然现象一）　　　大地震

大庆铁人王进喜当年喊的口号："石油工人一声吼，地球也要抖三抖！"谜用启下法，延伸谜面下句"地球也要抖三抖"之意而扣合谜底，"大地震"顿读别解为"大地都在震动"。

例6："问君能有几多愁"（成语一）　　　对答如流

谜面出自李煜《虞美人·春花秋月何时了》词："问君能有几多愁，恰似一江春水向东流。"谜用启下法，延伸谜面下句"恰似一江春水向东流"之意而扣合谜底，"对答如流"别解为"应对回答说，像江河流水一样（没完没了）"。

例7："桃花潭水深千尺"（成语一）　　　无与伦比

李白《赠汪伦》诗中有两个脍炙人口的名句："桃花潭水深千尺，不及汪伦送我情。"此谜以前句作为谜面，延伸下句之意扣合谜底，属启下法。谜底"无与伦比"别解为"（桃花潭水之深）无法与汪伦（送我的情意）相比"。

例8："千淘万漉虽辛苦"（四字体育用词一）　　　沙排获金

唐代刘禹锡《浪淘沙九首》（其八）诗的后两句是："千淘万漉虽辛苦，吹尽狂沙始到金。"谜用启下法，延伸谜面下句"吹尽狂沙始到金"之意而扣合谜底，"沙排获金"别解为"排尽泥沙才能获得金子"。

3. 特别提示

"承启法"灯谜的谜底不是从谜面直接扣合得出的，而是承接（或延伸）谜面的上、下句或上、下文的含义扣合得出的，有时还需连同谜面本句综合考虑。具体来说，就是从与谜面相连的上、下句或上、下文中找出扣合谜底的关键字词，需要对古文名篇、诗词名句、名人名言等比较熟悉。必须注意，不是随便引用成句作谜面就可以用承启法扣合，只有上下句能够彼此呼应或有因果关系的才适用于承启法。如果上下句的语意没有承上启下的关系,或叙述的是毫不相关的两码事,切不可滥用"承启法"扣合。

练习二十三

试用"承启法"扣出谜底。

1. "忽然一阵无情棒"(竞赛用词一)

提示:谜面是《四季歌》歌词:"忽然一阵无情棒,打得鸳鸯各一方。"

2. "春色满园关不住"(《水浒传》人物诨号二)

提示:宋代诗人叶绍翁《游园不值》诗中有名句:"春色满园关不住,一枝红杏出墙来。"

3. "赵钱孙李"(三字学校用词一)

提示:我国传统启蒙读物《百家姓》头两句为:"赵钱孙李,周吴郑王。"

4. 一朝分娩(杂志二)

提示:俗语说"十月怀胎,一朝分娩"。

5. "山中无老虎"(食用菌一)

提示:俗语说"山中无老虎,猴子称大王"。

6. 当局者迷(戏剧名词一)

提示:谜面系多字成语"当局者迷,旁观者清"的前半句。

7. "老骥伏枥"(中药一)

提示:谜面出自曹操《龟虽寿》诗:"老骥伏枥,志在千里;烈士暮年,壮心不已。"

8. "但使龙城飞将在"(四字口语一)

提示:唐代王昌龄《出塞》诗的末二句是:"但使龙城飞将在,不教胡马度阴山。"

9. "问渠那得清如许"(四字熟语一)

提示:谜面系朱熹《观书有感》诗句:"问渠那得清如许,为有源头活水来。"

10. "妹妹的诗稿今何在"(成语一)

提示:谜面为越剧《红楼梦》中贾宝玉哭灵时的唱词。林黛玉重病卧床,知道贾宝玉与宝钗成婚,悲愤交加,遂将自己用心血写成的诗稿投入火中焚烧。谜面唱词下句为"似片片蝴蝶火中化"。

11. "天恐文章浑断绝"（唐诗篇目一）

提示：韩愈《赠贾岛》诗的后两句是："天恐文章浑断绝，故生贾岛著人间。"

12. "若非先主垂三顾"（武侠小说作家一）

提示：唐代汪遵《南阳》诗："若非先主垂三顾，谁识茅庐一卧龙。"

13. "枕上袖边难拂拭"（成语二）

提示：谜面出自《红楼梦》第三十四回林黛玉《题帕三绝句》其二："枕上袖边难拂拭，任他点点与斑斑。"

14. "人间四月芳菲尽"（北京名胜一）

提示：唐诗人白居易《大林寺桃花》诗开头二句是："人间四月芳菲尽，山寺桃花始盛开。"

15. "遂令天下父母心"（新称谓二）

提示：谜面出自白居易《长恨歌》诗："遂令天下父母心，不重生男重生女。"

16. "飞入寻常百姓家"（《水浒传》人物二）

提示：谜面出自刘禹锡《乌衣巷》诗："旧时王谢堂前燕，飞入寻常百姓家。"

17. 请君莫奏前朝曲（江苏、河北市名各一）

提示：谜面出自刘禹锡《杨柳枝词（其一）》："请君莫奏前朝曲，听唱新翻杨柳枝。"

18. "众里寻他千百度"（四字口语一）

提示：谜面出自辛弃疾《青玉案·元夕》词："众里寻他千百度，蓦然回首，那人却在灯火阑珊处。"

19. 九龄已老韩休死（中药冠产地）

提示：谜面出自宋·晁说之《打球图》诗："阊阖千门万户开，三郎沉醉打球回。九龄已老韩休死，无复明朝谏疏来。"

20. "此夜曲中闻折柳"（电影片名二）

提示：李白《春夜洛城闻笛》诗："谁家玉笛暗飞声，散入春风满洛城。此夜曲中闻折柳，何人不起故园情。"在夜阑人静时听到玉笛吹奏表现哀怨离情的"折杨柳"时，让人产生了思念家乡的心情。

十、虚实变换法

1. 谜法要领

● 定义

"虚实变换法"是通过别解有意把虚词当作实词（或把实词当作虚词）来用的扣合方式。

● 典型谜例

例：是非之地不可留也（字一）　　　　　　　　　　　　圭

扣合思路："不可留"明显提示减损，"也"是表示语气的虚词。按一般思路要从"地"字减损去"是非"（+-），扣成"也"字。因谜面有一"也"字，所以这种扣法是行不通的。改变思路，把虚词"也"当作实词看，"地"中"不可留"的是"也"，余下"土"，与"是非"（+-）组拼成"圭"字。此例是将"虚词"变换为"实词"来扣合的。

● 特征与要领

特征：谜面或谜底中含有虚词（或含有表示语气的其他衬词）。

要领：要把谜面或谜底中所含的某些虚词（或含表示语气的其他衬词），变换成与原来虚实使用状态相反的语态来进行扣合，即要通过"虚变实"或"实变虚"的别解之后再进行扣合。

2. 应用实例

（1）实义虚化

例1：烧饼怎样入炉（成语一）　　　　　　　　　　俯首贴耳

谜底别解为"是俯下头来贴（到炉壁上）的呀"，形象地表现出烧饼贴入炉壁时的姿态。"耳"本是名词"耳朵"，在谜的扣合中转化为语气助词，是实词当虚词用。

例2：绛珠洒泪谢神瑛（五字事故报道用语）　　唯一生还者

谜面典出《红楼梦》第一回，原文为"那绛珠仙子道：'他是甘露之惠，我并无此水可还。他既下世为人，我也去下世为人，但把我一生所有的眼泪还他，也偿还得过他了。'"谜底顿读成"唯／一生

/还者",别解为"唯有一生(将眼泪)偿还者"以应合谜面。谜底"者"字实词当虚词用。

例3:"何以解忧"(娱乐场所一)　　　　　　　　酒吧

谜面出自曹操《短歌行》诗,下句是"唯有杜康"。"酒吧"本是指提供啤酒、葡萄酒、洋酒、鸡尾酒等酒精类饮料的娱乐休闲类的消费场所,别解为"是酒啊"。此谜的"吧"由名词"场所"别解为语气词,词的实义被虚化了。

(2)虚义实用

例4:乃梁上君子耳(电讯器材一)　　　　　　窃听器

成语"梁上君子"是窃贼的代称,会意扣"窃"。"耳"在句末本是表示语气的虚词,谜中把它当作实词"耳朵"用,会意扣合"听器"(听觉器官)。于是谜底别解作"窃贼的听觉器官"。

例5:其心不正而上下乱之(字一)　　　　　　　恤

谜面"而"本是起连接事理上前后相因成分的作用,没有很具体的语义。在此谜扣合中,"而"却要作为一个实实在在的字符用,字素上下移位成为"血"字。"其心不正"别解为"心"字不是正的,故取偏旁"忄"。

例6:哀哉不能言(十二画字一)　　　　　　　　裁

谜面"哉"本是表示语气的虚词。在此谜扣合中,"哉"与"哀"字都作为实际的字符用。由"不能言"提示要去掉"哀哉"二字中的"口",余下部分合成"裁"字。

3. 特别提示

在正常释义中虚词(或表示语气的其他衬词)很容易被忽略。"虚实变换法"则是有意在人们容易忽略之处做足文章,或无中生有("虚变实"),或化有为无("实变虚"),由虚实变换变出谜味来。

练习二十四

试用"虚实变换法"扣出谜底。

1. 拒绝朝觐秦始皇(五字称谓一)

2. 永怀当此节（称谓二）

提示：谜面出自李商隐《凉思》诗："永怀当此节，倚立自移时。"此谜面底双别解。

3. 会当凌绝顶（唐诗人姓名连字）

提示：谜面出自杜甫《望岳》诗："会当凌绝顶，一览众山小。"

4. 他去也，怎把心来放（字一）
5. 后来者居上（字一）
6. 字字去了盖，要猜什么来（八画字一）
7. 天下者，偏执之人多矣（二字形容词一）
8. 逝者如斯夫（三字女性娇嗔语一）
9. 斩断情丝（电影片名一）
10. 住房不大儿火大（四字口语一）
11. 黑出租抢了生意（四字口语一）
12. 提到亲子始恼火（五字对人评价语）

十一、用典法

我国历代流传下来的典籍，其中有许多历史事件、故事和传说，脍炙人口，富有哲理而耐人寻味，用这些内容制成的谜，每条都包含着一个典故或故事，内涵很丰富，底面扣合特别有趣味。

1. 谜法要领

● 定义

"用典法"是把各种典故（历史故事、小说情节等）融入谜面和谜底的扣合方式。

● 典型谜例

例1：东施效颦（字一） 妞

扣合思路：典出《庄子·天运》，"效颦"是学人家皱眉头。传说东施长得不好看，但她却处处学美女西施的样子。西施因患胸口疼而皱起眉头，东施也学西施皱眉头，结果变得更丑了。据典从女子形象变得很丑的角度来会意扣合，谜底"妞"拆解为"女丑"来应合谜面。

例2：后羿张弓（江苏县名一）　　　　　　　　　　射阳

此谜根据"后羿射日"的神话故事而制作。传说远古时候有十个太阳一起出来，天下大旱，江河干涸，草木枯焦，人们无法生活。英雄后羿为了拯救生民，历尽千辛万苦，用长箭射下了九个太阳，世界美好如初，人们重又安居乐业。根据这个典故可知，后羿张弓是为了射太阳，所以会意扣合谜底为"射阳"（别解作"射向太阳"）。

● 特征与要领

特征：谜面通常出自历史典故、文学典故、成语故事、名著片断、戏剧传说、寓言神话等，谜面和谜底的关键字词必定包含人物、事件、地名和故事情节等要素。

要领：把典故或故事进行高度浓缩提炼，运用别解手法，将其中的人和事拢入谜底。（若是字谜，尽可能用两三个字来包拢其大意，并且这两三个字还要能够组合成为一个字。）

2. 应用实例

例1：杯中蛇影（数学名词一）　　　　　　　　　　弓形

谜面引用"杯弓蛇影"之典故。传说有人在朋友家喝酒时见到杯中像是有小蛇在晃动，喝下后惊疑成病。后来和他一起喝酒的朋友告诉他，那是壁上挂着的弓的影子映在了酒杯中，他解除了疑虑，病就好了。谜底要揭示"杯中蛇影"这个现象的原因，那是"弓（的影子）形成的"，因而扣合"弓形"。

例2：王羲之愿写《黄庭经》（动物名一）　　　　企鹅

东晋大书法家王羲之，非常喜欢鹅。相传，有一次他听说山阴道士养的十几只大白鹅非常可爱，便去索求，道士要他亲笔书写《黄庭经》拿来交换，王羲之欣然同意。谜据这个典故而制，谜底"企鹅"别解为"企求得到白鹅"。

例3：铡美案（常用语二）　　　　　一手包办、一刀切

《铡美案》是传统京剧剧目，演的是北宋著名清官包公不畏强权铡杀停妻再娶、杀人灭口的当朝驸马陈世美的故事。据典成谜，"包"借指包公，谜底别解为"此案是包公一手查办的，一刀铡切了陈世美"。

例4:"口角几回无觅处"(国名一)　　　　　　　　毛里求斯

典出冯梦龙《警世通言》中《苏小妹三难新郎》故事:苏东坡兄妹常以诗句对答互相戏谑。东坡满嘴胡须,小妹嘲笑他说"口角几回无觅处,忽闻毛里有声传",意思是嘴巴都找不到,从哪里发出的声音呢?下句"忽闻毛里有声传"说明真相,原来在胡须里才能找到。于是扣合谜底"毛里求斯"。此例也是"启下法"谜。

例5:阮囊羞涩(字一)　　　　　　　　　　　　　　政

谜面典故说的是晋代人阮孚带着一个囊兜游会稽,有人问他囊中装着何物,他回答说"只有一文钱看住囊,怕它感到羞愧"。后来"阮囊羞涩"用以表示手头拮据,袋中无钱。谜底"政"拆解为"止一文",直接点出"袋子中只有一文钱"。止:只有。

例6:"有钱不买金生丽"(字一)　　　　　　　　　激

传说有一家酒店惯会在酒中掺水,一天店主接待顾客时,想问伙计酒中掺了水没有,碍着顾客的面不便直言,就打着隐语对伙计说:"君子之交淡如何?"(古语有"君子之交淡如水",店主有意避开"水"字。)伙计也用隐语回答:"瓮中壬癸已调和。"("壬癸"指北方,北方属"水",暗指已掺进了水。)谁知顾客听得懂暗语,生气地说:"有钱不买金生丽。"(《千字文》中有"金生丽水"之句,"金生丽"也暗指"水")店主马上赔笑说:"前面青山绿更多。"(有意漏去成语"青山绿水"的"水"字,言下之意是前面酒店掺的水还更多)谜面弦外之音就是"一语道破酒中放了水",语言浓缩后扣合谜底"激"字。"激"字参差拆成"白放水"三字,别解为"说是(酒中)放进了水"。

例7:崇祯字测"友、有、酉"(五字网络操作惯用语一)

明天下得完

据传说故事,明末崇祯皇帝曾经找测字先生测字,先写了个"友"字,测字先生解说这是"'反'字出头"。又写了个"有"字,解说是"'大明'去半"。再写了个"酉"字,测字先生说:"不好!此字的形象表明你上吊在房间的横梁上,两脚之下还垫着一条凳子。""酉"字另解为"此字太恶!'酉',乃居'尊'字之中,上无头,下缺足,分明暗示,至尊者将无头无足矣"。谜底本义是"明天可以下载得完",顿读成"明/天下/得完",别解为"明朝的天下得完蛋了"。

例8:打渔杀家(成语一)　　　　　　　　　　恩将仇报

《打渔杀家》是著名的京剧剧目。说的是,梁山老英雄萧恩带着女儿萧桂英在江边打鱼为生。因天旱水浅,打不上鱼,欠了乡宦丁子燮的渔税,得罪了丁府。丁府与官衙勾结,拘捕萧恩并杖责四十。萧恩愤恨之下大发英雄神威,带着女儿夜入丁府,杀了渔霸全家。谜据典扣合,"恩"借指人名萧恩,谜底别解为"萧恩把仇报了"。

3. 特别提示

"用典法"灯谜不是单纯从谜面文字上的含义去理解,而是通过谜面所用的典故与谜底在典实上相互照应进行扣合。首先要探明典故的来历出处,把典故或故事进行高度浓缩提炼,然后运用别解手法,用几个字来包拢其中的人和事融会出谜底。

用典谜需要文史方面的知识来支持,要对古文名篇、诗词名句、历史典故等比较熟悉,尤其要能够借助常用的工具书查找到典故出处,还要具备提炼字义的基本功和灵活运用别解的技能,才能做到有的放矢。

练习二十五

试用"用典法"扣出谜底。
1. 误失街亭罪在谁(字一)
提示:用《三国演义》"失街亭"故事之典。
2. 毛遂自荐(字一)
提示:毛遂是战国时赵国平原君赵胜的食客。一次平原君出使楚国,要从食客中挑二十人同行,只挑中十九个,毛遂自我推荐来凑数随行,后来还是靠毛遂办成了事。
3. 比干直谏遭横祸(字一)
提示:谜面出自《封神演义》故事,商朝纣王荒淫无度,忠臣比干力谏以修善行仁,反而被挖心杀死。

4. 杨修解得分酪谜（字一）

提示：谜面典故出于《世说新语·捷悟》故事。有人送给曹操一杯奶酪，曹操只吃了一口，在盖子上写了个"合"字给大家看，没人知道是什么意思。轮到杨修去看，他便吃了一口，说："曹公教每人吃一口，还犹豫什么呀！"于是大家一人一口把它分吃了。

5. 匡衡凿壁（二字礼貌用词一）

提示：西汉时期的匡衡，小时候家里很穷，没钱上学。他白天干活，想利用晚上时间看书，但买不起点灯的油。有一天晚上，他看到墙缝上透过邻居家的灯光，于是他把墙缝挖大了一些，凑着透进来的灯光读书。匡衡后来成了有名的大学问家。

6. 郑人买履（成语一）

提示：可参阅成语"郑人买履"故事。

7. 断桥会（《水浒传》诨名一）

提示：谜面出自神话《白蛇传》故事。

8. 楚君不识荆山玉（字一）

提示：典出"和氏璧"。楚人卞和在荆山得到一块非常名贵的玉石，将它献给楚王。由于这块玉外面被石头包着，楚王就说卞和拿石块来诓骗他。

9. 鸡犬升天（劳动保护用品一）

提示：据《神仙传·刘安》载，淮南王刘安成仙时，余下的丹药被鸡犬吃了，鸡犬也随他一同升天而去。

10. 萧规曹随（四字文件用语一）

提示：可参阅成语"萧规曹随"故事。

11. 武松醉打蒋门神（成语一）

提示：谜面出自《水浒传》第二十八回故事。

12. 孟母三迁（四字医学名词一）

提示：孟子小时候，他的母亲为了使他拥有一个真正好的教育环境，煞费苦心，曾三次搬迁住处。

13. 王祥卧冰求鲤（湖北、河南地名各一）

提示：面出"二十四孝故事"。

14. 梦中杀近侍，阿瞒心计精（《水浒传》诨名一）

提示：面出《三国演义》曹操诡称"梦中杀人"故事。

15. 郗鉴选东床（外国科学家一）

提示：《晋书·王羲之传》记载：太尉郗鉴派人到王导家选女婿，王家子弟都去了，只有王羲之好像没有听见，袒露着胸腹躺在东床上。太尉高兴地说："这就是我喜欢的好女婿。"

16. "镇国家，抚百姓，给馈饷，不绝粮道，吾不如萧何"（六字常言一）

提示：谜面出自《史记·高祖本纪》刘邦之语："夫运筹策帷幄之中，决胜于千里之外，吾不如子房。镇国家，抚百姓，给馈饷，不绝粮道，吾不如萧何。连百万之军，战必胜，攻必取，吾不如韩信。"

17. 欲破曹公，须用火攻；万事俱备，只欠东风（词牌二）

提示：谜面语出《三国演义》第四十九回。

18. 尧时十日并出，后羿援弓而射（成语二）

提示：用神话后羿射日之典。

19. 错斩蔡瑁、张允（成语二）

提示：用《三国演义》群英会蒋干中计之典。

20. "崔颢题诗在上头"（著名话剧演员二）

提示：相传唐代大诗人李白壮年时游黄鹤楼，凭栏远眺，江楼美景历历在目，诗人诗兴大发，取笔溶墨欲题诗留念。猛抬头见崔颢所题《黄鹤楼》诗，自愧弗如，叹道"眼前有景道不得，崔颢题诗在上头"，于是搁笔不题，默然离去。

第三节　字音扣合类

汉字的字音丰富多彩，谐音、象声、古代的反切、现代的拼音，这些也被应用到灯谜之中，形成字音扣合的一个类型。

字音扣合类是以模拟声音、象声词或拼读的字词声韵和音调作为扣合手法的类型。本节介绍常用的三种扣法：谐音法、象声法、声韵法。

一、谐音法

1. 谜法要领

● 定义

"谐音法"是利用谜面与谜底字词之间读音相同（或相近）的关系来扣合的方式。

"谐音"指的是字词的音相同或相近。

● 典型谜例

例：枝杈（成语一）　　　　　　　　　　　　　一念之差

扣合思路：谜面"枝杈"（zhī chà）与谜底中的"之差"二字的读音和声调完全相同，谜底别解为"（枝杈）一念出来就是'之差'的音"。可见谜面与谜底是用字词读音相同的关系来进行扣合的。

● 特征与要领

特征：谜面或谜底带有"读、念、说、声、音、言、听、闻"等表示读音、听音的字词。

要领：观察谜面，注意发现其中某个字词可能与谜面以外的另一个字词读音相同或相近的线索，从中找出扣合的玄机。

2. 应用实例

例1：赭枝（杂志一）　　　　　　　　　　　　读者之声

谜面"赭枝"（zhě zhī）与谜底中的"者之"二字的读音和声调完全相同，谜底别解为"（赭枝）读起来是'者之'的声音"。面与底是用字词读音相同的关系扣合的。"赭枝"指用红褐色颜料画的树枝，如画家隋易夫就有"赭枝墨雀"的画作。

例2：33（成语一）　　　　　　　　　　　　　靡靡之音

谜面"33"应看成是曲谱，简谱中"33"唱的音与"靡靡"二字的读音非常接近。谜底别解为"（简谱33）发的是'靡靡'的音"。

例3：读英语书，说表态话（成语一）　　　　　不可言状

此例分段扣合。前半用谐音法，"读英语书"别解为"读作英语单词'书'的音"，"书"的英语单词是book，读音如同"不可"

（bù kě）。后半用会意法,"说表态话"别解会意扣"言状"（说的是状态）。

例4：声声鼓乐起西东（字一）　　　　　　　　　　　胡

谜底"胡"拆开为"古""月"二字,读的声音与"鼓乐"相同。"西东"表示方位,按地图表示方位的习惯,左边是西,右边是东,故用"西东"来提示谜底是左右结构的字。

例5：但闻左右尽歌声（字一）　　　　　　　　　　　戬

谜底"戬"字左右分开可成"晋""戈"二字,"晋戈"读音听起来与谜面"尽歌"之声相同。"左右"提示谜底是左右结构的字。

例6：书声乐声和鼓声（字一）　　　　　　　　　　　股

谜底"股"拆开为"月"和"殳"二字,"殳"与"书"同音,"月"与"乐"同音。"股"字本身与"鼓"同音。"和鼓声",以"和"提示合并起来,发的是"鼓"（gǔ）的音,全谜形成分合双重音扣。

3. 特别提示

"谐音法"灯谜的扣合只与读音有关,与形、义无关,谜面或谜底必定带有提示读音或听音的字眼,作为提供谐音扣合的线索。应当注意的是,汉字之间的谐音相扣,一般要求声韵与声调完全相同;如声韵相同而声调不同,必须在谜面或谜底有所提示;不允许把声韵不同的字作为读音相近来扣合。所谓"读音相近"只能放宽用于汉字与外语、曲谱之间的谐音扣合。

练习二十六

试用"谐音法"扣出谜底。

1. 新生（成语一）
2. 说是姓任（坚果类食品一）
3. 物理（四字口语一）
4. 听音好似今天七一（历史名词一）

提示："好似"提示谜底读音与"今天七一"相近,不完全相同。但不完全相同的限度只能是声调略有不同,声韵要完全相同。

5. 连哭带叫像是挨宰（成语一）
6. 翻译英语旺兔示瑞（常用号子一句）
提示：把英语读音像是"旺兔示瑞"的几个单词翻译成汉语。
7. "76427"（国名二）
提示：谜面数字要当作是曲谱，由"76427"发音这个角度来扣合谜底。
8. 声称东西规格全（字一）
提示：此谜为左右分开音扣。
9. 风声瑟声伴雁声（字一）
提示：此谜为分合双重音扣。
10. 声声阅历和泪讲（字一）
提示：此谜为分合双重音扣。
11. 语蕴离声因云散（字一）
提示：此谜为合分双重音扣。
12. 哭声撕裂暮鼓声（字一）
提示：此谜为合分双重音扣。
13. 暮冬声声更动听（字一）
提示：此谜为分合双重音扣。
14. 原本是讲野史，其实倒是意外（英语常用单词一）
提示：谜面首句提示谜底读音如"野史"；后句"倒"暗指字母顺序倒读。此谜为合分双重音扣，并加倒读成分。
15. 似听一声唤："太太你可好？"（美国影片一）
16. 闻声像是林黛玉，实际却是空等候（2011新词一）
提示：此谜为谐音会意双扣。

二、象声法

"象声"是模拟事物的声音。自然界的鸡叫狗吠、鸦鸣鹊噪、虎啸狼嚎、风呼雷鸣……都有各自的声音特点。在汉语中有很多常用的象声词，如用"哈哈""咯咯"表示笑声，"呱呱"表示鸭叫或乌鸦叫，"喵喵"表示猫叫，"阁阁"表示蛙叫，"呢喃"表示燕语，"啁啾"表示很多小鸟叫，"淙淙"表示流水声，"吱吱"表示老鼠叫，"咚咚"表示鼓声，"嘚嘚"表示马蹄声，等等。其中有些象声词并不很像发声的对象所发出的声音，但已经是约定俗成的，人们习惯上都在沿用。这些丰富的象声词也被用到灯谜的扣合中。

1. 谜法要领

● 定义

"象声法"是利用谜面提供的表示事物声响的文字提示去联想出相应象声词的扣合方式。

● 典型谜例

例：鸡犬之声相闻（食品商标二）　　　　喔喔、旺旺

扣合思路：谜面本义是可以互相听到鸡犬叫的声音，别解为"听闻到的是鸡犬叫的声音"，"声"和"闻"提示象声扣合。汉语中常用的鸡叫象声词是"喔喔"，狗叫象声词是"汪汪"。谜底"喔喔"是用鸡叫象声词直接扣合，而"旺旺"则是用与狗叫象声词"汪汪"同音模拟的方式进行扣合。"旺旺"不是约定俗成的象声词，在灯谜扣合中我们把它称为是"模拟象声词"。

● 特征与要领

特征：谜面具有描述或涉及某种事物声响的内容，用以提示象声扣法。

要领：根据谜面提示发声对象的特点，寻找相应的象声词。约定俗成的象声词和模拟象声词均可用于象声法扣合。

2. 应用实例

例1：听似猫叫连两声（电影片名一）　　　　　　苗苗

猫叫的象声词为"喵（miāo）"，连叫两声就是"喵喵（miāo miāo）"。谜底"苗苗"的拼音与"喵喵"相同，作为模拟象声词来扣合。因"苗"读音的声调为第二声，与"喵"（第一声）不同，谜面"听似"用以说明象声只是相似，以此补救使扣合能够成立。

例2：出壳鸡雏叫不停（《木兰诗》一句）　　　唧唧复唧唧

刚出壳的小鸡叫声如同"唧唧"之音，"叫不停"自然是"唧唧复唧唧"。谜底本是描写木兰织布时织机连续不停地发出的响声，移花接木作为小鸡叫的象声词用。

例3：犬声穿户出（字一）　　　　　　　　　　　　　　润

"犬声"即狗叫声，常用的象声词为"汪"。"户"会意扣"门"。谜面"犬声穿户出"的"穿"字，暗指"汪"字要穿"门"而出，因而将"汪"的字素分置于门里门外，形成"润"字。

例4：篱前系马叩柴门（字一）　　　　　　　　　　　　笃

谜面说的是来人把马拴在篱笆前，而后来叩（敲）柴门。谜面要分成两段"篱前系马／叩柴门"来扣合。叩打柴门的声音听起来像是"笃笃笃"，故以"笃"作为模拟象声词来扣合后半。前半的"篱前"为"𥫗"，系上一"马"，得出"笃"的字形。两重扣合，殊途同归。

例5：举起杠铃腿张开，台下传来惋惜声（字一）　　　　　哎

谜面后五字"传来惋惜声"是象声扣合部分，表示"惋惜"的象声感叹词通常多用"哎"或"唉"。谜面前九字用象形兼提示方位之法（象形扣"艾"，方位提示扣"口"）扣合"哎"的字形，后五字辅以象声部分，确定谜底为"哎"。

例6：格格听到伐木声（饮料一）　　　　　　　　　　　可可

"听到伐木声"是象声扣合部分，"伐木"的象声词为"丁丁"。如《诗经·小雅·伐木》有"伐木丁丁，鸟鸣嘤嘤，出自幽谷，迁于乔木"之句。"格格"形扣"口口"，与"丁丁"组合成为"可可"。

3. 特别提示

象声法要根据谜面的提示，首先在谜底中找出关键（或者全部）的象声词来进行扣合。要从发音的对象特点切入，首选汉语常用的（即约定俗成的）象声词，如不适宜扣合或无约定俗成的象声词，则应寻找模拟象声词进行扣合。

练习二十七

试用"象声法"扣出谜底。
1. 冬至方听击鼓声（字一）
提示：此谜离合与象声双扣。
2. 头上乌鸦叫（三字口语一）

3. 看像母鸡蛋，听像公鸡啼（拼音字母一）
提示：此谜象形与象声双扣。
4. 只听笑声到，没见人进来（成语一）
5. 细听蟋蟀不住鸣（《木兰诗》一句）
提示：此谜以模拟象声词扣合。"不住鸣"指模拟象声词重复出现。
6. 婴儿坠地啼声亮（三字口语一）
7. 朝来初闻马蹄声（三字俗语一）
8. 在一个角落里，传来清脆的响声（二字词一）
提示：此谜会意与模拟象声双扣。
9. 马蹄声碎，喇叭声咽（体育名词二）
10. 学鸡叫，学狗叫，逗得宝宝开口笑（食品商标三）

三、声韵法

1. 谜法要领

● 定义

"声韵法"是根据汉字注音的特点，选择声母、韵母搭配拼读而扣合的方式。

汉字的注音方法主要有两种：传统的反切法与现在的拼音法。"反切"就是用两个字来注另一个字的音，简言之"上字取声，下字取韵和调"。例如"塑，桑故切"，被切字的声母与前一字相同（"塑"字声母和"桑"字声母相同，都是"s"），被切字的韵母和声调与后一字相同（"塑"字韵母和"故"字韵母相同，都是"u"，都是去声）。拼音法即现在通行的汉语拼音。灯谜中的"声韵法"也称作"拼音法"，即把反切法和拼音法的规则用于灯谜的扣合中。

● 典型谜例

例：古韵钟声东方来（字一）　　　　　　　　　主

扣合思路：谜面"古韵钟声"类似于"反切"拼读，即提示谜底的字与"钟"字同声母（zh），与"古"字同韵母、同声调（ǔ）。声母 zh 与韵母 ǔ 拼出读音为 zhǔ 的字，有"主、拄、煮、渚、褚、嘱、瞩"等。再以"东方"（别解为：主人这一方）从释义上来确定谜底是"主"字。

● 特征与要领

特征：谜面通常有"声""韵"或"切"的字眼出现，以提示声韵反切扣合。若谜面只有"声"或"韵"出现，则有可能用以提示读音声调或声母、韵母的取舍。

要领：按谜面提示找准相关字词的声母或韵母，注意正确使用声、韵母扣合，以及对声、韵关系与其他谜法的结合使用。

2. 应用实例

例1：荷塘清韵鸣鹭声（电脑用词一）　　　　　　　HTML

谜面"荷塘清韵"别解为"荷塘"两字的拼音（hé táng）"清"除掉"韵"母，只剩下声母为 h 和 t。"鸣鹭声"提示"鸣鹭"二字拼音（míng lù）的声母，乃是 m 和 l。html 的大写为 HTML，是超文本标记语言（Hyper Text Markup Language）的缩写，是用于描述网页文档的一种标记语言。

例2：无韵之离骚（鲁迅笔名一）　　　　　　　　　LS

谜面出自鲁迅对《史记》的评价语："史家之绝唱，无韵之《离骚》。""离骚"二字的拼音是 lí sāo，"无韵"别解为没有韵母，只剩下两个声母就是 LS。

例3：百岁还差一个月，返土归根情急切（字一）　　其

此例使用三重复扣法。"百岁"指"一百岁"，别称"期颐"，缩略语为"期"。"百岁还差一个月"，即从"期"字中减损去一个"月"字，得出"其"字，这是第一重扣合。"返土归根"，用假设法，即回归一个"土"字就成为"根"，转义为"基"，逆推再次扣合谜底"其"字，这是第二重扣合。"情急切"，"切"字提示用反切扣合，以"情"字的声母（q）与"急"字的韵母及声调（í）拼成"其（qí）"字，这是第三重扣合。

例4：进门廿载初别难，临去声声唤（字一）　　　　蒟

谜面前句用离合拆字扣合，"进门"为加进一个"门"，"廿载"即载（写）上一个"廿（同：卄）"，"初别难"即"难"字的起初部分"又"字别离去，余下"隹"，三个字素合成谜底"蕑"。后句"临去声声唤"别解为"声音唤（叫）作'临'字的'去声'"，是用

拼音法扣合。"临"与"蔺"声韵相同,声调不同。

例5:几声清淅沥(电信特别服务号码一)　　　　114

此例谜面别解为:"清淅沥"三字读音各是第"几声"?由"清淅沥"的拼音(qīng xī lì)可知,三字的读音分别是第一声、第一声、第四声,故而扣出谜底"114"。

3. 特别提示

"声韵法"要按谜面提示找准相关字词的声母或韵母,或取舍、或反切、或确定声调进行扣合。应当注意"声韵法"常与其他谜法结合,从一音多字中确定唯一的谜底。还应注意,有些谜面只有"拼、读、念、声"等提示,也得用到声韵反切拼读扣合。因为汉语拼音书写方法有多种特殊规定,此法要特别注意正确使用声母和韵母,以保证扣合的准确性。

试用"声韵法"扣出谜底。

1. 佳人入夜思春切(字一)
2. 歌舞声韵画堂中(字一)
3. 如闻细雨声声,更兼漓江神韵(中药一)
4. 打拼在军旅之中(电视剧名一)
5. 凤几声,雁几声,马蹄声声又声声(乘法口诀一)
6. 三十而立念师恩(字一)
7. 川中离人声急切(字一)
8. 春香夜夜凄吟声(字一)
9. 先抹后补拼成破屋(字一)
10. 前军埋伏西南角,早日挥戈奏凯声(字一)

第四节　混合相扣类

混合相扣类是两种以上扣合类型综合用在同一条灯谜中的表现方

式。如：分扣、双扣、拆字提义、拆字提音、多重复扣等谜法。

一、分段扣合法

1. 谜法要领

● 定义

"分段扣合法"是把谜面进行分段（分成两段或多段），每段分别与谜底的对应部分相扣的扣合方式。"分段扣合法"也叫"分扣法"。

● 典型谜例

例1：十分佩服（字一） 衬

扣合思路：谜面分成两段"十分／佩服"。第一段"十分"若别解为长度，可会意扣"寸"；若看成是钱，则可折合为一"角"。第二段"佩服"，"佩"是动词起加合作用，"服"别解为服装，会意扣"衣"。取"寸"才能与"衣"（衤）组合成"衬"字。

例2：老百姓与军队（称谓一） 民兵

扣合思路：谜分两段扣合，"老百姓"会意扣"民"，"军队"会意扣"兵"。谜底将两段扣合的结果组合起来成为"民兵"。

● 特征与要领

特征：谜面的含义与谜底的含义没有直接完整的联系，谜面与谜底不可能整体会意连贯相扣。

要领：把谜面按一定的理解进行分段，每段扣合谜底中的一个部分，将几个部分组合起来才是完整的谜底。

2. 应用实例

例1：一室生春惹相思（字一） 鹛

谜面分为三段"一室／生春／惹相思"。"室"会意扣"门"；"春"与五行中的"木"对应借代相扣；"相思"指相思鸟，借代扣"鸟"。"生""惹"起连接作用，将三段扣合的结果"门""木""鸟"组合起来，成为"鹛"字。

例2：子牙垂钓，苏武放牧（字一） 鲜

谜面前后两句是互不相关的两件事，因此要分段扣合。前句取材

于古典小说，姜子牙未遇时隐居在磻溪垂钓，所钓者无疑是"鱼"，故以"鱼"扣之。后句是西汉历史人物苏武的经历，苏武出使匈奴，被扣押在北海放羊十九年，因而苏武所牧者"羊"也。将谜面分段所扣的两个部分合之为"鲜"字。

例3：升迁机会有一点（福建县名一）　　　　　　上杭

"升迁"指职务上升，会意扣"上"。"机会有一点"别解为"机"字会有"一"和"点"（、），笔画组合扣出"杭"字。合成"上杭"。此例两段扣合方法不同，前段用会意法，后段用离合法。

例4：打东洋（时间用词一）　　　　　　　　　十二日

谜面分成两段扣合。"打"别解为数量词，"一打"为"十二"。"东洋"指日本，借代扣"日"。

例5：归宗访祖破古谜（成语一）　　　　　　寻根究底

"归宗访祖"会意为"寻根"；"破古谜"会意为"究底"。两段会意扣合。

例6：重逢于六一早上（神话人物一）　　　　　观音

"重逢"会意为"又见"，扣"观"字。"六一早上"离合扣"音"字。两段扣法不同。

例7：一一垂丹青（中国画表现手法一）　　　工笔重彩

"一一垂"别解为描述"工"字的笔画，扣"工笔"。"丹青"是两种色彩，扣"重彩"。分段相扣而成。

例8：岭前设伏（电影片名一）　　　　　那山那人那狗

分两段扣合，谜底解说谜面提示的字形。"岭前"扣"那山"；"设伏"扣"那人那狗"。

3. 特别提示

"分段扣合法"灯谜的谜面与谜底整体意思不能连贯相扣，要把谜面语句视需要分成几段，逐段进行推敲别解，扣合出谜底的各个片段，然后再组合成完整的谜底。分段扣合的灯谜往往不止用一种谜法制成，因此各段可能要运用不同的方法来扣合。

练习二十九

试用"分段扣合法"扣出谜底。

1. 有吃有穿（十二画字一）

提示：吃的是何物？穿的是什么？

2. 说话十分得体（字一）

提示："说话／十分／得体"分三段会意扣合。

3. 节能（地理名词一）
4. 茅台（文牍用词一）
5. 健与美（二字形容词一）
6. 彩铃（成语一）
7. 奔走相告（体育设施一）
8. 参三七（竞赛用词一）
9. 疲劳战术（二字统计名词一）
10. 不走弯路，提高速度（铁路交通用词一）
11. 鲁迅全集（曲艺形式一）

提示：分成"鲁／迅／全集"三段扣合。

12. 一尘不染，光如镜面（节气一）
13. 大漠孤烟直，长河落日圆（五字俗语一）
14. 问寒问暖（菜肴用语二）

提示："问寒／问暖"分成两段扣合。

15. 陶渊明之流（体育名词一）
16. 诱林冲误入节堂，激杨志怒试宝刀（字一）

提示：谜面两段都是古典名著《水浒传》中的故事。骗林冲进入白虎节堂的是谁？激怒杨志动刀杀人的又是谁？

17. 云长刮骨，宋江杀惜（成语一）
18. 明君，清官（七字俗语一）
19. 陈后主避隋军，郑成功驱荷虏（四字石油勘探名词一）

提示：陈后主避隋军躲在哪里？郑成功驱逐荷虏平定了何处？

20. 冬虫夏草（生物学名词二）

提示:"冬虫夏草"为中药名,冬季意思为"寒",夏季意思为"热";"虫"是动物,"草"是植物;全谜分成两段,对应扣合。

二、推理法

1. 谜法要领

● 定义

"推理法"是根据谜面内容进行简单的逻辑推理,然后将推理结果转化为文字音、形、义变化的解析和字素的增损离合操作(或以会意方式推出谜底)的扣合方式。

● 典型谜例

例1:夜景(字一) 　　　　　　　　　　　　　　　　　　　京

扣合思路:由谜面"夜"字,可以推理太阳("日")已经落下,暗示"景"字要去掉"日",由此扣出"京"字。

例2:水落(字一) 　　　　　　　　　　　　　　　　　　　础

扣合思路:谜面可以引发人们联想起"水落石出"的成语,由"水落"(水退落下去)推理可知石头会露出来,会意为"石出",拼合即成"础"字。

● 特征与要领

特征:谜面一般都是人们日常熟悉的一些事物,如自然现象的变化关系、具有相互关系的常识性问题等。(或是表述一些事态,用以引发人们推想可能发展的情况。)

要领:要把推理得出的变化规律运用于灯谜扣合之中。一是将推理得出的变化规律,转化为增或损(多为减损)谜面某字的一些部件,从而扣出谜底。二是根据谜面表述的事态,推想可能发展的趋势,会意扣出谜底。

2. 应用实例

例1:云南大旱(字一) 　　　　　　　　　　　　　　　　　真

云南省的简称是"滇"。根据"大旱"推理一定缺水,于是要将"滇"字中的"水"(氵)去掉,便成了"真"字。

例2：春雨连绵妻独宿（字一）　　　　　　　　　　　　一

这是一条著名的古谜，谜面顿读成"春／雨连绵／妻独宿"。从"春"字入手，由"雨连绵"推理必无太阳，因而要去掉"日"；由"妻独宿"推理丈夫不在家，因而还要去掉"夫"。这样，从"春"字中减掉"日"和"夫"，就剩下"一"字。

例3：黯然无声（字一）　　　　　　　　　　　　　　　黑

"无声"说明没有声音，由此推理"黯"字里头意思与"声音"有关的部件"音"应当去掉，剩下的就是"黑"字。

例4：晴空一色海水清（字一）　　　　　　　　　　　　晦

谜面应顿读为"晴／空一色／海水清"。"晴／空一色"别解为"'晴'字空缺一种颜色"，由此推理"晴"字里头与"颜色"有关的字素"青"（青色）应当去掉，只剩下"日"。"海水清"别解为"把'海'字的'水'（氵）清除掉"，扣出"每"字。"日"与"每"合成为"晦"。

例5：昨夜灯前见（字一）　　　　　　　　　　　　　　炸

由"夜"可推断没有太阳（日），暗示将"昨"字中的"日"去掉，成了"乍"。"乍"又与"灯"字的前面部分"火"组合成"炸"字。

例6：浴疗（三字口语一）　　　　　　　　　　　　　泡病号

浴疗是利用沐浴的医疗作用治疗疾病的方法。根据浴疗的治病方式，我们可以推理出所浸泡的是病号，即"泡病号"也。"泡病号"本义是指借故称病长期不上班或小病大养。

例7：以貌取人（四字口语一）　　　　　　　　　　见好就收

"以貌取人"是将人的容貌言行等外在的标准作为对人进行评判和选取的标准。由此推理将是见到容貌好看的人就收进来，因而扣合"见好（容貌好看）就收"也。

例8：好料沉底（四字俗语一）　　　　　　　　　　就汤下面

由"好料沉底"可以推定"（好料）就在汤的下面"。

3. 特别提示

"推理法"灯谜先要根据谜面内容进行推理，需要推理的问题本身并不难，有的可以由推理结果直接会意扣合谜底，但有的则需要将推理结果转化为字素变化的扣合（多见于字谜），比平常灯谜的扣合多转了一道弯。通常是按推理得出的变化规律，减损谜面某字的一些部件即可，有时在减损后还要另外增补一些部件，当然后者往往是复合型的字谜。

练习三十

试用"推理法"扣出谜底。

1. 干涉（字一）

提示："干"字表示没有水分，由此推理要去掉"水"。

2. 哑谜（字一）

提示："哑"字表示不能说话。

3. 旱天雷（字一）

4. 春阴秋寒（字一）

5. 山西阴天（字一）

提示："山西"要先用简称替代。

6. 山东之夜（字一）

7. 良药苦口（字一）

提示：古语有"良药苦口利于病"之说。

8. 银幕背后看电影（字一）

提示：银幕背后看到的电影片是反面的。

9. 海枯水不流（字一）

10. 春雨送人行（字一）

11. 中国的幅员（字一）

提示："幅员"指领土面积。

12. 暗香残存（字一）

提示："暗"指"天黑"，可推理看不到太阳。

13. 秋山晚凉（字一）

14. 一江清水映晴霞（字一）

提示：由"晴"可推理没有雨。

15. 青山绿水今失色（字一）

16. 住宅装修设计（五字口语一）
17. 背了阎王债（六字口语一）
18. 少壮不努力（三字口语二）
19. 请进美容店（四字口语一）
提示：由"请进美容店"可以推定"是要让你的容貌变得好看"。
20. 秋来凉爽沙水清，晴雯西楼吐芳心（二字网购用语一）

三、双重扣合法

1. 谜法要领

● 定义

"双重扣合法"是谜面接连两次与谜底完整扣合的方式。也叫"双扣法"。

● 典型谜例

例：水大多发电，水电要大上（字一）　　　　　　　　　淹

扣合思路：谜面前句言外之意是指"水（氵）大"又多了个"电"字，组合起来是个"淹"字。谜面后句别解为"水（氵）电"要加上个"大"字，也可以组拼成"淹"字。谜面两次完整扣合"淹"字，本例属拆字双扣。

● 特征与要领

特征：谜面文字可分为两个部分，每个部分都可独立与整个谜底扣合。

要领："双扣法"灯谜很像是把两条谜底相同的灯谜合在一起，但要求谜面两个部分的语意一定要连贯，能够融合为一体。

2. 应用实例

（1）拆字双扣

例1：山下出石灰，石灰堆成山（字一）　　　　　　　　碳

谜面前后两句各自都可独立用字形离合法扣"碳"字，形成两次扣合谜底的方式。谜面更加充实，扣合更多曲折。

例2：人有它大，天没它大（字一）　　　　　　　　　　一

此谜用假设法两次扣合谜底"一"字。谜面前句别解为"人"有了它（指未知的谜底）变成"大"字；后句别解为"天"没有了它（指未知的谜底）也会变成"大"字。显然，"人"加"一"会变成"大"，"天"减"一"也会变成"大"，所以两次扣合谜底"一"字。

（2）会意双扣

例3：谈瀛洲，语天姥（字一）　　　　　　　　　　　讪

谜面由李白诗句"海客谈瀛洲"和"越人语天姥"二句演化而来。瀛洲是传说中海上三神山之一，"谈瀛洲"会意扣合"言山"，合成一字为"讪"。"天姥"指浙东的天姥山，"语天姥"再次会意扣合"言山"，合成"讪"。谜面两次会意扣合"讪"字。

例4：转载还得到春节（天文名词一）　　　　　　回归年

谜面分成两段"转载/还得到春节"，可各自独立扣合谜底。"转"别解为"回转、回归"，"载"别解为"年"，故而"转载"会意可扣"回归年"。"还"（hái）异读作huán，义变作"回还、回归"；"春节"是年关，义扣"年"；因而"还得到春节"再一次会意扣合"回归年"。

例5：喝正宗酒，办正经事（春秋人名二）　　　干将、莫邪

谜面前后两句各自会意扣合谜底一次。"干"（gān）先看成是把酒喝干之意，则谜底别解为"酒不要喝邪乎了"，以应合谜面前句之意。"干"异读作gàn，取"做事"之意，则谜底别解为"做事不可邪门"，以应合谜面后句之意。两次扣合中"邪"（yé）均异读作xié，作"不正道"解。

（3）综合双扣

例6：要案破后客心宽（陕西市名一）　　　　　　　西安

谜面分为两段"要案破后/客心宽"，前半拆字扣出"西安"二字，后半借代会意扣"西安"，形成综合双扣合的方式。

例7：遇到摄影赛，都要露一手（字一）　　　　　　揩

谜面前句用会意法扣底，谜底"揩"的字形要参差拆分作"比拍"，别解作"拍照比赛"。谜面后句用分段扣合，"都要"会意扣"皆"，"露一手"以"扌"与"皆"合成"揩"。

例8：初见颇与郎相似，细看知卿前未来（字一）　　即

谜面后句别解为"仔细看才知道是'卿'字前面部分没有到"，以拆字扣出"即"。前句"初见颇与郎相似"说明谜底粗略一看字形与"郎"字很相似，而后句所扣的"即"字恰与"郎"字相似，以字形相似类比辅助扣合。

3. 特别提示

"双扣法"谜面多是两句，一般是每句都可独立与谜底扣合。谜面若只有一句，则要注意发现双扣的迹象，通过顿读将谜面正确分成为两段，让各段独立扣合谜底。

试用"双重扣合法"扣出谜底。

1. 排除外因，定有内因（字一）
2. 独具匠心，前所未有（字一）
3. 其言有诈，怎敢放心（字一）
4. 夸大其辞，同流合污（字一）

提示："流"要解作"水流"（扣"氵"）。

5. 再上金顶天际游（字一）
6. 十月十日潮水退（字一）
7. 枝头累累实不少（字一）

提示：本条是会意双扣。

8. 我有小屋自安居（字一）

提示："我"可以同义替代的字有"吾、余、予"等，"屋"可以同义替代的字有"房、舍"等，要从中找出适用的组合来。

9. 宁可抛头颅，何可失人格（字一）
10. 人说多子为好，我说少生为妙（字一）
11. 有心表白必然行，无意暗恋亦是空（字一）
12. 朱墨绘丹青（世界名著一）
13. 剩下工作我来做（江西县名一）

14. 天方夜谭无须再谈（作家一）
15. 点子有了要开拓，开拓必须有点子（机械加工用词一）
16. 独经此道，唯精此道（古代天文学家一）
17. 三十而立，辛苦半生（字一）
提示：前句可扣：卉、丰、莘；后句可扣：莘、辜。
18. 讲起来错了一点，说出后不值一文（字一）
19. 善始善终一片心，一心只图要翻身（字一）
20. 春末闲中操一曲，一曲聚散成杳然（字一）

四、拆字提音法

1. 谜法要领

● 定义

"拆字提音法"是谜面以拆字的方式与谜底扣合之后还附加提示谜底读音的扣合方式。

● 典型谜例

例：寒梅半放自吟诵（字一）　　　　　　　　　　　宋

扣合思路："寒梅半放"是拆字部分，"寒"与"梅"各取其半合之为"宋"；"自吟诵"提示谜底读音，点明这个字吟（念）起来与"诵"同音。拆字部分得出的"宋"恰与"诵"同音，从读音上再次确认扣合的准确性。

● 特征与要领

特征：谜面可分为两部分，两部分的语义前后关联，一气呵成。主体部分通过"拆字"方法扣合谜底的字形，附加部分多用别解的方式提示谜底（字或词）的读音，以辅助认证谜底。

要领：先从"拆字"部分入手初步扣出谜底，再用"提音"部分来检验准确与否，如果二者读音相同，便可证明扣合准确。

2. 应用实例

例1：呈上力作报佳音（字一）　　　　　　　　　　加

"呈上力作"是拆字部分，扣合谜底字形，"呈"上方为"口"，加上"力"，可构成"另"字，也可构成"叻"（读 lè，指新加坡），还可构成"加"字。"报佳音"是提音部分，提示谜底报出来与"佳"的音相同。"加"字与"佳"读音相同，可以确定是谜底。而"另"与"叻"读音与"佳"不同，所以不是谜底。

例2：听音便是意中人（字一）　　　　　　　　　　　因

"听音便是"是提音部分，提示谜底这个字听起来与"音"字相同。"意中人"是拆字部分，"意"的中部是"日"，与"人"合成"因"字。拆字得出的"因"与"音"字读音相同，可确定是谜底。

例3：连进四球能称雄（字一）　　　　　　　　　　　熊

谜面顿读成"连进四球能／称雄"。"连进四球能"是拆字部分，这里用到象形法，笔画点"丶"象形为小球，"能"加进四点成为"熊"字。"称雄"是提音部分，提示谜底"熊"与"雄"字读音一样。

例4：韶歌半阕得新声（字一）　　　　　　　　　　　歆

"韶歌半阕"用半字法可扣出"歆"字。"得新声"提示谜底"歆"读音与"新"相同。

例5：要上西楼莫作声（字一）　　　　　　　　　　　末

"要"字上方取"一"，"西楼"为"木"，"一"与"木"可拼合成三个不同的字"未""末""本"。"莫作声"别解提示读音要与"莫"字相同，符合这个条件的只有"末"字。

例6：出破绽后声发怵（字一）　　　　　　　　　　　绌

"出破绽后"拆字，"绽"字残破了后半，余下"纟"，与"出"合成"绌"。"声发怵"提示谜底发声与"怵"字相同，"绌"字可确定。

例7：闻乡音，未吐一字泪水流（字一）　　　　　　　相

"闻乡音"提示谜底听起来与"乡"同音；"未吐一字"（"未"吐出"一"字）可得"木"，"泪水流"（"泪"字流失三点水"氵"）成为"目"，"木"与"目"合成"相"字。"相"与"乡"同音，便可断定是谜底。

例8：草根文化传轶事（二字称谓一）　　　　　　　义士

"草根文化"拆字，"草"字根部是"十"，与化开后的"文"字，组拼成"义士"。"传轶事"提示谜底传出的读音与"轶事"相同，可确定谜底是"义士"。

3. 特别提示

"拆字提音法"是双扣法中的一种特殊形式,谜面同时描述谜底的字形和读音。这样的表现形式可加大谜面的内涵,丰富灯谜的表现力,对猜射来说它也是一种障眼法,更耐推敲,也更有趣味。关键在于从谜面发现提示读音的成分,并将谜面正确分段,尤其是单句谜面中需要顿读分段的情况。

练习三十二

试用"拆字提音法"扣出谜底。

1. 明日要去听音乐(字一)
   提示:谜底听起来与"乐"(yuè)字读音相同。
2. 有月当头笑声扬(字一)
3. 半生凭枕听鸡声(字一)
4. 西部狼烟有敌声(字一)
5. 又生一计众称异(字一)
6. 福音传来终有报(字一)
   提示:"福音传来"起提音作用。"终有报"别解为"有报"二字的终了部分(即最后面的部件)。
7. 知音十月又相逢(字一)
8. 同心献计报捷音(字一)
9. 倾心分明是知音(字一)
10. 中国体改呼声急(字一)
11. 远岫半蒙闻笛声(字一)
    提示:"远岫半蒙"用"半字法"扣合。
12. 乡音未改白了头(字一)
13. 闻此箫声半销魂(字一)
14. 一人扛米喊声累(字一)
15. 似是三十会知音(字一)
16. 前线将士拼,后方闻捷音(字一)

17. 须臾人不见，忽听呼救声（字一）
18. 读书一夕未见先生（字一）
19. 真心对待人，回头叫添衣（时间用词一）
20. 浑身义胆久闻名（二字常用词一）

五、拆字提义法

1. 谜法要领

● 定义

"拆字提义法"是谜面以拆字的方式与谜底扣合之后还附加提示谜底语义或属性的扣合方式。

● 典型谜例

例：一贯用心，习以为常（字一）   惯

扣合思路："一贯用心"是拆字部分，扣合字形，"一个'贯'字用上'心'（忄）"成为"惯"字。"习以为常"是"提义"部分，用以提示谜底字义，"惯"的本义恰是"习以为常"，从字义吻合上再次确认扣合的准确性。

● 特征与要领

特征：谜面可分为两部分，两部分的语义前后关联，一气呵成。主体部分通过"拆字"方法扣合谜底的字形，附加部分多用别解的方式提示谜底（字或词）的语义或属性（特征和作用等），以辅助认证谜底。

要领：先从"拆字"部分入手初步扣出谜底，再用"提义"部分来检验准确与否，如果二者语义或其外延（如特征和作用等）有相通之处，便可证明扣合准确。

2. 应用实例

例1：半对半对，凑成一对（字一）   双

"半对半对"是拆字部分，"半对"取"对"字的一半"又"，两个"半对"即两个"又"，组成"双"字。"合成一对"是提义部分，提示谜底的字义与"一对"相同。拆字得出的"双"，字义与"一对"相同，可以确定扣合无误。

例2：一旦用心，长期坚持（字一） 恒

"一旦用心"是拆字部分，将"一、旦、心（忄）"合并起来即成"恒"字。后句"长期坚持"用以提示"恒"的字义。

例3：污水处理，大加赞赏（字一） 夸

谜面要顿读作"污水处理，大加／赞赏"。"污水处理"用减字法扣合"亏"，加上"大"，成为"夸"字。"赞赏"词义与"夸"相近，用以提示"夸"的字义。此例拆字与提义两部分的分界在谜面句子中不是很明晰，要注意顿读与别解。

例4：闺女出门年尚幼（字一） 娃

"闺女出门"是拆字部分，"闺"字出掉"门"，用上"女"，成为"娃"字。"年尚幼"提义，谜底"娃"指的是小孩，与所提之义"年尚幼"是相吻合的。

例5：这个变化真不小（字一） 大

"这个变化"是拆字部分，别解为把"个"字笔画做移位变化，可变成"大"字。"真不小"提示谜底字义。"大"的字义与"真不小"相吻合，无疑扣合是准确的。

例6：少点良心成积怨（字一） 恨

"良心"少了个"点"（丶），常规拆字可得"艮"字；若把"心"用偏旁"忄"替代还可扣"恨"字。"成积怨"提示谜底要能够成为"积怨"的意思，"恨"的字义与之相近，可确定是谜底。由此排除了扣合"艮"的可能性。

例7：直到五点抵云南（字一） 滇

"五点"别解为五个点（丶）的笔画，"直"与五个"丶"适当组合可成"滇"字。"抵云南"提义，"滇"恰是云南省的简称。

例8：人居府内难清廉（字一） 腐

"人居府内"拆字，"人"与"府内"组拼成"腐"字。要注意"内"字不要忽略掉。"难清廉"提示谜底字义，"腐"是"腐败"，何"清廉"之有？与谜面提义是吻合的。

3. 特别提示

"拆字提义法"的结构与"拆字提音法"很相似，谜面同时描述谜底的字形和语义。关键在于从谜面发现提示语义的成分,并将谜面正确分段,尤其是单句谜面并且需要顿读分段的情况。还应当注意,灯谜的"提义"与"会意"不完全等同,"提义"的外延更广,可以提示谜底文字的准确释义,也可以提示特征、性状和作用等。

练习三十三

试用"拆字提义法"扣出谜底。

1. 顶尖高手并不多(字一)
2. 用人纳言总不疑(字一)
3. 夸大其辞必招损(字一)
4. 此言正好成依据(字一)
5. 云开日出,直达三明(字一)

提示:"直"表示竖的笔画"丨"。

6. 看看心里平,其实跳不停(字一)
7. 断一半,接一半;接起来,还是断(字一)

提示:前半段用"半字法"扣合。

8. 两人要去争第三(字一)

提示:"争第三"提示谜底的含义是序数"第三"。

9. 抽调一半下赌注(字一)
10. 暗中设伏人默然(字一)
11. 人一有权话就多(字一)
12. 没点良心人切齿(字一)
13. 不到京中就不对(字一)
14. 人拳离手似已疲(字一)
15. 霜雨已消方寸思(字一)
16. 危难当前助人为乐(字一)

提示:"为乐"提示谜底字义为"乐"(快乐)的意思。

17. 水依山而下,其势猛且急(字一)
18. 扣合有匠心,别解显智慧(字一)
19. 明日外出,时间三十天左右(字一)

20. 妊娠之后到九龙（干支纪年一）

六、多重复扣法

1. 谜法要领

● 定义

"多重复扣法"是谜面反复多次（三次或三次以上）与谜底扣合的方式。

● 典型谜例

例1：进取一生，开拓一生，终其一生，奉献一生（字一） 牛

扣合思路：此例纯用离合扣法，谜面四句每句都可单独扣合一个"牛"字，系四重复扣之谜。

例2：终生念伊减姿容（字一） 一

扣合思路：此例分三段扣合。"终生"方位提示扣"一"字；"念伊"提示谜底读"伊"之音，暗示"一"与"伊"同音；"减姿容"别解为"减号的样子"，提示"减号"（—）与谜底"一"字形相同。此例三重扣合用三种谜法。

● 特征与要领

特征："多重复扣法"是"双重扣合法"的扩展形式，因而它兼具双重扣合法、拆字提音法、拆字提义法的各种特征，多种扣合方法并用。

要领：观察谜面，注意发现音、形、义扣的提示词，从各段扣合结果的吻合程度来确定扣合的准确性。

2. 应用实例

例1：孙子告辞，当下就要去南京（字一） 小

"孙子告辞"用减字法扣"小"；"当下就要去"再次减损扣"小"；"南京"方位指定第三次扣"小"字。此例用离合之法三重扣合。

例2：谓之男儿，排行老四（字一） 丁

北宋人丁谓，字谓之，故"谓之"以姓氏"丁"借代相扣。"男儿"义扣"丁"，丁是成年男子。"排行老四"指序数第四，旧时

"丁"常作为序数"第四"用。此例系三重会意相扣。

例3：尾生死前犹念伊（字一）　　　　　　　　　　一

此例分三段扣合。"尾生"方位提示扣"一"字；"死前"亦以方位提示扣"一"字；"念伊"提示谜底读"伊"之音，暗示"一"与"伊"同音。此例三重扣合用离合与音扣两种谜法。

例4：失足摔倒才叫爹（字一）　　　　　　　　　　跌

此谜综合运用了形、义、音混合相扣法，"失足"以合并字形法得出"跌"字，"摔倒"义扣"跌"，"叫爹"用谐音法再次提示"跌"字的读音与"爹"相同。此例三重扣合用三种谜法。

例5：读史方解案中案（字一）　　　　　　　　　　始

"史、始"读音相同，"方、始"含义相同。谜面"读史（shǐ）"提示谜底"始"字的读音；"方解"提示"方"字可解为"始"（开始）之意；"案中案"以综合法扣出谜底，前两字"案中"依方位提示取"女"字，后一个"案"会意为"台"（案台），"女、台"合为"始"字。此例音、义、形三重复扣。

例6：听其声，感到怪，不可大意（字一）　　　　奇

谜面以"其"（qí）提音，"其"与谜底"奇"同音；以"怪"提义，"奇"与"怪"同义；"不可大意"用增损离合法拆字得出"奇"字。此例亦系音、义、形三重复扣。

例7：数字达万亿，归来居鄂地，声闻于梓里（字一）　秭

谜面首句提义，谜底"秭"有一义为"万亿"；第二句漏补会意，"归"字来与谜底补成"秭归"，便是鄂省（湖北省）地名；第三句提音，"梓"与"秭"同音。此例三重复扣用三法。

例8：秋叶半落，渔歌互答。闻有声霍起，此何声也，似鹤鸣，又若狐音（字一）　　　　　　　　　　和

"秋叶半落"字形取半扣"和"字；"渔歌互答"会意扣"和"字，"和"读去声，作"唱和"解；"闻有声霍起"提示"和"有一音与"霍"同，如"和面"的"和"；"此何声也"说明"和"与"何"读的声音一样；"似鹤鸣"暗指"和"可以读"鹤"的音，如"唱和"；"又若狐音"再次提示"和"还可以读"狐"的音，如"打麻将'和'了"。此例充分利用"和"字多音的特点，形、义、音扣多法并用，六重扣合。

3. 特别提示

"双重扣合法"的谜面仅限于两次扣合谜底；而"多重复扣法"的谜面要能够反复多次（至少三次）扣合谜底，在扣合手法上可以纯用一种，也可以多种并用，丰富多彩，令人应接不暇。因为多重扣合，制作复杂，所以"多重复扣法"多用于字谜，词语谜极少见。这类谜一般谜面的文字都较长，由多句组成，一句（或两句）一重扣合，尤其要注意一字多音和一字多义在扣合中的应用。但也有谜面只有几个字的，应当进行必要的分段，而后才好各个击破。这类谜最能检验人们综合使用各种谜法的熟练程度。

练习三十四

试用"多重复扣法"扣出谜底。

1．至高无上赤子心（字一）

2．一月二日到昆明，倾心相对皆无言（字一）

3．不为先觉期后觉，莫道砚田是石田（字一）

4．四山纵横，两日绸缪；富是它起脚，累是它起头（字一）

5．头戴乌纱帽，跷起二郎腿，整日混宴会，案发下去了（字一）

6．天下真不小，为人一生有奔头（字一）

7．并非远树起风声（字一）

提示：本题三重扣合用三种谜法（三扣三法）。

8．真心不二独念伊（字一）

提示：本题三扣三法。

9．盼聆八音到邑南（字一）

提示：本题三扣三法。

10．乍看貌似一般，从商腰缠万贯（字一）

提示：本题三扣三法。

11．三月直须看柳色，情心已断倩人离（字一）

提示：本题四扣二法。

12．只缘古镇连月雨，大泽起义辨狐音（字一）

提示：本题三扣三法。

13. 其声先快后慢，居高临下而视，目不旁顾，一副无所畏惧之状（字一）

提示：本题三扣三法。

14. 闺楼半掩空无事，也关木门听弦音（字一）

提示：本题四扣三法。

15. 夸大其辞必遭损，同流合污岂受益（字一）

提示：本题四扣二法。

16. 频闻此声腔，如见贪模样，分明显贵后，还是穷酸相（字一）

提示：本题四扣四法。

17. 站桥头，听远方，箫声琴韵，依旧相对吐心音（字一）

提示：本题四扣四法。

18. 真心不二辅后主，死而后已献赤心（字一）

提示：本题五扣一法。

19. 心存爱意，欲求无言，看离别已是一年，细思量又是一春，争如默无声（字一）

提示：本题五扣三法。

20. 上进男，思上进；始奋发，旧貌改；先受累，后致富（字一）

提示：本题六扣一法。

第五节　特殊扣合类

特殊扣合类是除了字形扣合类、字义扣合类、字音扣合类、混合扣合类之外的一些其他特殊扣合方式。如：抵消法、运算法、漏字法、简繁代换法、叫入叫出法等。

一、抵消法

1. 谜法要领

● 定义

"抵消法"是把谜面（或谜底）上一些可以互相抵消的字或词先

自行抵消后，再将剩余的文字（即"等效谜面"或"等效谜底"）用常规谜法来扣合的方式。

抵消法可分为"谜面抵消法"和"谜底抵消法"两种类型。

● 典型谜例

例1：大油田出油（字一）　　　　　　　　　　　　　奋

扣合思路："出"表示减损，谜面上"出油"二字提示将前面"大油田"中的"油"字排除，"油"与"出油"自行抵消后，谜面等效于只有"大田"二字，可用"积木法"拼合成"奋"字。本例用的是谜面自行抵消方式。

例2：一米（八字常言一）　　　　　　来也匆匆，去也匆匆

扣合思路："去"表示减损，谜底中"去也匆匆"四字提示将前面"来也匆匆"中的"也匆匆"三字排除，"去也匆匆"与"也匆匆"自行抵消后，谜底等效于只有一个"来"字。谜面"一米"用"积木法"拼合即是"来"字。本例用的是谜底自行抵消方式。

● 特征与要领

特征：（1）"谜面抵消法"的谜面上必定有重复出现的字（或词），并且还有明显的表示抵消之意的词。（2）"谜底抵消法"的谜底中必定有重复出现的字（或词），并且还有明显的表示抵消之意的词。

要领：先简化谜面（或谜底），把能够互相抵消的字（或词）全都抵消掉，再用简化后的"等效谜面"（或"等效谜底"）来进行扣合。

2. 应用实例

例1：啤酒厂出酒（字一）　　　　　　　　　　　　　碑

谜面"酒"与"出酒"自行抵消，等效谜面只有"啤厂"二字，仔细观察"啤厂"可以拼合出"碑"字。

例2：福建省福安人（字一）　　　　　　　　　　　健

谜面顿读为"福建/省福/安人"，"福"与"省福"互相抵消，余下"建安人"（别解为："建"字安上"人"字旁），谜底呼之即出。

例3：大材小用无材用（字一）　　　　　　　　　　　尖

谜面后半"无材用"抵消掉前面的"材"和"用"两字，谜面只剩下"大小"，显然可拼合成"尖"。

例4：奇云出奇峰（湖南县名一）　　　　　　　　　龙山

　　谜面"奇"与"出奇"互相抵消，仅余下"云峰"成为等效谜面。古人有"云从龙，风从虎"的说法，故"云"可与"龙"相扣；"峰"与"山"同义相扣。

例5：终日望夫夫不归（航空术语一）　　　　　　　全天候

　　谜面系刘禹锡《望夫石》诗句。"夫"与"夫不"自行抵消，余下等效谜面"终日望归"会意扣合"全天候"。"全天候"别解为"全天在等候"。

例6：西子湖畔无西施，去也（字一）　　　　　　　　游

　　谜面顿读作"西子／湖畔／无西／施，去也"，"西"与"无西"互相抵消，剩下的是"子／湖畔／施，去也"，可用加减混合法"运算"得出"游"字。

例7：看见大姐二姐小姐，没看见三姐（字一）　　　　奈

　　"三姐"别解为"三个'姐'字"。所以谜面后半的"没看见三姐"抵消掉前面的"看见"和三个"姐"字，谜面只剩下"大二小"，按顺序拼合即成"奈"。

例8：多劳多得，少劳少得（字一）　　　　　　　　罗

　　谜面"劳"与"得"被抵消后，只剩下"多多"二字。注意，"多多"字形结构是由四个"夕"字组成，归纳为"四夕"而扣"罗"字。

例9：《小芳》唱罢唱《小草》（字一）　　　　　　　方

　　《小芳》与《小草》是20世纪八九十年代广为传唱的两首歌曲。谜面顿读为"《小芳》唱／罢唱《小草》"。由"《小芳》唱"三字"罢"（去掉）"唱、《小、草（艹）》"，连书名号也互相抵消掉，只剩下一个"方"字。

例10：昨日之日不可留（国名一）　　　　　　　　乍得

　　谜面应别解为"昨日"中的"日"都不可留下，只剩个"乍"。这里借助"得"为衬字，谜底别解为"得出'乍'字"。

例11：南京（《水浒传》人物诨名二）　　　小遮拦、没遮拦

　　谜面"南京"按方位提示扣合出"小"字。谜底"没'遮拦'"抵消掉前面的"遮拦"，等效谜底仅一个"小"字，与谜面

所扣的字相吻合。

例12：壬辰年正月初一（家庭生活现象一）　　水龙头漏水

谜面"壬辰年正月初一"指的是"龙年的开头"。谜底"水"与"漏水"自行抵消，等效谜底即为"龙头"，别解"龙年开头"以应合谜面之意。

例13："梅香，泡茶。""晓得，去泡哉！"（《千家诗》一句）

春到人间草木知

谜面前一个"泡"字被"去泡哉"抵消后，剩余部分与谜底三段分扣："梅香"扣"春到"；"茶"字拆解，可扣"人间草木"（"人"字间隔开"草"与"木"）；"晓得"会意扣"知"。

3. 特别提示

"抵消法"的谜面必定有重复出现的字或词，并且还有明显表示抵消之意的字或词。提示抵消特征的字词常见的有"出、省、去、下、无、少、废、飞、开、不见、没有"等。

这类谜的谜面往往故布疑阵、故弄玄虚，但谜面自行抵消特征比较明显，一看便知。而谜底自行抵消如果没有提示，往往不容易察觉。多字互相抵消的情况，应注意要把所有能够互相抵消的全部都抵消掉，再把剩下的文字按照一般的谜法来扣合谜底。

练习三十五

试用"抵消法"扣出谜底。
1. 矿山采矿石（字一）
2. 不退洪水不罢休（字一）
提示："罢休"起减损作用，"不罢休"与"不"字互相抵消。
3. 留侯世家世称绝（字一）
提示：兴汉三杰之一张良受封为"留侯"。
4. 此产品不用于此（学科一）
5. 人言可畏休多言（字一）
6. 其中半数数得清（字一）

7. 隔门无须生隔阂（字一）
8. 百花园中百花放（字一）

提示：本条可以互相抵消的不止一个字。

9. 牛皮大王吹大牛（字一）
10. 寻来寻去天下绝（字一）
11. 六出岐山六成空（字一）
12. 黄鹤楼前鹤飞去（字一）
13. 荒山荒丘不再荒（字一）

提示："再"表示重复，"不再荒"抵消掉两个"荒"字。

14. 想摆阔，休想摆，没门（字一）
15. 先知先觉，后知后觉，不知不觉（字一）
16. 今岁今宵尽（《桃花源记》一句）
17. 鲁达到泉城，白日出城去（成语一）
18. 辛辛苦苦种的瓜，不会苦（字一）

提示："不会苦"要把前面所有的"苦"字都抵消掉。

19. 米老鼠和唐老鸭，老鼠溜走老鸭藏（字一）
20. 四月五日清明节（围棋用词一）
21. 防暑降温（西药二）

提示：此谜用的是谜底抵消法。

22. 冰肌玉骨（五字俗语一）

提示：此谜用的是谜底抵消法。

23. 废品不废（京剧一）
24. 凤凰台上凤凰游（数学名词一）

二、参差法

通常人们总是习惯依照汉字的偏旁部首和书写顺序，按上、中、下或左、中、右的结构，或包围、半包围的内与外的构成来分解字素，灯谜中往往不按规整的方式拆分字素，故意以参差的方式拆分和拼合。

1. 谜法要领

● 定义

"参差法"是不按汉字常规书写习惯而故意将某些字素的大小、长短、扭曲变形后,参差不齐地拆分和拼合的方式。

● 典型谜例

例:且喜有后劲(字一) 嘉

扣合思路:谜面别解为"且将'喜'字加上'劲'字的后面部分(力)"。"喜"与"力"字如果按规整方式拼合,无论是上下结构还是左右结构都拼不成字。本例故意将"喜"字下方的字素"口"往右边歪一歪,形成参差不齐的"喜",再把"力"拼合在左下方,才能成为"嘉"字。

● 特征与要领

特征:字或字素故意适当变形,以参差不齐的方式嵌合组拼。

要领:关键在于观察分析字形结构,不仅要看到字素的常规拼合方式,还要注意剖析是否还有可能存在一种或多种非常规的参差拆拼组合形式。

2. 应用实例

例1:组合木床(字一) 麻

按谜面提示要把"木床"二字组合起来。常规组合拼不成字,必须把"床"字上下部件参差开(故意写成不平整,下半部往左缩进一些),才能与"木"字组拼成"麻"字。

例2:立春之后宜造林(字一) 楂

"立春之后"按方位法取用"一"和"日"两个部件,再用加字法与"林"字拼合成谜底。"林"字左右部件必须参差开,才可与"一、日"拼合成"楂"字。

例3:伴君如伴虎(字一) 惶

成语"伴君如伴虎"本意是陪伴君王像陪伴老虎一样,随时可能有杀身之祸。因为君王这样的大人物喜怒无常,非常可怕。此例以会意扣合,谜底"惶"参差拆成"怕王"二字,别解为"君王很可怕"

来应合谜面之意。

例4：摄影竞赛（字一）　　　　　　　　　　　　　揩

谜面换一种说法是"拍照比赛"，词义提炼简化为"比拍"，然后再把"比拍"二字参差组拼可成"揩"字。

例5：重金求上策（字一）　　　　　　　　　　　　读

谜面会意为"用钱买计策"，语义可提炼为"买计"，把"买计"二字参差组合即成"读"字。

例6：还我河山（字一）　　　　　　　　　　　　　诗

谜面是南宋抗金英雄岳飞之豪言，会意为"要讨回失陷的国土"，简化为"讨土"来应合谜面。"讨土"二字必须参差（高低不平）组合才能拼成"诗"字。

例7：采石矶畔杜鹃鸣（字一）　　　　　　　　　　肌

"采石矶"按一般离损法可得出"几"部；"杜鹃鸣"则应参差离损，由"鹃"字中杜绝掉一个参差（畸形）的"鸣"字，余下"月"部；"月"与"几"常规拼合成"肌"字。

例8：刘备连取东西川（字一）　　　　　　　　　　剂

谜面别解为"'刘'字具备后，还要取来（即加上）'川'字的东部和西部（即'丨'和'丿'）"。"刘"字左右部件高低必须参差开，才可与"丨"和"丿"组拼成"剂"字。

3. 特别提示

"参差法"不按汉字的规整结构和组字习惯拆分、拼合字素，故意寻求离奇的参差拆拼形式。"参差拆字"可以使谜法显得更加奇诡多变。关键在于要透过字素的常规拼合方式看出非常规的参差拆拼组合的各种可能性，不要让长期的"习惯"蒙住了眼。

练习三十六

试用"参差法"扣出谜底。

1. 高品位（字一）

提示："高品"别解为"品"字的高端部分。

2. 苦心掌权（字一）
提示：谜面别解为"苦"字中心部位加上"权"字。

3. 不须叹气（字一）
提示：谜面换句话说要"停止叹息"，语义可简化为"止嗟"（嗟：叹息）。

4. 又生一计（字一）
提示：谜面别解为"'又'字加上'一计'二字"。"计"字左右部件必须参差。

5. 共同献计（字一）
提示："同"与"计"字部件不仅要参差，而且还要相嵌。

6. 直达三明（字一）
提示："直"用笔画"｜"替代。

7. 扶二人上车（字一）
提示：四个字合成一个字，并且"扶"的字形要参差。

8. 日前一同来造林（字一）

9. 恰似天上白玉盘（字一）
提示："天上白玉盘"指的是"月"；"恰似"应使用同义替代；两个部分参差组合。

10. 鸟亦罢其鸣（十六画字一）
提示："罢"会意为停"止"。"鸟鸣"又称什么？

11. 穷乡面貌改（字一）
提示："乡"字稍作改动便像"幺"字。

12. 回形针相扣（字一）
提示："回"的字形必须与"针"字参差相嵌。

13. 一点一点求知（字一）
提示：共有五个部件组拼。

14. 领导条子不顶用（字一）
提示：谜面会意为"条子白批了"，提炼简化后再参差组合。

15. 花草凋落叶参差（字一）

16. 费尽苦心谋其位（字一）
提示：注意"位"字参差嵌入。

17. 开放更有紧迫感（字一）

提示：关键词在于"放"与"迫"。

18. 千树万树梨花开（字一）

提示："树"会意扣什么？"梨花"是什么颜色？"开"亦须同义相扣。

19. 全部推掉，就来复习（字一）

提示："推"字全部去掉，就会成为重复的"习"字（即两个"习"字）。

20. 吕布被扣，乞公放松（字一）

提示：有典化无典，纯文字离合。

三、运算法

1. 谜法要领

● 定义

"运算法"是根据谜面的算式或数量关系进行计算（或换算）求出结果，再附加表示运算特征的字或词来确定谜底的扣合方式。（换算关系的扣合，也可以不必附加表示换算或运算特征的字或词）

● 典型谜例

例1：七一（字一）　　　　　　　　　　　　　　　　　积

扣合思路："七一"本是纪念日的简称，谜中纯粹看作是两个数字。谜面上数字若不止一个，很可能要进行运算，在谜面没有指明何种运算时，通常是使用加法或乘法。经过试探，本条谜适合用加法运算，由于"七"加"一"的和是"八"，因而会意为"和八"，参差组合即为"积"字。此例中"八"是计算结果，"和"表示"加法"运算。

例2：三个星期（字一）　　　　　　　　　　　　　　　昔

扣合思路：因为一个星期为七天，所以经过换算以后可计算出三个星期的天数。7日×3=21日（即"廿一日"）。"廿一日"用积木法拼成"昔"字。本例是换算关系的扣合，可以不必附加表示换算或运算特征的字或词。

● 特征与要领

特征：（1）谜面上有不止一个的数字符号；谜底包含着表示运算特征的字素（或字、词），如"和、合、共、差、化、商"等。

（2）谜面具有数词或量词，谜底包含着与之相应换算关系的数词或量词。

要领：运算的结果是扣合的基础（主体），在此基础上附加合适的能够体现该种运算特征的字或词。（换算关系可以不必附加表示换算或运算特征的字或词。）

2. 应用实例

例 1：三三两两（八画字一）　　　　　　　　　　　　　舍

"三三两两"是个成语，四个字都是数字，很可能要进行运算。经过试探，本条谜适合用加法运算，这四个数字连加起来（3＋3＋2＋2）得数是"十"，因而可以会意为"合起来是十"，简化成"合十"，拼为一体就是"舍"字。"合"表示合计，用来说明加法运算。

例 2：20－2（字一）　　　　　　　　　　　　　　　　　㳠

用算术减法可计算出本题的答案是 18，因减法的结果叫作"差"，所以应当会意为谜面减法运算的结果——"差为十八"。简化为"差十八"，三字拼合起来就是谜底。此例中"十八"是计算出的答案，"差"是表示运算结果的特征字素。

例 3：三七开（字一）　　　　　　　　　　　　　　　　华

从运算的观点看，数字"三"和"七"是由"十"化开的，因而可会意并简化为"十化"，拼为一体即成"华"字。

在非纯运算题中，运算只是谜题的组成部分，扣合可以不必附加表示运算特征的字素。如：

例 4：东北演出迎五四（字一）　　　　　　　　　　　　潢

"五四"本是青年节，在此谜中当作数字看。经过试探，本条谜适合用乘法运算，由"五"乘以"四"得出"二十"（可用"廿"替代）。"东北演出"别解为"把'演'字的东北部'宀'去掉"，剩下的部件与"廿"拼合成谜底"潢"。

有的"运算法"谜，除了计算之外，还要把不同计量单位经过换算后才能与谜底相扣合。如：

例 5：500 克＋500 克（字一）　　　　　　　　　　　　斯

谜面运算答案是 1000 克。每 500 克换算为一斤，所以 1000 克"共为二斤"。语词简化为"共二斤"，组拼可成"斯"字。本例含有换算关系的扣合，可以不必附加表示换算或运算特征的字或词。

例6：乒乓球混合双打（字一） 珡

"打"别解为数量词，民间习惯将数量"十二"称为"一打"。"双打"看成是两"打"，换算成两个"十二"。"乒乓球"象形为"、"。把"、"与两个"十二"字素适当组合可成"珡"字。

例7：18÷3（中药名一） 商陆

谜面算式除法计算的结果是6；谜底"商陆"别解为"算式的商为六"，"陆"（lù）异读作liù，看成是数词"六"的大写。（商陆：祛痰，平喘，镇咳，抗菌，抗炎，利尿；治水肿、胀满、脚气、喉痹、痈肿、恶疮。）

例8：$1000^2=100×100×100$（成语一） 千方百计

根据算式的等量关系，1000的平方等效于用几个100的计算来表示。谜底要表现出这种含义，即"千方百计"，别解为"一千的平方用一百为单位来计算"。

3. 特别提示

"运算法"与数学中的运算方法有关，扣合主体是数字运算的结果，附加成分是表示运算特征的字素（或字、词）。纯运算的谜题必须要附加表示运算特征的字素（或字、词），正是用上了附加的特征成分，才能避免谜作直解，而从曲折中透出谜味来。只包含部分运算的谜题，可以不需附加表示运算特征的字、词，因为谜题的非运算部分还有别解成分。

练习三十七

试用"运算法"扣出谜底。

1. 3＋5（字一）

提示："3+5"的和是"八"，因而要会意为"和八"。

2. 66÷6（字一）

提示："66÷6"等于"11"，除法的结果叫作"商"。

3. 1999（字一）

提示：四个数字连加起来等于"28"，会意为"共计二十八"。

4. 777（字一）

提示：三个数字连加起来等于"21"，会意为"共计二十一"。

5. 三七不是二十一（字一）

提示："三"与"七"相加等于"十"，相乘等于"二十一"。谜面排除了是"二十一"的可能性，那就应当会意"合计为十"。

6. 0.8尺＋0.3尺（字一）

提示：运算后"尺"要换算为"寸"。

7. 2斤水（字一）

提示："斤"要化为"两"。

8. 一周多三天（字一）

提示：时间"一周"是"七天"。

9. 五分加五分（字一）

提示："五分加五分"合计为"十分"，要把"十分"看作是长度单位，通过换算得出谜底。

10. 外面四角，里面十角（字一）

提示："外面四角"别解为这个字有四个角的外框。"十角"可换算成什么？

11. 3×6（儿童玩具一）

提示：根据运算3×6=18；乘法的结果用数学术语表达是"积"。谜底要体现出"它们的积是18的意思"，还要考虑到数字可能要用汉字表达。

12. 一比一百（三字俗语一）

提示：可以通过简单减法运算求出"1"比"100"小了多少。从这个角度扣合谜底。

13. 一元二角四分（台湾作家一）

提示：此例谜面要别解成：把"一元二角分开为四份"，那么每份是多少呢？

14. 满十分升上一级（字一）

提示："十分"可换算成什么？"升上一级"别解为计量单位"升"的上面一个量级——"斗"。

15. 十人征战一人还（三字商业用语一）

提示：战士出征，去时十人，只剩一人还来，由运算可知其余九人战死。从这个角度扣合谜底。

16. 走了百分之二十（四字口语一）

提示：谜面提示"走了百分之二十"，计算出没有走的是多少呢？以此意扣合谜底。

17. 七嘴八舌不停口（四字电视用词一）

18. 三番两次讲断交（诗歌体裁一）

19. 千人竞聘，292人录用（四字口语一）

提示：运算结果数字用汉字表示。

20. 2548÷4（中药名二）

提示：根据算题 2548÷4 求出结果，用汉字表示，还要附加表示除法特征的词。

四、补漏法

1. 谜法要领

● 定义

"补漏法"是通过查找谜面故意缺漏的字，由谜底来指出所漏之字的扣合方式。

● 典型谜例

例1：○木皆兵（字一）　　　　　　　　　　　　　芜

扣合思路："草木皆兵"是人们所熟知的成语，谜面的空格显然是故意漏去"草"字。所以谜底要将"草"字加上提示漏字特点的字眼，来表达"漏去'草'字"的意思。经过试探要选择"无"字作为附加字，谜底由"无草"组合成"芜"字。

例2：金银铜铁（江苏市名一）　　　　　　　　　无锡

扣合思路：人们通常将"金银铜铁锡"五种金属合称为五金。因谜面漏掉了"锡"，故谜底指出"无锡"，别解为"（谜面上）没有'锡'字"。

● 特征与要领

特征：谜面通常是人们所熟悉共知的名词和固定词组，或罗列一些约定俗成的同类词，或借用有一定规律的词语及现成文句，其中总要故意漏掉个别字或词。

漏字的方式有两种：一是明漏，谜面漏字用空格表示。二是暗漏（隐性漏字），谜面没有空格，虽然漏了字有时也能成文句。

要领：从谜面中发现故意缺漏的字词，即抓住了解谜的关键字词，以此为基础，加上表示缺漏特征的字词就能准确扣合。

常见的表示缺漏含义的字或词有"少、欠、缺、漏、遗、失、无、差、没、节、光、不、没有、不见"等等。

2. 应用实例

例1：顶天〇地，〇月同辉（字一） 欹

谜面是两个成语"顶天立地"和"日月同辉"，分别漏去"立"和"日"字。实际上谜面是"欠缺了'立'和'日'"，即"欠立日"，组成"欹"字。

例2：将士象马炮卒（九画字一） 轶

谜面虽然没有出现空格，但所列的"将士象马炮卒"六个字全部是象棋子（黑方的），唯独少了"车"，显然是故意漏去的。因而谜底要指出"漏掉（或缺失）了车"，即要把"车"字加上提示漏字特点的字眼，经过试探可用"失"字作为特征字，"车"与"失"拼合成"轶"字。

例3：春、夏、冬（节日一） 中秋节

春夏秋冬是一年当中的四季，常常相提并论。谜面之中少了"秋"字，谜底"中秋节"别解后指出"其中删节了'秋'字"。

例4：四五六八九（七字俗语一） 不管三七二十一

从一数到十共十个数字，谜面上只有"四五六八九"，漏掉了"三、七、二、十、一"。即"不管三七二十一"。

例5：根、茎、叶（水果名一） 无花果

"根、茎、叶、花、果"是植物的五个组成部分，现在谜面上没有了"花"与"果"，谜底自然是"无花果"。

例6：可上天揽月，可下洋捉鳖（三字商业用词一） 九五折

毛泽东《水调歌头·重上井冈山》词中有"可上九天揽月，可下洋五捉鳖"之句。谜面有意漏去"九""五"二字。谜底别解为"把九和五两字折损去"。

例7：生旦末丑（五字俗语一）　　　　　　　　　眼不见为净

京剧中的五种基本角色为"生、旦、净、末、丑"，而谜面漏掉了"净"，也就是说谜面上看不到的是"净"，正合俗语"眼不见为净"。

例8：纲、目、科、属（二字口语一）　　　　　　　　没门

生物学中是按"门、纲、目、科、属"进行分类的，显然谜面是有意漏掉"门"字，所以谜底是"没门"（别解为"谜面上没有'门'这个类目"）。

3. 特别提示

补漏法是通过查找谜面的漏字来扣合谜底的。首先要找出缺漏掉的那个字或词，尤其要注意找出隐性的漏字，并恰当运用别解的语言来指出所漏的字词，才能做到准确扣合。

练习三十八

试用"补漏法"扣出谜底。

1. ○杰地灵（字一）
2. ○不在焉（八画字一）
3. 埋头苦○（字一）
4. 一草一○（八画字一）
5. 德才○备（字一）
6. 披星戴○（字一）
7. 夏秋冬（节日一）
8. 雨露滋润○苗壮（九画字一）
9. ○之不尽，用之不竭（字一）
10. ○上九天揽月，○下五洋捉鳖（字一）

提示：两处漏的都是"可"字，要表现出把两个"可"字漏掉了。

11. 旦净末丑（计划生育用词一）
12. 可九天揽月，可五洋捉鳖（四字口语一）
13. ○河无水○河干（四字口语一）
14. ○○白鹭上青天（浙江名胜一）

15. 赤、橙、绿、蓝、紫（成语一）

提示：七色为"赤橙黄绿青蓝紫"，谜面上漏掉了"青"与"黄"两种颜色。

16. 子丑寅卯辰巳午未申亥（成语一）
17. 跳马、架炮、提车、飞相、上仕、出帅（成语一）
18. 一二三四六八九十（古诗体裁二）

提示：谜面开列的一串连续数字中缺漏了"五"和"七"，故而"'五'绝迹了，'七'也绝迹了"。

19. 东岳、南岳、北岳、中岳（陕西名胜一）
20. 帅仕相马炮（唐诗篇目一）

五、简繁代换法

1. 谜法要领

● 定义

"简繁代换法"是借助繁体字作为灯谜字形离合变化的中间环节过渡使用的扣合方式。

● 典型谜例

例：老赵奔走在异乡（字一） 　　　　　　　　　　　绡

扣合思路："老赵"别解为"古老的'赵'字"，即繁体字"趙"。"趙"奔去了"走"，剩下"肖"；"异乡"别解为"'乡'字有些异样"，近似于"纟"；"肖"与"纟"拼合即成"绡"字。

● 特征与要领

特征：谜面带有"古、老、故、旧、繁"等字，用以提示谜面某个字必须使用古老或旧时的写法（即繁体字）来参与扣合。

要领：通常是以选定的繁体字为基础，去掉其中某些部件，再加上一些其他部件来扣合谜底。

2. 应用实例

例 1：朝来见古庙（字一） 　　　　　　　　　　　　广

猜谜思路："古庙"别解为"古老的'庙'字"，即繁体字"廟"。此谜建立在假设条件上，谜面别解为"朝"字加进来才会见到"廟"字，由此逆推可得出谜底为"广"字。

例2：老叶先落，新叶初生（字一）　　　　　　　　　　喋

"老叶"别解为"古老的'叶'字"，即繁体字"葉"。"葉"字先头部分落掉，剩下"世木"；"新叶"别解为"现在简化的'叶'字"，"叶"字的初始部分是"口"。"世木"与"口"拼合起来就是"喋"字。

例3：无边古树风雨侵（字一）　　　　　　　　　　　　澎

"古树"别解为"古老的'树'字"，即繁体字"樹"。"樹"没有了两边，只剩下当中的"十豆"；"彡"象形示意为斜"风"，"雨"即"水"（氵）。"十豆"与"彡""氵"拼合即成"澎"字。

例4：床头旧书丢三套（字一）　　　　　　　　　　　　唐

"床头"指"床"字头部"广"。"旧书"别解为"旧时的'书'字"，即繁体字"書"。"書"丢掉了套在里头的"三"，剩下部分"肀口"，与"床头"（广）可组拼成"唐"字。

例5：草桥依依圆旧梦（字一）　　　　　　　　　　　　罗

本条是以假设法为主扣合的谜，谜面别解为"把谜底加上'草桥'，就成了旧时的'梦'字"，"梦"字旧时繁体写法是"夢"。用逆向思维推导，从"夢"字中减去"草桥"（"草"以"艹"代，"桥"象形为"冖"），剩下的部分是"罗"字。

例6：转身回来看旧图（字一）　　　　　　　　　　　　固

本条也是用假设法扣合，谜面别解为"把谜底转个头，加上'回'字，看起来就是旧时的'图'字"，"图"字旧时繁体写法是"圖"。用逆向思维，从"圖"字中减去"回"，剩下的部分倒转个头即成"固"字。

例7：老丑一去无常跑（字一）　　　　　　　　　　　　西

"老丑"别解为"古老的'丑'字"，即繁体字"醜"。"无常"是鬼名，以"鬼"借代扣合。此谜借助繁体字"醜"连续减字，去掉"一"再跑掉"无常"（鬼），只剩下"西"字。

例8：那草、那木、那竹、那门、那一人，那逍遥旧时分
　　　（宋词一句）　　　　　　　　　　　　　　莫等闲

"那逍遥"先抵消掉谜面中的前五个"那"字，还余"草（草字头）、木、竹（竹字头）、门、一人（大）"；"旧时分"别解为：将一

个旧的"时"字(即繁体字"時")分开,为"日、寺"二字;然后将这些字素组合起来可成为"莫等闲"。

3. 特别提示

"简繁代换法"是根据谜面上"古、老、故、旧、繁"等字眼提示使用某个繁体字作为离合的主体,通过字素增减来实现与谜底扣合的。我国现在使用的文字是简化汉字,简化字是从古代的繁体字简化而来的,现在的字典和词典中简化字后面虽附有繁体字,只是供古今字形对照用。灯谜不提倡用繁体字,简繁字法灯谜所涉及的繁体字仅限于在中间环节起过渡作用,只是扣合的一种手段,繁体字本身并没有在谜面或谜底表现出来。

练习三十九

试用"简繁代换法"扣出谜底。
1. 老赶不走(字一)
提示:"老赶"指"赶"字老的写法,即繁体字。
2. 叶老方知草木衰(字一)
3. 异地犹存故国心(字一)
提示:"故国"别解为旧时(繁体)的"国"字。"异地"指"地"要换一种说法。
4. 把左老师送出关(字一)
5. 老当先进帮后进(字一)
6. 老赵先行雄心在(字一)
7. 只为旧容要改装(字一)
提示:必须注意"只"(本读zhī)要异读为"zhǐ",并且"只为旧容"是指"只"的繁体字。"改装"暗指扣合还要用到"移位法"。
8. 庭间削竹制古笔(字一)
提示:"庭间"指"庭"字中间部位"乏"。"古笔"别解为"古时(繁体)的'笔'字"。
9. 号召恢复老字号(字一)

提示:"老字号"别解为"古老的'号'字",指繁体字"號"。本条兼用"假设法"。

10. 有心从头修旧爱(字一)

提示:"旧爱"指旧时(繁体)的"爱"字。本条也使用"假设法"。

11. 旧时联手驱倭寇(字一)

提示:"倭寇"是日本海盗。

12. 老树掩村经风雨(字一)

提示:"风"示意象形为"彡","雨"即"水"(氵)。

13. 爱心圆了旧时梦(字一)

提示:此谜假设加上了"爱"字的中心部位(冖),才会成为旧时繁体的"梦"字。

14. 繁云低落日边去(字一)

提示:"繁云"指旧时(繁体)的"云"字。"日边去"别解为"'日'字去掉一个边",可能是"E",也可能是"彐"。

15. 七十回归故园中(字一)

16. 车老轴断帏不全(字一)

提示:"车老"指繁体的"车"字。"轴断"暗指"繁体的'车'(車)字中间的轴线断开"。"帏不全"用残缺法扣合。

17. 无边繁树半含娇(字一)

18. 孤身到老万念空(字一)

提示:谜面要顿读作"孤身到/老万/念空"。"孤身"会意为"一个人",扣单人旁"亻"。"老万"指的是"万"的繁体字。"念"是数词"廿"(二十)的大写,在灯谜中通常扣"艹"。

19. 又谈旧貌换新颜(字一)

提示:"谈旧貌"指繁体的"谈"字。"换新颜"暗示用移位法扣合。

20. 老字号面食(字一)

提示:"面食"别解为还要见到"食"字。

六、叫入叫出法

1. 谜法要领

● 定义

"叫入叫出法"是通过对谜面加上（或减去）某个字素而成为另一个字的过程描述而扣合的方式。

● 典型谜例

例1：仑（文学名词二）　　　　　　　　　　　引言、结论

扣合思路：谜底别解为"（'仑'字）引进个'言'，结合成为'论'字"。本例是叫入法，谜底说明叫入过程：加上"言"字成为"论"字。

例2：昙（成语一）　　　　　　　　　　　拨云见日

扣合思路：谜底别解为"（'昙'字）拨开'云'，可看见'日'字"。本例是叫出法，谜底说明叫出过程：减去"云"字成为"日"字。

● 特征与要领

特征：谜面多为单字，谜底的结构是"加×成×"（或"减×成×"）的形式。谜底带有"与、生、合、共、加、增、连、入、得、多、充、有、上"等表示加合的字词。（或带有"出、无、行、开、退、解、放、少、别、下、分、落、不"等表示减损的字词。）

要领：观察谜面，从谜面给定的字发现其加上一个字会形成另一个字（或减去一个字会形成另一个字）的扣合契机，把这个过程用别解的语言描述出来就是谜底。

2. 应用实例

例1：君（三字服装名一）　　　　　　　　　　　连衣裙

此谜用叫入法扣合，谜底别解为"（'君'字）连上'衣'会成为'裙'字"，用以说明叫入过程。

例2：者（成语一）　　　　　　　　　　　有目共睹

此谜用叫入法扣合，谜底别解为"（'者'字）有了'目'共同成为'睹'字"，用以说明叫入过程。

例3：更（四字熟语一）　　　　　　　　与人方便

此谜用叫入法扣合，谜底别解为"（'更'字）与'人'方能合成'便'字"。

例4：乎（三字语文名词一）　　　　　　合口呼

此谜用叫入法扣合，谜底别解为"（'乎'字）合上'口'就会变成'呼'字"。

例5：二（体育项目二）　　　　　　登山、射击

谜面上的"二"叫入一个"山"就成了"击"字。谜底别解为"（'二'字）登上（即添加上）'山'就可猜射成'击'字"。

例6：工（力学名词二）　　　　　　合力、做功

谜面上的"工"叫入一个"力"就成为"功"字。谜底别解为"（'工'字）合并上'力'字，就会变成'功'字"。

例7：踦（成语一）　　　　　　　　不足为奇

此谜用叫出法扣合，谜底别解为"（'踦'字）不要了'足'字旁就会成为'奇'字"，用以说明叫出过程。

例8：咬（外贸名词二）　　　　　　出口、成交

此谜用叫出法扣合，谜底别解为"（'咬'字）拿出个'口'便成为'交'字"，用以说明叫出过程。

例9：会（三字交通用词一）　　　　　　人行道

此谜用叫出法扣合，"会"字走掉个"人"剩下"云"字，"云"有"说"的义项，会意扣"道"。谜底别解为"（'会'字）走掉个'人'，余下的字素有'道'（说）的意思"。

例10：忻（成语二）　　　　有口无心、听其自然

谜面"忻"叫出个"心"成为"斤"字，再叫入个"口"自然就是"听"字。这是"叫入""叫出"并用的谜例。

3. 特别提示

"叫入叫出法"与"假设法"的扣合过程是互逆的。"叫入叫出法"的谜面相当于"假设法"的谜底；而"叫入叫出法"的谜底相当于"假设法"的谜面，是用谜底来描述假设的过程。

练习四十

试用"叫入叫出法"扣出谜底。

叫入法

1. 西（成语一）
2. 力（珠算口诀一）
3. 七（日用品一）
4. 禽（成语一）
5. 可（成语一）
6. 口（成语一）
7. 贝（二字常用词二）
8. 吾（二字语文名词二）
9. 生（二字常用词二）
10. 余（六字储蓄用语一）

叫出法

11. 祟（电脑用词二）
12. 咄（成语一）
13. 辛（四字常言一）
14. 誉（二字常用词二）
15. 睛（三字疾病名一）
16. 倍（二字数学名词二）
17. 泉（三字市政设施一）
18. 靠（二字常用词二）
19. 仲（成语二）
20. 傲（成语二）

第三章　特色灯谜

特色灯谜是常规灯谜的变异和发展，有些谜种的谜面表现形式甚至超出了纯文字的范围，花样翻新，灵活多变，更加赏心悦目，生动有趣。本章择要介绍带"格"灯谜、类格灯谜和花色灯谜这三类特色灯谜中最典型、常用的谜种。

第一节　带"格"灯谜

常规灯谜是由谜面、谜目、谜底三部分组成。带"格"灯谜除了具备谜面、谜目、谜底三要素之外，还带有附加成分"谜格"。谜格通常书写在谜目后面，其间用间隔号（也可用逗号）隔开，起到对猜射方式变异的说明作用。

● 谜格的定义

"谜格"是灯谜谜面与谜底扣合的特殊格式，它是对扣合时谜底必须进行的各种变化而做的规定。所以"谜格"也是制作和猜射灯谜必须遵循的规律。

● 谜格的功能

谜格专门用来改造谜底的结构，使谜底的字形、字序、字音等发生变化来达到与谜面相扣的目的。谜格的作用主要有三：

其一，丰富谜法。谜格的运用，使灯谜的扣合方式更加丰富多彩，同一谜材可以有更多的表现形式，同时扣合更加曲折，增添了猜射的趣味。

其二，扩大谜材。有些词、句按照常规很难制成谜，若将其中的某些字、词的音、形或排列顺序稍加改变即可成为很好的谜材，当然这种音、形或顺序的改变要符合谜格的规定。谜格的引入可以使许多不能制成谜或很难制成谜的材料可以在灯谜中得到运用。

其三，增加谜趣。由于谜格的运用，谜底经谜格规定改造后别解更为生动，产生了许多饶有趣味和美感的佳谜，这就是所谓"格助谜活"的功效，常能给人带来"柳暗花明又一村"之惊喜。

事物都有两重性，对于谜格灯谜界历来看法不一。有人认为一些本来不成谜的素材，通过"用格"进行补救不仅可以制成谜，有的甚至成了佳作，这是"格助谜活"的积极作用。也有人认为灯谜用格就像戴上了"镣铐"，不利于推广与普及，主张灯谜尽量不要用格。两种看法都有一定道理。用格只能是制谜的辅助手段，"以人力补天工"而已，应该根据实际需要，尽量做到慎用、活用。

● 谜格的产生和发展

谜格大约产生于宋代，明代文学家李开先《诗禅又序》记载，宋代已有谜格。明朝末年出现了著名的"广陵十八格"，据说是扬州人马苍山所创制，"广陵十八格"现已失传。经过数百年的演变和发展，谜格花样不断翻新，种类不断增多，先后有二十四格、六十格、二百余格等记载。谜格盛行于清代和民国初年，20世纪20年代韩英麟编著的《增广隐格释例》，集有407格（包含异名谜格）。至今沿用的谜格不过几十种而已。

● 谜格的分类

谜格按照它改造谜底的方式可以分为：倒读类、移字类、半读类、分读类、减字类、对偶类、谐读类、变读类、并读类、加字类、象形类及其他类等各种类型。这些类型中当代还沿用的谜格如下：

倒读类：秋千格、卷帘格

移字类：调首格、调尾格、上楼格、下楼格、上下楼格、蕉心格、双钩格

半读类：徐妃格、摘遍格

分读类：虾须格、蝇头格、燕尾格、蜓尾格、碎锦格

减字类：脱帽格、脱靴格

对偶类：遥对格、求凰格

谐读类：白头格、粉底格、玉带格、粉颈格、粉腿格、梨花格

其他类：骊珠格、双龙戏珠谜

最有谜味、最受人们欢迎的带格谜，当数卷帘格谜和骊珠格谜，因此，卷帘格和骊珠格成为当代最常用的谜格。

一、卷帘格

1. 谜法要领

● 格法

卷帘格，格名由唐代王昌龄《西宫春怨》"欲卷珠帘春恨长"诗句演化而来。谜底字数必须是三个字或三个字以上，要将谜底文字从最后一个字开始倒过来读，才能与谜面之意相吻合。

● 特征

由于古代文字竖版排列，常规是从上往下读，因灯谜扣合需要将谜底文字倒过来读，即从下往上读，类似于"倒卷珠帘"的形态，所以把这种格名美称作"卷帘格"。此格用得最广泛，也最能体现出谜味。

● 别名

美人格、珠帘倒卷格等。

2. 应用实例

例1：德智体美劳全面发展（学科·卷帘格）　　　　优生学

"德智体美劳全面发展"的学生是优秀的学生。按谜格要求谜底倒读作"学生优"，别解为"学生的品学皆优"来应合谜面，很是贴切。

例2：违章操作的后果（杂志名·卷帘格）　　　　故事会

按谜格要求谜底倒读作"会事故"，别解为"会发生事故"而与谜面相扣。

例3：只此一家，别无分店（出版名词·卷帘格）　　单行本

谜底应倒读成"本行单"。这里的"行"字本读"xíng"，扣合时应异读成"háng"，取"行业"之意。整个谜底别解为"本行业是单独的"来应合题意。

例4：函授（三字常用语·卷帘格）　　　　　　　讲信用

谜底按谜格要求倒读为"用信讲"，别解成"用信函来讲授"而应合谜面之意。

例5：南京大屠杀实录（鲁迅作品·卷帘格）　　　狂人日记

"南京大屠杀"是日本军队疯狂屠杀中国人民的罪行。1937年12月13日，日军进占南京城，对手无寸铁的南京民众进行了长达6周惨绝人寰的大规模屠杀。谜底"狂人日记"，依卷帘格要求倒读作"记日人狂"，别解为"记录日本人疯狂的罪行"与谜面相扣。

例6：此时无声胜有声（成语·卷帘格）　　　　　妙不可言

谜面出自白居易《琵琶行》诗。按卷帘格规定，谜底要倒读作"言可不妙"，别解为"说出声来可就不好了"来应合谜面。

3. 卷帘格谜提要

卷帘格谜的谜底必须三个字或三个字以上，谜底倒读之后与谜面的扣合关系和常规灯谜完全相同。

练习一

一、思考题：卷帘格属于哪一类谜格？格规、特征是什么？
二、试猜题：
1．岛（地理名词·卷帘格）
2．一大（成语一·卷帘格）
3．逢会必宴（三字口语·卷帘格）
4．拿了就等同受贿（成语·卷帘格）
5．还想再活五百年（生物学名词·卷帘格）
6．受吓竟忘言（成语·卷帘格）
7．自感羞得脸发烫（成语·卷帘格）
8．恰似五柳不折腰（国名·卷帘格）
9．阁下所指为鄙人吗？（五字口语·卷帘格）
10．洪武、嘉靖何须论，康熙、乾隆也休提（六字口语·卷帘格）
三、试制卷帘格谜2条。

二、骊珠格

1. 谜法要领

● 格法

骊珠格谜比较特殊，它不标谜目，只标"骊珠格"或"探骊格"。而要把谜目与谜底连成一体，（以其别解后的语意）来应合谜面之意。

● 特征

这种谜的谜目相当于谜底的一部分，谜面的语义涵盖了谜目和谜底的语义。从扣合的关系来看，谜目成了谜底不可分割的一部分。

● 别名

探骊格、探骊谜、骊珠谜等。

2. 应用实例

例1：浅谈赤壁（骊珠格）　　　　　　　　小说•红岩

本条谜的谜目是"小说"，谜底是"红岩"，按"骊珠格"规定，二者连贯起来成为"小说红岩"，别解作"略微说说红色的岩壁"，而与谜面的别解义相扣合。

例2：工作须认真负责（骊珠格）　　　　职务•正经理

按谜格规定，谜目"职务"与谜底"正经理"，连成一体为"职务正经理"，别解成"职责所在务必要正儿八经地办理"而与谜面相扣。

例3：长相像三丫（骊珠格）　　　　　　　生肖•羊

按谜格规定，谜目"生肖"与谜底"羊"，连成一体为"生肖羊"，别解成"样子很像'羊'字"而应合谜面。"三丫"二字合成"羊"字。

例4：君子一言，驷马难追（骊珠格）　　口语•不容易

按谜格规定，谜目"口语"与谜底"不容易"，连成一体为"口语不容易"，别解成"嘴巴说出的话不容许变卦"而与谜面相扣。

例5：有眼光者以古为鉴（骊珠格）　　　明人•史可法

按谜格规定，谜目"明人"与谜底"史可法"，连成一体为"明人史可法"，别解成"明眼人会把历史经验拿来学习效法"而与谜面

相扣。

例6：此曲只应天上有（骊珠格）　　歌·在那遥远的地方

按谜格规定，谜目"歌"（歌曲）与谜底"在那遥远的地方"，连成一体并顿读为"歌在／那遥远的地方"而与谜面相扣。"天上"是很遥远的地方。

3．骊珠格谜提要

骊珠格是不标谜目的特殊谜格，要把谜目和谜底连起来与谜面相扣合，谜目已转化为谜底的组成部分。

一、思考题：骊珠格属哪一类谜格？格规、特征是什么？

二、试猜题：

1．北京城里笑语频（骊珠格）

2．口说无凭（骊珠格）

3．铁锁链的共同之处（骊珠格）

4．含糊其词（骊珠格）

5．"问我国家哪像染病"（骊珠格）

6．吾（骊珠格）

7．工作专业要对口（骊珠格）

8．江州司马誉不如（骊珠格）

9．"天留我不留"（骊珠格）

10．光武发兵救昆阳（骊珠格）

三、试制骊珠格谜2条。

资料三：当代沿用的谜格

1．秋千格

● 格法

秋千格，格名典出宋张有《复古编》："汉武帝祈千秋之寿，后庭多作秋千之戏。"以秋千上下回荡的形态来比喻这种谜格对谜底文字读法的改造方式。谜底限定为两个字。要把谜底两字的顺序对调后读（也可以看成是倒读），才能应合谜面之意。

● 特征

因为谜底文字读的顺序像打秋千那样晃过来摆过去，上下倒置，所以称作"秋千格"。

● 别名

千秋格、转珠格等。

例1：巴黎时装（医药名词·秋千格）　　　　　　服法

谜底"服法"本义是"服药的方法"，与谜面的意思互不相关。按谜格规定，谜底两字顺序对调后读作"法服"，别解为"法国的服装"来与谜面相扣。

例2：一个钱掰成两半花（地理名词·秋千格）　　　省会

谜底"省会"倒读为"会省"，别解作"很会节省"来应合谜面。

2. 调首格

● 格法

谜底三个字或三个字以上，要将第一个字与第二个字的顺序对调后读，才能与谜面之意相吻合。

● 特征

因为谜底首字要调到后面一个位置去读，所以称作"调首格"。就像鸭子睡觉时把头掉转过来一样，所以又称作"掉首格"或"睡鸭格"。

● 别名

掉首格、掉头格、乙上格、睡鸭格等。

例1：只讲现在（四字口语·调首格）　　　　说不过去

按"调首格"规定，谜底第一个字与第二个字顺序要对调读作"不说过去"，用反面会意的方式来与谜面相扣。

例2：救死扶伤（交通用词·调首格）　　　　　人行道

按"调首格"规定，谜底第一个字与第二个字顺序对调读作"行人道"，别解为"实行人道主义"而与谜面相扣。

3. 调尾格

● 格法

谜底三个字或三个字以上,要将末尾两个字的顺序对调后读,才能与谜面之意相吻合。

● 特征

因为谜底最尾巴一字要调到前一个位置去读,所以称作"调尾格"。

● 别名

掉尾格、掉足格、乙下格、下钩格等。

例1:敢怒不敢言(气象名词·调尾格)　　　气压中心

按"调尾格"规定,谜底末尾两个字顺序对调后读作"气压心中",别解为"怒气填压在心胸中",与谜面之义相吻合。

例2:东方巨龙已崛起(国际名词·调尾格)　　　中立国

按谜格规定,谜底最后两个字顺序对调后读作"中国立",别解为"中国站立起来了"来应合谜面。

4. 上楼格

● 格法

谜底三个字或三个字以上,要将最后一字移到最前面来读,才能与谜面之意相吻合。

● 特征

由于古代文字竖版排列,常规是从上往下读。灯谜扣合方法则要求将谜底最后一字移到最前面来读,即把最底下一字移到最上面来。这种谜格的字序移动就像把原来放在楼下的东西给搬到了楼上,所以取名"上楼格"。

● 别名

登楼格、踢斗格、魁斗格等。

例1:文思如泉涌(药名·上楼格)　　　感冒灵

按"上楼格"规定,本条谜底的最后一字"灵"要移到最前面,读作"灵感冒",别解为"创作的灵感一直冒出来"而与谜面相扣。

例2：瓜田纳履，李下整冠（法律名词·上楼格）　　嫌疑犯

"瓜田纳履"指在瓜田里弯下腰穿鞋子，容易被人认为有偷瓜的嫌疑；"李下整冠"指在李树下伸手扶正帽子，也容易被人认为有偷摘李子的嫌疑。按谜格规定，谜底的最末一字"犯"要移到最前面，读作"犯嫌疑"才能与谜面相扣。

5. 下楼格

● 格法

谜底三个字或三个字以上，与上楼格相反，要将头一个字移到最末尾去读，才能与谜面之意相吻合。

● 特征

由于古代文字竖版排列，常规是从上往下读。灯谜扣合方法则要求将谜底头一字移到最后面读，即把最上面一字移到最底下来。这种谜格的字序移动就像把原来放在楼上的东西搬到楼下来，所以取名"下楼格"。

● 别名

落楼格、低头格、埋头格、落雁格等。

例1：住口（三字口语·下楼格）　　　　　　说不准

按"下楼格"规定，应将谜底头一字"说"字移至最后面，读作"不准说"来与谜面相扣。

例2：强将无弱兵（四字常言·下楼格）　　　能上能下

按谜格规定，谜底头一个字"能"要调到最后面去，读作"上能下能"，别解为"上级有能力，下级也很有能力"来与谜面贴切相扣。

6. 上下楼格

● 格法

谜底四个字或四个字以上，要将最后一字移到最前面来读，同时还要把首字移至最后面来读，才能与谜面之意相吻合。

● 特征

这种谜格综合了"上楼格"和"下楼格"的字序移动方式，就像把一些东西从楼下搬到楼上，同时又把一些东西从楼上搬到楼下，故

而取名"上下楼格"。又像挑担换肩一样移动字的顺序来读，所以也称"易担格"。

● 别名

易担格、易巾格等。

例1：自称万事通（成语·上下楼格）　　　　　知无不言

按"上下楼格"规定，本条谜底的最后一字"言"要移到最前面，而谜底首字"知"则要移到最末尾去，读作"言无不知"来与谜面相扣。

例2：不疑自然不多嘴（成语·上下楼格）　　　　言而无信

按谜格规定，谜底的最后一字"信"要移到最前面，而谜底首字"言"则要移到最末尾去，读作"信而无言"才可切合谜面。

7. 蕉心格

● 格法

格名源于古人诗句"一卷芭蕉细裹心"，取"芭蕉卷心"之义。谜底字数为四字或四字以上的偶数，将最中心两个字的位置互相调换后来读，才能与谜面之意相吻合。

● 特征

与调首格、调尾格相似，谜底要求两个字互相调换位置。蕉心格的"心"字提示要将谜底最中心两个字位置对调来读。

● 别名

卷心格、中转格、乙中格、调腰格等。

例1：孩子们都出去了（成语·蕉心格）　　　　大有人在

按"蕉心格"规定，本条谜底最中间的两个字"有人"顺序对调后读作"大人有在"，才可与谜面相扣。

例2："爷爷，我马上到"（《水浒传》人名二·蕉心格）

孙立、陈达

按谜格规定，谜底最中间两字顺序对换后读作"孙陈立达"。此时"陈"不作姓氏解，别解为"说"。因而整个谜底义变为"孙子说立时可以到达"而与谜面相扣。

8. 双钩格

● 格法

谜底限定为四个字,要将前两字与后两字位置对调后读,即原字序 1234 必须调整成 3412 的顺序来读,才能与谜面之意相吻合。

● 特征

谜底要求将两个字同时移位,双钩格的"双钩"提示要将谜底最末两个字一同钩到前面来读。

● 别名

转移格、倒装格、己巳格、双秋千格等。

例 1:只因没有用心记(成语·双钩格)　　　　忘乎所以

按"双钩格"规定,本条谜底前二字与后二字位置要调换读作"所以忘乎",别解为"所以忘记了"来与谜面相扣。

例 2:悟空驾起筋斗云(《水浒传》诨号·双钩格)飞天大圣

按谜格规定,谜底前二字与后二字位置调换后读作"大圣飞天",别解为"那齐天大圣飞到天上去"而切合谜面。《西游记》人物孙悟空自封为"齐天大圣"。

9. 徐妃格

● 格法

格名源于《南史·后妃传》载:"妃(徐昭佩)以帝(梁元帝萧绎)眇一目,每知帝将至,必为半妆以候。"唐代李商隐亦有"只得徐妃半面妆"诗句。谜底为两个字或两个字以上,每个字都是左右结构,并且偏旁也要求相同。扣合时必须把每个字相同的偏旁略去,全部按半边字来读,才能与谜面之意相扣。

● 特征

由于要求谜底每个字必须略去相同的偏旁,只用另半边字参与扣合,这种谜格的作用就像把人脸(底材)有意遮掉一半,所以借用"徐妃半面妆"的典故而取名"徐妃格"。谜底相同的偏旁可以在左边,也可以在右边。

● 别名

半妆格、徐娘格、齐飞格等。

例1：宁愿独居（河北市名·徐妃格）　　　　　　邯郸

按谜格规定，谜底必须把每个字相同的偏旁"阝"去掉，只读另外半边"甘单"，别解为"甘愿单独生活"来应合谜面。

例2：生肖兔排第四（五金产品·徐妃格）　　　　铆钉

按谜格规定，谜底必须把每个字相同的偏旁"钅"去掉，只读另外半边"卯丁"来与谜面相扣。生肖"兔"与地支"卯"可以借代互扣。天干中的"丁"列在第四位，旧时用来表示序数"第四"。

10. 摘遍格

● 格法

"遍"，原是古词曲中的曲调名。格名"摘遍"含裁截的意思。谜底为两个字或两个字以上，每个字都是上下结构，并且每个字上方的部首都是相同的。扣合时必须把谜底每个字上半段相同的部首略去，全部只读下半个字，才能与谜面之意相扣。

● 特征

由于要求谜底每个字必须略去相同的部首，只用下半个字参与扣合，这种谜格的作用就像把顶部全部摘掉一样，故而取名"摘遍格"。

● 别名

摘顶格、摘盖格、揭顶格、摩顶格、雍正格等。

例1：家庭座谈（植物名·摘遍格）　　　　　　　芦荟

按"摘遍格"规定，本条谜底必须把每个字上半段相同的部首"艹"略去，只读每字的下半段"户会"，别解为"本户人的会议"而与谜面相扣。

例2：匠心独具中头彩（蔬菜名·摘遍格）　　　　芹菜

按谜格规定，必须把谜底每个字上半段相同的部首"艹"略去，只读每字的下半段"斤采"来应合谜面。本条谜采用方位法扣合，"匠"字中心部位是"斤"，"彩"字前头是"采"。

11. 虾须格

● 格法

谜底两个字或两个字以上，并且首字必须是左右结构的字。要求将首字左右分开为两个字（顺序不论）来读，再和谜底其他字连起来，才能与谜面之意相扣。

● 特征

由于要求将谜底首字左右分开看成两个字，像虾须在头上左右分开的形态一样，所以格名取为"虾须格"。

● 别名

鸦髻格、丫髻格、歧头格等。

例1：解剖术（法律名词·虾须格）　　　　　　　刑法

按"虾须格"规定，将谜底首字"刑"左右分开看成是"开刀"二字，整个谜底读作"开刀法"来与谜面相扣。

例2：男人不干我们干（成语·虾须格）　　　　　好自为之

依照格法，谜底首字"好"要左右分开看作"女子"二字，整个谜底应读成"女子自为之"，别解为"女子自己来做"而与谜面相扣。

说明："虾须格"的谜底首字要左右分开为两个字来看，这两个字读的顺序并没有限定，一般习惯按从左到右顺序读，也可以先读右半边后读左半边，主要根据灯谜的扣合需要而定。

12. 蝇头格

● 格法

谜底两个字或两个字以上，并且首字必须是上下结构的字。要求将首字上下分开为两个字（顺序不论）来读，再和谜底其他字连起来，才能与谜面之意相扣。

● 特征

由于要求将谜底首字上下分开看成两个字，像蝇头上下两段的形态一样，所以格名取为"蝇头格"。

● 别名

垫巾格等。

例1：山垅田难耕作（贬损称谓·蝇头格）　　　　　　孬种

按"蝇头格"规定，本条谜底首字"孬"要上下分开看成"不好"二字，整个谜底应读作"不好种"，别解为"地不好种"来与谜面相扣。

例2：次子发怒（中医用词·蝇头格）　　　　　　　　元气

按谜格规定，谜底首字"元"要上下分开看成是"二儿"，整个谜底应读作"二儿气"来与谜面相扣。

说明："蝇头格"的谜底首字上下分开为两个字后，这两个字读的顺序并没有严格的限定，根据灯谜扣合需要，可以从上到下读，也可以先读下半段后读上半段。

13. 燕尾格

● 格法

谜底两个字或两个字以上，最后一个字必须是左右结构的字。要求将最后一字左右分开作为两个字（顺序不论）来读，再和谜底其他字连起来，才能与谜面之意相吻合。

● 特征

由于要求将谜底末字左右分开看成两个字，像燕子尾巴在后面两边分开的形态一样，所以格名取为"燕尾格"。

● 别名

燕剪格、鱼尾格等。

例1：漂亮的小姑娘（二字常用词·燕尾格）　　　　　美妙

按谜格规定，谜底最后一个字"妙"要左右分开看成"少女"二字，整个谜底应读作"美少女"来应合谜面之意。

例2：说话无偏私（法律用词·燕尾格）　　　　　　　人证

按谜格规定，谜底最后一个字"证"要左右分开看成"言正"二字，整个谜底应读作"人言正"来应合谜面之意。

说明："燕尾格"的谜底最后一字左右分开作为两个字看，这两个字读的顺序没有严格的限定，可先左后右，亦可先右后左，取决于扣合需要而定。

14. 蜓尾格

● 格法

谜底两个字或两个字以上,并且最后一个字必须是上下结构的字。要求将最后一字上下分开为两个字(顺序不论)来看,再和谜底其他字连起来读,才能与谜面之意相扣。

● 特征

由于要求将谜底末字上下分开看成两个字,像蜻蜓尾巴上下两段的形态一样,所以格名取为"蜓尾格"。

● 别名

垫足格等。

例:龙君诞辰(太阳系行星·蜓尾格)　　　　　　海王星

按"蜓尾格"规定,本条谜底最后一个字"星"要上下分开看成"生日"二字,整个谜底应读作"海王生日",别解为"是海中之王(即龙王)生日"而应合谜面之意。"寿诞"就是"生日"。

说明:"蜓尾格"的谜底最后一字上下分开为两个字来看,这两个字读的顺序没有严格的限定。

15. 碎锦格

● 格法

谜底两个字或两个字以上,并且每个字都是合体字(不拘上下或左右结构)。要求把谜底每个字都拆分为两字或两字以上来读,才能与谜面之意相吻合。

● 特征

由于要求将谜底每个字都拆分为两字或两字以上,成为零碎状态,所以格名美称为"碎锦格"。

● 别名

破镜格、碎金格、堆金格、积玉格等。

例1:夜夜谈猜谜(礼貌用词·碎锦格)　　　　　　多谢

按"碎锦格"规定,谜底每个字都要拆分为两个字或两个字以上来读,"多"拆分为"夕夕","谢"拆分为"言射",整个谜底应读作"夕夕言射"来与谜面相扣。"射"别解为"猜射灯谜"。

例2：送客不得上火车（医学名词·碎锦格）　　　胎位

按照格法，谜底每个字都要拆分开，读作"月台立人"四字以应合谜面。

说明："碎锦格"的谜底每个字分拆开为两个或三个字后，每组字读的顺序没有严格的限定，可以根据扣合需要按任意顺序读。

16. 脱帽格

● 格法

谜底三个字或三个字以上，要把第一个字略去不读，只用后面的几个字来与谜面相扣。

● 特征

由于要把谜底第一个字略去不读，如同脱掉帽子一样，所以格名取为"脱帽格"。

● 别名

落帽格、免冠格、去冠格、龙山格等。

例1：回首（成语·脱帽格）　　　　　　　晕头转向

按"脱帽格"规定，本条谜底第一个字"晕"略去不读，只用"头转向"来应合谜面之意。

例2：南北磁极间（物理名词·脱帽格）　　　万有引力

依照格法，将谜底首字"万"略去不读，只用"有引力"三字来应合谜面。

17. 脱靴格

● 格法

谜底三个字或三个字以上，与脱帽格相反，要把最后一个字略去不读，只用前面的几个字来应合谜面之意。

● 特征

由于要把谜底最后一个字略去不读，如同脱去靴子一样，所以格名取为"脱靴格"。

- 别名

弃履格、丢鞋格、无底格、力士格等。

例1：抱（成语·脱靴格）　　　　　　　　一手包办

按谜格规定，谜底最后一个字"办"略去不读，只以"一手包"来应合谜面。"抱"字是由一个"手"（扌）和"包"组成的。

例2：事没办妥心生怒（四字口语·脱靴格）　　不成气候

按谜格规定，谜底最后一个字"候"略去不读，只用余下的"不成气"，别解作"因办不成事而生气"来应合谜面之意。

18. 解带格

- 格法

谜底限定为三个字或三字以上单数，要把最当中那个字略去不读，只用前面和后面的字来与谜面相扣。

- 特征

由于要把谜底最当中那个字略去不读，如同解掉了腰带（或去掉了心）一样，所以格名取为"解带格"或"空心格"。

- 别名

折腰格、空心格、遗珠格等。

例1：说起来并不难（唐代诗人名·解带格）　　白居易

按"解带格"规定，本条谜底最当中的"居"字略去，读作"白易"，别解为"说来是容易的"来应合谜面。"白"义解作"说"。

例2：月老系足用何物（物理名词·解带格）　　红外线

按谜格规定，谜底最当中的"外"字略去，读作"红线"，别解为"（月老）用的是红线"而应答谜面的提问。

19. 白头格

- 格法

谜底为两个字或两个字以上，要把第一个字用与它读音相同的另一个字替代，才能与谜面相扣。

- 特征

旧时民间把错别字称为"白字"。由于要把谜底第一个字用读音相同的字来替代，如同把头一个字误念成"白字"一样，所以格名取为"白头格"。

● 别名

白首格、皓首格、素冠格、寿星格等。

例1：路障未除（江苏市名·白头格）　　　　　　南通

按"白头格"规定，本条谜底的第一个字"南"要用与它读音相同的"难"字替代，替代后的谜底读作"难通"，别解为"难以通过"而与谜面相扣。

例2：冒充和氏璧（《红楼梦》人名·白头格）　　　贾宝玉

按谜格规定，谜底的第一个字"贾"用与它同音的"假"字替代，替代后的谜底读作"假宝玉"来与谜面相扣。"和氏璧"是非常名贵的玉璧。

20. 粉底格

● 格法

谜底为两个字或两个字以上，要把最后一个字用与它读音相同的另一个字替代，才能与谜面相扣。

● 特征

由于要把谜底最后一个字用读音相同的字来替代，如同把最后一个字误念成"白字"一样，所以格名取为"粉底格"。

● 别名

粉尾格、白足格、素履格、踏雪格、立雪格等。

例1：鞠躬九十度（云南市名·粉底格）　　　　　　大理

按"粉底格"规定，本条谜底要将最后一个字"理"用与它读音相同的"礼"字替代，替代后的谜底读作"大礼"，别解为"行很大的礼"来与谜面相扣。

例2：看人挑担不吃力（成语·粉底格）　　　　　旁观者清

按谜格规定，要将谜底最后一个字"清"用与它读音相同的"轻"字替代，替代后的谜底读作"旁观者轻"，别解为"在旁边看的人觉得很轻"而与谜面相扣。

21. 素心格

● 格法

谜底为三个字或三个以上的单数个字,要把最中间的一个字用与它读音相同的另一个字来替代,才能与谜面之意相扣。

● 特征

由于要把谜底最中间的一个字用读音相同的字来替代,如同把最中心一个字误念成"白字"一样,所以格名取为"素心格"。

● 别名

玉带格、素腰格、夹雪格等。

例1:食品厂生产忙(军事名词·素心格)　　　　制高点

按"素心格"规定,本条谜底最中间一字"高"要用与它同音的"糕"字替代,替代后的谜底读作"制糕点"来与谜面相扣。

例2:默读(学科名·素心格)　　　　心理学

依照格法,谜底中心一字"理"要谐读作与它同音的"里",以"心里学"来与谜面之意相扣。

22. 梨花格

● 格法

谜底为两个字或两个字以上,每个字都要用与它读音相同的字替代,才能与谜面之意相扣。

● 特征

由于谜底每个字都要用与它读音相同的字替代,如同全部误念成"白字"一样,所以格名取为"梨花格",表示一片全白。

● 别名

谐音格、全白格、飞白格、梅花格等。

例1:沉重的翅膀(国家名·梨花格)　　　　南非

按"梨花格"规定,本条谜底"南非"要用与它读音相同的两个字"难飞"替代,解作"难以飞行"来与谜面相扣。

例2:语言美(称谓·梨花格)　　　　画家

按谜格规定,谜底"画家"要用与它读音相同的两个字"话佳"

替代，解作"话语佳美"来与谜面相扣。

23. 遥对格

● 格法

谜面就像出联求对，谜底就像应答对联，必须与谜面对仗，字数相等、平仄相对、词性相同、词义相近或相反。谜面与谜底只要形式上对仗，而不必文义上扣合。字数不限，通常为两个字以上（也有两个字的）。

● 特征

谜底和谜面并不是普通的对子，而是像"无情对"一样，按字音平仄分明、字义对仗工稳的要求逐字对出来，谜底与谜面的词义相距越远越好，有如成语"遥遥相对"之意，所以格名取为"遥对格"。

● 别名

求偶格、鸳鸯格、流水格、锦屏格、楹联格等。

例1：唐三彩（地质学家·遥对格）　　　　　　李四光

按"遥对格"规定，谜面就像对联出句，谜底要对出这个联来。本条谜底以"李"对"唐"，系姓氏相对；以"四"对"三"，为数字相对；以"光"对"彩"，属名词（或形容词）相对。"唐三彩"声调为"平平仄"，"李四光"声调为"仄仄平"，正好相对。谜面、谜底都是名词，词性相同。而"唐三彩"是工艺品名词，"李四光"是人名，二者词义相差甚远。

例2：牵牛打草（成语·遥对格）　　　　　　走马观花

按谜格规定，谜底以"走"对"牵"，动词相对；以"马"对"牛"，属动物名相对；以"观"对"打"，是动词相对；以"花"对"草"为名词相对。面、底声调以"平平仄仄"对"仄仄平平"。

24. 求凰格

● 格法

格名典出汉代司马相如一曲《凤求凰》琴挑卓文君的故事。以谜面为出联，按字音平仄分明、字义对仗工稳的要求逐字对出，作为谜底的主体部分。除了对仗文字外，还要附加上表示"配对成双"特征的字或词来组成谜底。附加字词加在对句的头或尾均可。谜面与谜底主体部分只要形式上对仗，而不要文义上扣合。

● 特征

谜底常用的附加字（词）大致有"对、双、偶、匹、配、比、齐、会、合、朋、伍、连、逢、联、共、同、相、伴、交、和、缘、鸳鸯、相会、相对"等等，凡具有"成双配对"含义的字或词都可以作为附加字（词）。

● 别名

秦晋格、梁孟格等。

例1：紫苏花（新疆市名·求凰格）　　　　　　乌鲁木齐

按"求凰格"规定，先对出谜底的主体部分，本条谜底以"乌"对"紫"，系颜色相对；以"鲁"对"苏"，为姓氏（或省名简称）相对；以"木"对"花"，属名词相对。再加上"齐"字（取"在一块"之义），作为点明"配对成双"特征的附加字。

例2：毛皮（成语·求凰格）　　　　　　　　　血肉相连

按谜格规定，谜底以"血肉"对"毛皮"（名词相对），"相连"（取"相关交联"之义）作为提示"求凰格"特征的附加词。

25. 回文格

● 格法

谜底为两个字或两个字以上，必须先顺读一次，再倒读一次，把两次所读得的词（或句）连成一句，而与谜面之意相扣。

● 特征

"回文"原指诗中句子顺着读、倒着读皆可成文。由于要把谜底先顺读再倒读来应合谜面，就像读回文诗的形态一样，所以格名取为"回文格"。

● 别名

锦书格、织锦格、璇玑格等。

例1：猜谜能手猜灯谜（《水浒传》诨号·回文格）　　打虎将

按"回文格"规定，必须将谜底先顺读一次，再倒读一次，本条谜底顺读是"打虎将"，倒读是"将虎打"，把两次所读的连成一句

"打虎将（jiàng），将（jiāng）虎打"而应合谜面之意。古人把灯谜称为"文虎"，把猜谜比作"打虎"。

例2：蒸馏过程（燃料·回文格）　　　　　　　液化气

按谜格规定，谜底顺读一次再倒读一次，便成为"液化气，气化液"，别解为"液体变化成气体，气体又变化成液体"与谜面相扣。

26. 双龙戏珠谜

双龙戏珠谜是从骊珠格谜派生出来的，20世纪90年代初期问世。

● 格法

类同于骊珠格谜，不标谜目，只标格名双龙戏珠谜。其谜目作为谜底的组成部分，并带两个底材，谜目居中，两个底材一前一后分别置于谜目的两边，结构为"底材A·谜目·底材B"，要求连读贯成一义来应合谜面之意。

● 特征

由于谜底结构为"底材A·谜目·底材B"，若将居中的谜目比作一颗明珠，那么谜目谜底组合就形成了"双龙戏珠"之势，故以此为格名。

例1："三月尽日日暮时"（双龙戏珠谜）　　　　明·朝·夏

按谜格规定，两个底材"明"和"夏"都是朝代名放在一前一后，谜目"朝（朝代）"置于两个底材中间。连贯并异读成"明朝（zhāo）夏"，别解为"明天早晨就是夏天了"，以此解说谜面之意。

例2："花须连夜发，莫待晓风催"（双龙戏珠谜）

冬至·时令·立春

传说武则天在严冬季节曾经下令要御花园里的百花齐放，本条谜面就是武则天亲题的御旨诗句。此谜前后两个底材"冬至"和"立春"都是节气（时令），谜目"时令"置于两个底材中间。连贯并顿读成"冬至时/令立春"，别解为"寒冬之时下命令要立刻出现春天的景象"，以此与谜面相扣。

第二节 类格灯谜

有些新谜种,它在谜目标注上别具一格,或在谜面中巧设注解,在创作和猜射时要套用一定的格式,但它又不是严格意义上的用格谜,只是类似于用格的形态,我们将之称为"类格灯谜"。本节介绍离合字谜和游目谜。

一、离合字谜

离合字谜是20世纪80年代开始盛行的一种特殊形式的字谜。离合字是口述汉字结构的一种表现方法,也是一种传统的学习汉字的辅助方法。譬如:我们介绍某人姓"zhāng",往往会补充一句"弓长张"或"立早章"。离合字谜正是以"弓长张""立早章"等这些口述汉字结构用的特殊词组为谜底的一个新谜种。

典型结构:大意不得(离合字一)　　　　　　　　　　心勿忽

这种谜的谜底是一组字,相互之间有着字素包容关系,如本例的"心"与"勿"两字恰可合成"忽"字,连贯成"心勿忽",解作"心中不敢疏忽"而与谜面相扣。

1. 谜法要领

● 定义

离合字谜的谜底结构比较特殊,它是将一个"母字"分离成两个(或两个以上)"子字",然后把全部"子字"与"母字"连缀起来,贯串成一个语义(指别解后的语义)明确的词或短语,多以会意的形式来与谜面相扣的一种谜。

● 特征

离合字谜的谜底至少是三个字(或三个字以上),其中一个是"母字",并且这个"母字"就是其余两个(或两个以上)"子字"合成的。

● 谜底结构

离合字谜的谜底有三种离合形式:先离后合型(即"子子母"型);先合后离型(即"母子子"型);离在两边、合在中间型(即

"子母子"型）。

2．应用实例

● 先离后合型

例1：夕阳斜照（离合字一）　　　　　　　　　　　日西晒

"日、西"两个子字可合为母字"晒"，子字和母字连贯成"日西晒"，整体会意与谜面相扣。

例2：冠军亚军和季军（离合字一）　　　　　　　　一二三

"一"与"二"两个子字可合为母字"三"，子字和母字连贯成"一二三"，解作"（排名）第一、第二与第三"而与谜面相扣。

例3：千斤之弩，难穿坚岩（离合字二）　　　弓虽强、石更硬

谜面中的"千斤之弩"形容弓很强，可是"难穿坚岩"，说明石头更坚硬，由此得出谜底"弓虽强，石更硬"。

● 先合后离型

例4：一呼百应（离合字一）　　　　　　　　　　　众人从

母字"众"可分离为"人、从"两个子字，"众人从"别解为"众多的人附和、跟从"之义与谜面相扣。

例5：少林圣境耸入云端（离合字一）　　　　　　　嵩山高

"少林寺"在中岳"嵩山"，"耸入云端"言其高，由此会意得出谜底"嵩山高"。母字"嵩"字恰由"山"与"高"两个子字组成，母字和子字贯成一气"嵩山高"以应合谜面之意。

例6：一叶落知天下秋（离合字一）　　　　　　　　飘示西风

这是谜底超过三个字的例子，"飘"字可分离为"示西风"。谜底会意为：树叶飘落显示出西风（即秋风）吹来了。

● 离在两边、合在中间型

例7：眼底山山黄叶飞（离合字一）　　　　　　　　目瞅秋

母字"瞅"可分离为"目、秋"两个子字，将子字分别置于母字的两边形成谜底"目瞅秋"，解作"眼看着一片秋天的景象"以应面。

例8：请贝利相帮（离合字一）　　　　　　　　　　求球王

巴西著名足球运动员贝利誉称"球王"，请贝利相帮，即是"求球王"（有求于球王）。

上述例子的谜底结构是常规离合的形式，还有一些比较特殊的离合结构：

（1）当子字是不成字的偏旁或变形的偏旁时，可以用它们的原形字来代替。诸如"亻"以"人"代，"讠"以"言"代，"忄"以"心"代。例如：

例1：笑话与幽默（离合字一）　　　　　　　　　　言皆谐

谜底中"言、皆"是"谐"的子字，"谐"是母字，合在一起"言皆谐"的意思是语言都是很诙谐的，以此与谜面相扣。（"讠"以"言"代。）

例2：正中下怀（离合字一）　　　　　　　　　　　恰合心

谜底中"恰"字，可以拆离成后面的"合"与"心"两个字。以"恰合心"会意与谜面相扣。（"忄"以"心"代。）

例3：站不离岗（离合字一）　　　　　　　　　　　人立位

"人""立"二字可组合成"位"字。"位"作岗位解，"人立位"正面会意与谜面相扣。（"亻"以"人"代。）

（2）在离合字谜中，谜底的子字不拘泥于偏旁的限制，有时需要拆分成笔画细碎的少笔字。这类离合字谜，巧拆字素，别具谜味。例如：

例1：孔子众贤徒各自乘车（离合字一）　七十二人一人一辇

孔子贤徒有"七十二人"之众，"各自乘车"自然是"一人一辇"。母字"辇"字细拆成"七十二人一人一"七字。

例2：事必躬亲，死而后已（离合字二）　全一人干、到人倒

谜底顿读为"全一人／干到／人倒"，别解扣合谜面。母字之一"全"字细拆成"一人干"三字。

例3：话说那梁山众将领，都已长眠地下（离合字三）

白一百、余八人于、土里埋

《水浒传》中"梁山众将领"共一百零八条好汉，扣"一百余八人"。谜底顿读作"白／一百余八人／于土里埋"而与谜面扣合。其中"余"字细拆成"八人于"三字。

（3）还有一种加关联词的离合字谜，有人称之为新离合字谜，也别具风味。例如：

例1：鹦鹉学舌（新离合字一）　　　　　　鸟口和鸣

"鹦鹉学舌"是说"鸟口附和（hè）着人鸣叫"。谜底中关联词"和"起到说明底材离合结构的作用——"鸟口"和合成"鸣"字。

例2：杯杯庆国庆（新离合字一）　　　　　　十一连干

有以"举杯庆国庆"猜离合字"十一干"的，这里用"杯杯"突出"连"着干杯的意思。谜底中关联词"连"起到说明"十一"二字连成"干"字的作用。

例3：花落花放话商灯（新离合字一）　　　　　　谢开言射

"花落花放"扣合"谢、开"，"话"扣"言"，"商灯"扣"射（射虎、猜谜）"。谜底中关联词"开"起到说明"谢"字拆开为"言射"二字的作用。

3．提示

（1）离合字谜谜底不是一个字，而是一组字，至少三个字（也有四、五个字的）。（2）以最常见的三字谜底为例，其中两字笔画较少（称为"子字"），组合起来恰好可以成为另一个笔画较多的字（称为"母字"）。（3）这三个字连起来（别解后）能够成为一个短语，以完整的意思与谜面相扣合。

"离合字谜"多用会意法扣合，面底之间扣合原理与常规灯谜相同。根据整体会意确定出能够离合的"母字"，通过一"离"一"合"，缀成谜底。

一、思考题：什么是离合字谜？离合字谜的谜底有几种结构？
二、试猜题：
1．你也思念，我也思念（离合字一）
2．田地肥沃（离合字一）
3．节约须从点滴始（离合字一）
4．屋里有人吗？（离合字一）
5．箭在弦上，引而不发（离合字一）

6. 藏在地下（离合字一）
7. 一同围炉取暖（离合字一）
8. 铁链中断（离合字一）
9. 小驹不能乘坐（离合字一）
10. 贝利择佳偶（离合字二）
11. 儿童懂道理，点滴节约起（离合字二）
12. 此去泉台招旧部，旌旗十万斩阎罗（离合字三）
13. 味道好极了！（离合字一）
14. 我再说一遍（离合字一）
15. 都付笑谈中（离合字一）
16. 速传孟起回师（离合字一）
17. 七子救驾，六子回朝（离合字一）
18. 文明之师，威武之师，正义之师（离合字一）
19. 独酌往往醉如泥（离合字二）
20. 打得鬼子兵昏头转向七颠八倒（离合字二）

三、试制作两条离合字谜。

二、游目谜

游目谜是20世纪90年代开始出现的一种特殊形式的灯谜。

典型结构：仙游一带有名胜（游目谜）　　　　千山

这种谜没有明确具体谜目，由谜面上"名胜"一词提示猜射的范围，即把谜目"名胜"游动暗藏于谜面，实际上只要用"仙游一带有"五字来扣合一个风景名胜区。"仙游一带有"可看作"仙游带有一"的倒装句，别解为将"仙"字的部件移动后再加上字素"一"，便可扣出谜底"千山"二字。"千山"是国家重点风景名胜区，位于辽宁省鞍山市，素有"东北明珠"之称。

1. 谜法要领

● 定义

游目谜是一种不标具体谜目的灯谜，它将提示谜目的文字寓含在谜面中，必须根据谜面文字所寓含的谜目范围去扣合谜底。由于谜目文字成为谜面的一部分，可以使谜面显得更富有表现力。

● 特征

谜目笼统标示为"游目谜"，真正的谜目游离了正常的位置而嵌合在谜面文字上。（谜目虽然"游离"了，但一般都还比较直观，而有些需要别解后才能看出谜目）

2．应用实例

例1：字谜无人猜中（游目谜）　　　　　　　　　　　　仲

谜面上"字谜"二字提示猜射的范围，即谜目是"字"。实际上是要用"无人猜中"来扣合一字，用假设法即可扣出谜底"仲"字。

例2：两点一个字（游目谜）　　　　　　　　　　　　　伞

谜面上的"字"（或"一个字"）提示谜目是"字"。由于"两点"组不成字，所以将"两点一个"——两个点的笔画"丷"与"一个"组合起来，可成为"伞"字，这就是要猜的谜底。

例3：不识一丁能猜字（游目谜）　　　　　　　　　　　甥

谜面上"能猜字"提示谜目是"字"，实际上是要用"不识一丁"来扣合一个字。"丁"一义为"成年男子"，"不识一丁"别解后用会意法即可扣出谜底"甥"字。（"甥"拆解成"生男"，别解为"陌生的男子"）

例4：商品粮分类（游目谜）　　　　　　　　　　　　　大米

谜面上"商品粮"提示谜目是"粮食"。实际上只用"分类"来扣合一种粮食，将"类"字拆分即可成谜底"大米"。

例5：水浒人物怎能说得一个不漏（游目谜）　　　　　安道全

谜面上"水浒人物"提示谜目，"怎能说得一个不漏"会意扣合谜底"安道全"。

例6：苏东坡填词祝寿（游目谜）　　　　　　　　但愿人长久

谜面上"苏东坡填词"提示谜目是苏轼词篇中的句子，"祝寿"会意扣合谜底"但愿人长久"。

3．提示

"游目谜"的谜目位置虽然"游动"到了谜面中，但提示谜目的文字不参与扣底。将谜目从谜面中剥离出来后,面底的扣合关系与常规灯谜完全相同。

练习四

一、思考题:游目谜有什么特征?

二、试猜题:

1. 字谜纵横谈(游目谜)
2. 一人离去成何字(游目谜)
3. 妹子不识字(游目谜)
4. 名古屋作家(游目谜)
5. 十方客人会名城(游目谜)
6. 月下花卉飘芳菲(游目谜)
7. 元旦猜出成语谜(游目谜)
8. 应试报名音讯杳(游目谜)
9. 异口同声猜赠品(游目谜)
10. 母亲之歌(游目谜)
11. 玄机重重字怎猜(游目谜)
12. 古人防患于未然(游目谜)
13. 三国人物为重点(游目谜)
14. 吟诗品句忆华章(游目谜)
15. 千分之一可成字(游目谜)
16. 地名南京紫金山(游目谜)
17. 荣宁二府之藏书(游目谜)
18. 百事可乐唱两首(游目谜)
19. 字谜夺魁凭巧扣(游目谜)
20. 唐诗探源(游目谜)

三、试制作两条游目谜。

资料四:其他类格灯谜

类格灯谜大多是当代新创的谜种,有的难度较大,有的尚未定型。本资料介绍常见的且比较定型的四种类格灯谜：方位字谜、拼读字谜、四声字谜、逆四声字谜。

1. 方位字谜

● 典型结构

前面无须戒备（方位字一）　　　　　　　　　　　　　防后方

这种谜的谜底是一组字，相互之间不仅有字素包容关系，还指出字素处在文字结构中的位置。如本例谜底"防后方"所表达的方位字形结构是："防"字的后面部分是个"方"。而在灯谜扣合中"防后方"则要会意为"应当防备后方"来应合谜面。

● 定义

方位字谜扣合方式类似于离合字谜，是将谜底中的"母字"与某一方位词以及"母字"这个方位中所包含的"子字"三个部分连缀起来，贯串成一个语义（指别解后的语义）明确的词或短语，以完整的意思来与谜面会意相扣。

● 特征

方位字谜的谜底结构：母字＋方位词＋子字。谜底至少是三个字（或三个字以上），其中必定有一个表示方位的字或词，还有就是一个"母字"和它所包含的一个（或一个以上）"子字"。

常用的方位词有"上、中、下、左、右、前、后、先、东、西、南、北、高、底、首、末"等等。

例1：游历欧美（方位字一）　　　　　　　　　　　　旅西方

谜底"旅西方"所表达的方位字形结构是："旅"字的西部（即左边）是个"方"。而在灯谜扣合中"旅西方"则要会意为"旅行西方国家"来应合谜面。扣合过程：一要先确定谜底中表达方位的字词，因"欧美"是西方国家，可用"西方"来替代，这个表达方位的字是"西"。二是从"方"字入手，找出西边（即左边）带有"方"字偏旁的"母字"。"方"字偏旁的字有"旌、旗、施、旋、族、旅、放、邡"等等，唯有"旅"字与"西方"连成短语才能与谜面语义相扣。

例2：拆除画框（方位字一）　　　　　　　　　　　　留下田

谜底"留下田"所表达的方位字形结构是："留"字的下面部分

是个"田"。而在灯谜扣合中"留下田"则要会意为"只留下'田'这个字素"来应合谜面。

2. 拼读字谜

● 典型结构

先生不知何许人也（拼读字一）　　　　　　　　　师为谁

这种谜的谜底是一组字，各字拼音的声母或韵母分别有相同之处。如本例谜底"师为谁"三字中，由"师为"二字可拼读出"谁"的音来。"师"（shī）读第一声，其声母(sh)与末字"谁"（shuí）的声母相同。"为"（wéi）读音与"谁"的韵母（ui）及声调（第二声）均相同。即用"师"的声母（sh）与"为"的读音及音调（wéi）拼读出"谁"字的音（shuí）来。"师为谁"会意为"老师到底是谁呢"来应合谜面。

● 定义

拼读字谜，是依据汉语拼音拼读的特点，谜底以两个汉字拼读出第三个汉字（或以三个汉字拼读出第四个汉字）的形式构成，它不仅听起来是一个字的完整拼读过程，而且把这三个（或四个）单字连缀起来必须成为可以表达一个完整意思的短语，这样一种别解会意与谜面相扣合的灯谜。

● 特征

拼读字谜的谜底一般为三个字（也有一些是四个字的）。首字必须是读第一声（阴平），声母须与末字（即被拼出的字）的声母相同；第二字（在某些韵母也进行分读时为第三字）读音必须与末字的韵母及声调相同。

例1：无疑正是初秋时（拼读字一）　　　　　　　　七月确

谜底"七月确"三字中，由"七月"二字可拼读出"确"的音来。"七"（qī）读第一声，其声母(q)与末字"确"（què）的声母相同。"月"（yuè）读音与"确"的韵母（ue）及声调（第四声）均相同。即用"七"的声母（q）与"月"的读音及音调（yuè）拼读出"确"字的音（què）来。"七月确"会意为"确实到了七月（秋天的第一个月）"来应合谜面。

例2：受贿钱财（拼读字一）　　　　　　　　　　　资肮脏

谜底中由"资肮"二字可拼读出"脏"的音来。"资"（zī）读第一声，其声母（z）与末字"脏"（zāng）的声母相同。"肮"（āng）拼音与"脏"的韵母（ang）及声调（第一声）均相同。"资肮脏"可会意为"资财是不干净的"来应合谜面。

3. 四声字谜

● 典型结构

追求进步我不忘（四声字一）　　　　　　　　　　　积极己记

这种谜的谜底是四个字，各字声、韵相同但声调不同。如本例谜底"积极己记"四个字的读音分别是"jī jí jǐ jì"，它们音节相同，四个声调按顺序排列。"积极己记"会意为"积极进步自己总是记着"来应合谜面之意。

● 定义

四声字谜，是利用汉语每个音节都有四声（即"阴平、阳平、上声、去声"四个音调）的特点，选用一组"同音不同调"的四个字贯串成一个意思完整的短语，将这个短语作为谜底来与谜面会意相扣的一种灯谜。

● 特征

四声字谜的谜底固定为四个字，它们的声、韵相同，但声调各不相同，且严格按照"阴平、阳平、上声、去声"四个声调顺序排列。

例1：杜撰典故（四声字一）　　　　　　　　　　　失实史事

谜底"失实史事"四个字的读音分别是"shī shí shǐ shì"，它们音节相同，四个声调按顺序排列。"失实史事"会意为"失去了真实性的历史旧事"来应合谜面之意。

例2：看书生厌归用餐（四声字一）　　　　　　　翻烦返饭

谜底"翻烦返饭"四个字的读音分别是"fān fán fǎn fàn"，它们声、韵相同，四个声调按顺序排列。"翻烦返饭"会意为"翻书厌烦了返回家吃饭"来应合谜面之意。

4. 逆四声字谜

● 典型结构

儿童交好非常拔尖（逆四声字一）　　　　　　　幼友尤优

这种谜的谜底是四个字，各字声、韵相同但声调不同，并要按四个声调颠倒的顺序排列。如本例谜底"幼友尤优"四个字的读音分别是"yòu yǒu yóu yōu"，它们音节相同，四个声调从第四声开始按逆序（倒序）排列。"幼友尤优"会意为"幼年时的朋友尤其优秀"来应合谜面之意。

● 定义

将作为谜底的一组四声字的四声作倒序编排，依序成为"去声、上声、阳平、阴平"，这种形式的灯谜称为"逆四声字"谜。

● 特征

逆四声字谜的谜底也是固定为四个字，它们的读音相同，但声调各不相同，且严格按照四个音调的倒序排列，依次为"去声、上声、阳平、阴平"。

例1：从戎一生自清白（逆四声字一）　　　　　　务武无污

谜底"务武无污"四个字的读音分别是"wù wǔ wú wū"，它们声、韵相同，四个声调按逆序排列。"务武无污"会意为"从事军事生涯没有染上污点"来应合谜面之意。

例2：换沙发，挪服装（逆四声字一）　　　　　　易椅移衣

谜底"易椅移衣"四个字的读音分别是"yì yǐ yí yī"，它们声、韵相同，四个声调按逆序排列。"易椅移衣"会意为"改换沙发椅，同时搬移衣物"来应合谜面之意。

第三节　花色谜种

"花色谜"是谜面不以纯文字组成而以其他形式来表现的一类特殊谜种的统称。经济繁荣，科技进步，文化发展，促使灯谜家族的"花色谜"品种不断增多，争奇斗艳：印章谜或方或圆，或长或扁，似龟蛇，如鱼龙，刀法犀利，阴阳分明；画谜构思奇特，赏心悦目，

亦庄亦谐，解颐喷饭；哑谜揭底与众不同，或以手取，或用口衔，可裁可缝，可摘可藏，妙在不言中；故事谜结合古今中外奇闻逸事，情节生动有趣，耐人寻味；书法谜篆隶真草，颜筋柳骨，铁画银钩，或秀丽俊雅，或苍劲雄豪，千姿百态，各擅其美；音乐谜旋律优美，节奏明快，寓意于声，扣人心弦；声像谜绘声绘色，情景交融，录万象于荧屏，集群艺于一身。还有邮票谜、实物谜、剪纸谜、象棋谜、扑克谜、书信谜、魔术谜等等。这些花色品种谜，在色彩、造型、音响、布局诸方面塑造了美的艺术形象，赢得了人们的喜爱。花色谜的出现，大大丰富了灯谜的表现手法，扩大了灯谜的猜射内容，增强了灯谜的知识性、鉴赏性、娱乐性和趣味性。本节介绍最常见的五种花色谜：印章谜、画谜、哑谜、故事谜和书法谜。

一、印章谜

印章谜，是以印章为谜面、形式上以篆书刻于金石之上、内容上符合文义谜成谜手法、谜底中嵌有治印表性词的一种花色谜，也叫金石谜、篆刻谜，简称为印谜。印谜是篆刻艺术与灯谜艺术"联姻"的谜种。

印谜的谜底须附加篆刻艺术的表性词。如：表示印章材质的有"金、银、铜、玉、石、木、角、骨"；表示印章形状的有"方、环、圆"；表示印文凸凹及色彩的有"阴、阳、朱、白"；表示刀法的有"切、冲"；表示治印手段的有"雕、刻、铭、凿、琢、治、镂、镌"；表示拓印的有"盖、印、章、戳、玺、宝"。只有把表性词嵌入谜底，贯成文意，才能使猜者从篆刻艺术与灯谜艺术的有机联系中获得审美感受。有人评论说"看谜面平淡无奇，论艺术巧扣谜底"。

例1：印文（见图一）：曹植（宋代文学家二）

谜底：陈思、王安石

这是一枚姓名印章。曹植，三国时曹魏诗人，字子建，曹操之子，封陈王，谥思，世称"陈思王"。对印文"曹植"文义进行演绎的思维过程是猜射成功的一半，因为据谜目提示，陈思是宋理宗时文学家，只要把"王"后移为姓，"安"于"石"上，即成谜底：陈思、王安石。扣合时应顿读作"陈思王 / 安石"。

例2：印文（见图二）：英年三十（《说唐》人物一）

谜底：盖世雄

古称三十年为一"世"；"英"（英豪）则以近义词"雄"（雄才）替代，再加上印谜表性词"盖"，谜底"盖世雄"便和盘托出。

图一：
印文：曹植
谜目：宋代文学家二
谜底：陈思　王安石

图二：
印文：英年三十
谜目：《说唐》人物
谜底：盖世雄

试猜印章谜。

1. 图三：
印文：壮而有为
谜目：李白文句一
谜底：？

2. 图四：
印文：天下为公
谜目：药名一
谜底：？

3. 图五:
印文:倒海翻江卷巨澜
谜目:古今书名二
谜底:?

4. 图六:
印文:上下五千年
谜目:皮日休诗一句
谜底:?

5. 图七:
印文:家徒四壁
谜目:古文篇目一
谜底:?

6. 图八:
印文:肖形马马马
谜目:时间用词一
谜底:?

二、画谜

画谜,是以图画为谜面,根据画面内容,参照谜目去猜射谜底的一种花色谜。它是画与谜结合的艺术产品。

画谜,以人物为主体,寓讥笑为主题,是宋代以来的一种传统花色谜。及至明代,传说有一画谜,招来一场大祸。据明代徐祯卿《剪胜野闻》载:有一年元宵夜,明太祖朱元璋微服巡游京城,看到一幅画谜,谜面画了一个妇女,光着两只大脚,怀里抱个大西瓜。打俗语一句。谜底是"淮西（按：系'怀着西瓜'的谐音缩写）妇人好大脚"。朱元璋认为，这是讥笑他的老婆马皇后（淮西人）脚大，于是"大戮居民"，造成灯谜冤案。民国初期，武汉胡啸风编撰的《画谜精选》一书，是我国最早的画谜集，刊印各地画谜一百幅，意、词、景并臻佳妙。

图画种类繁多，有国画、油画、版画、漫画等。画谜中漫画谜占了多数，这是因为：其一，漫画成图较简单，绘制容易，无需浓墨重彩多费工夫；其二，现成的漫画作品非常丰富，只要尊重原作者的著作权，便可借其为谜面，确定合适的谜目，优选贴切的谜底；其三，漫画是讽刺夸张的艺术，其构思巧妙，生动幽默，嬉笑怒骂，入木三分。若能深刻领会某幅漫画的寓意，给它配以别解的谜底，便赋予这幅漫画双重的艺术内涵，给人以高品位的艺术享受。

画谜既不是儿童看图识字，也不是简单的画面意译，而是集画意、谜趣于一体的艺术精品。它的谜底，可附加"图、画、丹青"等表性词，也可不用。

例1：画面（见图一），猜成语一。

谜底：举不胜举

这是1995年5月15日《中华工商时报》刊登的一幅漫画作品。画面上，五环旗下，两位运动员在较量举重。其中一位用鼻尖便可顶起杠铃；另一位却被杠铃压倒在地，心中不服，手指对方，说："我请求给他做药物检查！"据此画意配上谜目"成语"，谜底"举不胜举"（别解为"举重不能胜，就检举对手"），饶有趣味。

例2：画面（见图二），猜王维诗一句。

谜底：春来发几枝

谜面是题为"三毛学生意"的漫画。画面上，三毛面含微笑，左手披着毛巾，右手托起盘子，向顾客送酒去。谜底是唐诗人王维《相思》中的诗句"春来发几枝"，本意描述红豆开春又发新枝，谜中别解为"只有几枝头发的三毛送春（酒）来了"，耐人品味。

例3：画面（见图三），猜国产影片名四。

谜底：长发妹、挑女婿、正是为了爱、钱这东西谜面是刊登于 1998 年 2 月 13 日《湄洲日报》"壶兰周刊"的一组题为"择偶"的漫画作品。第一幅画面上，长发女郎问求婚小伙子："经商吗？"第二幅再问："炒股票在行吗？"小伙子愕然。根据画意，猜射四部电影片名：《长发妹》《挑女婿》《正是为了爱》《钱这东西》。谜底连珠贯串，不乏揶揄之趣。

图一：
谜目：成语一
谜底：举不胜举

图二：
谜目：王维诗一句
谜底：春来发几枝

图三：
谜目：国产影片名四
谜底：《长发妹》《挑女婿》《正是为了爱》《钱这东西》

练习六

试猜画谜。

1. 图四：
《救火》
谜目：中成药
谜底：？

2. 图五：
《女强人》
谜目：鄂晋地名各一
谜底：？

3. 图六：
《机构臃肿》
谜目：五字俗语
谜底：？

4. 图七：
《明拒暗收》
谜目：外国影片名
谜底：？

5. 图八：
《狐狸与乌鸦》
谜目：著名歌手一
谜底：？

6. 图九：
《镇元仙施法》
谜目：统计名词
谜底：？

三、哑谜

哑谜有两种表现形式：一、由出谜者表演动作，猜谜者从动作中领悟隐寓之意；二、用实物布置为谜面，让人猜射。两者的破谜方法都是用动作来表示，无需说出或写出谜底，所以称为"哑谜"。但为了使观众了解猜者所做动作的意思，主持人还是要通过叙述来揭晓谜底。

哑谜最早见于西汉刘向《说苑·正谏》里的记载，晋平公时，有晋人咎犯要用隐语形式进谏，晋平公接见了他。他伸左臂而弯曲五指，晋平公不解而问，他就按次伸指地说了五点当时晋国存在的弊端。刘向《新序·杂事》载：战国时期，齐国有一丑女钟离春求见齐宣王，宣王召见了她。她在宣王面前连续做了睁眼、张嘴、摆手、拍腿四个动作，意在劝谏宣王应正视危及朝廷的战乱，采纳贤明臣士的忠言，驱逐误国害民的谗佞，拆除劳民伤财的殿堂。诸如此类用动作寓谜，表演不方便，姿态也不雅观，故难以发展；用实物作题的哑谜，谜面设置悬念，猜法别具一格，破谜幽默雅致，富于艺术魅力，故而兴盛不衰。

例1：清代乾隆初期，有人设哑谜，在一个玉盘中放一尊银色罗汉，要求猜千家诗一句。

猜者默不作声地拿起银色罗汉,并将玉盘旋转一周,其谜底是"银汉无声转玉盘"。如果猜者口报谜底,虽对亦错,因与"哑"字的要求(不能作声)冲突。这是典型的哑谜。

因为哑谜不用语言,也不用笔答,只用动作来揭示谜底,所以偶尔也会遇到歪打正着的趣事。

例2:某次猜谜会上,主持人设置了一个假山盆景,上面放着一只玩具小老虎。要求猜者做两个动作,猜两句成语。奖品就是这只玩具小老虎。

有一个小孩见小老虎可爱,心痒难忍,便伸手拿起端详一番,过把瘾后放回原位就走了。可是主持人却追回这小孩把玩具小老虎奖给他,因为小孩的动作恰巧射中了这个哑谜。

谜底:调虎离山、放虎归山

美中不足的是,这则哑谜中的"虎",就是玩具虎,并无别解;哑谜谜底若能另作他解,自然妙趣横生。

例3:在"谜宫"入口处旁边,摆一个摊子,摊上放着一条冒牌香烟和一个打火机。要求做一个动作,猜近代史事件名一。

猜者把假烟拿到"谜宫"入口处,用打火机点起火来当众烧毁。

谜底:虎门销烟。

练习七

试猜哑谜。

1. 桌上有数枚硬币和几包袋装食品,要求做两个动作,猜六字商业用语。
2. 桌上有一尊老寿星像,一串念珠,要求做一个动作,猜一部外国名著。
3. 桌上有一盒乒乓球和一个小花篮,要求做两个动作,猜体育术语二。
4. 桌上有一个封起来的信封和几只象棋子,要求做两个动作,猜食品名连产地。
5. 桌上有一个手中拿着钞票的玩具人,要求做一个动作,猜唐诗篇目一。
6. 桌上放着一个大茶盘和十多个小瓷马,要求做一个动作,猜五字体操术语。

四、故事谜

故事谜，又名谜语故事。它是以叙述一段简单的故事，把故事内容制成谜让人猜的一种趣谜。也就是说，它是以故事形式作谜面的一种花色谜。可以将整个故事作为谜面，也可以取用故事中的某个情节或语句作为谜面。故事谜并非知识问答，也不是"脑筋急转弯"，故事谜一定要有灯谜的趣味，才能名副其实。

故事谜的内容很丰富，常见的有古代故事谜、现代故事谜、幽默故事谜、外国故事谜等。

例1：古代故事谜

郡守破谜断真凶

宋朝有个西川人叫费孝先，占卜算卦很灵。一日，有位客商王昊来成都收货，请费先生占上一卦。孝先曰："教住莫住，教洗莫洗，一石谷捣得三斗米。遇明即活，遇暗即死。"并再三告诫王昊一定要牢记这几句卦语。

王昊拜别费孝先，回程途中恰逢大雨，过路人纷纷去避雨。王昊想起卦语中"教住莫住"，遂冒雨而行，不一刻屋倒墙塌，唯王昊得以幸免。

再说王昊之妻与人私通，得知王昊将回，将欲谋害，便对奸夫说："今晚刚洗过澡的即是我丈夫。"傍晚，王昊归，王妻让其洗浴。王昊牢记"教洗莫洗"，坚决不洗，王妻只得自己洗浴。至夜半，奸夫误以为刚洗浴的王妻是王昊，便下了毒手。出了人命，官府遂拿王昊问罪，严刑逼供，屈打成招。王昊哭诉："我死倒也罢了，但费先生所言却是不灵验了。"左右问及原因并将此言回复郡守。次日，郡守提王昊问："与你做邻居的是谁？"王昊答："是康七。"郡守大悟："杀你妻者，定是此人。"遣人捕康七到，康七果然供认不讳。事后，郡守解释说："一石谷，捣得三斗米，不是有七成糠吗？故而我断定凶手是康七。"

王昊得以开释，恰应了"遇明即活，遇暗即死"的卦语。

解谜：这是以故事中的语句为谜面，猜射人名。"一石谷捣得三斗米"，用换算法，猜得"糠七"（"康七"的谐音）。

例2：现代故事谜

小交通员过桥

抗日战争时期，一名小交通员要到后山给游击队送情报，途中遇到一条大河。河上只有一座很长的桥，桥中间有座小木屋，一个敌军哨兵守在木屋外，不让河两岸的人在桥上通行。如果有人走上桥，哨兵就一定要把他赶回去。但哨兵每隔半小时要进小木屋喝水一次，每次在屋内时间只有1分钟。

小交通员本想趁哨兵刚走进木屋就从桥上跑过去，可是这座桥很长，用最快速度跑也得接近2分钟。因为情报很紧急，如果从远处绕道过河，时间又来不及。怎么办呢？小交通员开动脑筋，想出了一个好办法，顺利地过了桥。

读者朋友，你知道小交通员想出了什么办法吗？等你想出来后，请你根据小交通员所用的办法，猜成语二（共十个字）。

解谜：小交通员趁敌军哨兵刚进木屋喝水，就飞快地向河对岸跑去，快到1分钟时，他转身往回走。哨兵出来看到小交通员在桥上走，以为他是从河对岸过来的，就把他往回赶。这样小交通员正好过了桥。

小交通员的办法，猜成语二。

谜底：半途而废、反其道而行之

例3：幽默故事谜

解救美人

丈夫喝酒的时候，总是一口干掉一杯。妻子很担心，便买回一只美人杯，杯子斟满了酒，杯底就会现美人。妻子温柔地对丈夫说："别喝太急，喝干了就见不着美人了。"

"我可不忍心让美人浸在酒中！"丈夫说着一仰脖把酒干了。

1. 请你根据妻子说的话，猜集邮名词一；2. 根据丈夫说的话,猜五字常用语一。

谜底:1. 品相好;2. 春光无限好。

解谜:1. 谜底"品相好",别解为要慢慢品酌,才能欣赏到相貌好的女人。2. "春"是古时的酒名,故"春"可作为"酒"解。谜底"春光无限好",别解为把酒喝光才是最好的。

例4:外国故事谜

斯芬克斯之谜

传说希腊古时候有一个怪物斯芬克斯,它长着一张美女的脸,却有着狮子一样的身。斯芬克斯把守着忒拜城的城门,每当人们进出城门时,它就问:"谁是早晨用四条腿走路,中午用两条腿走路,晚上用三条腿走路?"

如果谁答不上来,就要被它吃掉。就这样,它吃掉了无数的行人。

后来,俄狄浦斯回到了忒拜城,他听了斯芬克斯的问题后立刻回答了他。斯芬克斯见自己的谜语被猜破了,就永远离开了忒拜城,百姓们便拥戴俄狄浦斯为王。

你知道这个谜语说的是谁吗?

谜底:人

解谜:"早晨"指人在童年的时候爬着走;"中午"指人在壮年时期站着走;"晚上"指人到老年拄着拐杖走。

练习八

试猜故事谜。

1. 孙二娘十字坡开店

孙二娘在十字坡前开设一家酒店。某日,只见一壮汉跨进店来,择一张桌子坐下,连呼酒保上酒来。那孙二娘从帘后闪出,趋向前去,但见条凳上沉甸甸地放着一个褡裢和一柄朴刀,便胸中有数,摆出笑脸迎上前去:"客官用点什么?"那壮汉说:"牛肉二斤,猪排一盘,上好的酒一缸,供某受用。"孙二娘应诺入内屋,与菜园子张青密语几声之后,便到厨房切好牛肉、猪排端来,又一阵风似地抱来一坛子酒并给客官斟上。那壮汉见酒色发浑,便问因何如此,二娘随即应道:"客官有所不知,此乃陈缸老酒,故而有些发浑,然香味醇厚,是上等佳酿。客官您先闻闻,品尝之后,自然逍遥爽快,止渴解乏。"那汉子实因赶路得紧,饥渴交加,闻得酒香扑鼻,也就勾起酒虫作祟,端起大碗一咕嘟连饮三碗,不消片刻便觉天旋地转,昏然欲睡。只见那厢站着一对男女,手持绳索,赶将上来,就要捆绑。那汉子睁着醉眼,喊声不妙,就要拔刀争斗,只觉得浑身无力,不由瘫软在地,束手就擒。汉子身旁的银两、褡裢径由孙二娘掠去,自身则已被绑成一个肉粽子。

看官,请用本故事猜娱乐用品二。

2. 吹牛俱乐部

美国有一个吹牛俱乐部。这个俱乐部创立于1974年,总部设在亚利桑那州的菲尼克斯。俱乐部规定:谁要加入,必须写一篇吹牛故事交给俱乐部资格委员会,经审查合格,方能入会。每年年底,俱乐部全体会员都必须参加一次"年度吹牛大赛"。欲当俱乐部领导,首先必须获吹牛大赛奖。威斯康星州的罗伯特·赫特德在上一年度吹牛大赛中,连续吹牛四十八小时而没说一句真话和实话,创下这个俱乐部的最新纪录。他因此而荣升俱乐部主席。

朋友,请根据这个故事,猜中国地名三。

3. 奇怪的电话

凌晨三点多钟,酒吧老板被急促的电话铃声惊醒。

"请问老板,贵店什么时候开门呀?""中午十一点。"老板刚放下话筒,铃声又响起。他一听仍是那声音,便不耐烦地说:"敝店一向准时营业,你想早点进去是不可能的!"不想对方却大声吼道:"我要你立即开门,你要知道,我是晚上在你的酒吧里喝酒,然后被关在这里的!"

请根据故事情节,猜四字成语一。

4. 白房子

小爱德华和小桑德森与史密斯大叔非常要好,他们常到史密斯大叔的农场去玩。

一天放学后,他们没有回家,就跑到了史密斯大叔的农场,看着大叔忙着喂牛、喂鸡,也帮助他干一点儿活。

休息时,大叔拿来了一些好吃的东西给他们吃。

这时,大叔说:"你们两个都是好孩子,今天我要给你们出一个谜语猜猜。"接着,他就说:"一间小白房,没有门和窗,只有一堵墙,里面藏个小黄球。你们猜猜,这是什么东西?"

小桑德森先猜出来了,他看着小爱德华,等着他猜出来。可是等了一会儿,小爱德华还是没有猜出。小桑德森就提醒他说:"是咱们每天早上都要吃的东西!"小爱德华这才明白过来。

亲爱的读者,你知道这是什么东西吗?

五、书法谜

书法谜,是根据谜底个别文字的需要,用一定的字体书写谜面内容的花色谜种。一般有飞白式、正书式、篆书式、隶书式、草书式和行书式数种。飞白式旧称"妙手空空格""书空格",篆书式旧称"古字格",草书式旧称"张旭草圣格"。猜射时,谜底不仅要与谜面文义相扣合,还要在首处或末处加上表现一般书法特征的"书、写、题、款、古、昔、笔、墨"等表性词,有时还要加上表示某种字体书写特征的表性词"白、正、楷、真、篆、隶、草、行"。

例1:书法作品(见图一):君向潇湘我向秦(四字考试用词一)

谜底:一题两分

面文系唐时郑谷《淮上与友人别》诗句,会意扣合"两分"(别解为"两人分开")。"一题"是附加的表性词,别解为"一幅题写的字"。

例2:书法作品(见图二):十年磨一剑(文坛名人二)

谜底:白刃、徐铸成

面文出自唐时贾岛《剑客》诗"十年磨一剑,霜刃未曾试",可以会意扣合"刃徐铸成";"白"是附加的表性词,表示文字部分是留白的。

书法谜是书法艺术与灯谜艺术结缘的产品。当你漫步灯林谜海之中，面对异彩纷呈的书法，可以寻求到不同韵味的谜趣享受。

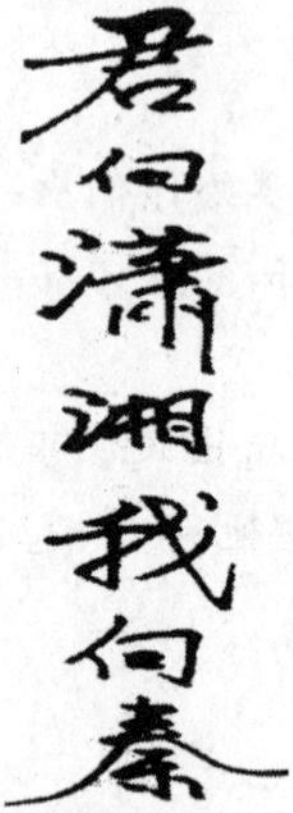

图一：
谜面：君向潇湘我向秦
谜目：四字考试用语一
谜底：一题两分

图二：
谜面：十年磨一剑
谜目：文坛名人二
谜底：白刃、徐铸成

试猜书法谜。

1．书法作品（见图三）：四蹄生风（古代官府职务二）
2．书法作品（见图四）：奋斗不止（银行用词二）
3．书法作品（见图五）：含笑九泉（歌曲名一）
4．书法作品（见图六）：太湖三万六千顷（电影片名一）

風生蹄四

图三：
谜面：四蹄生风
谜目：古代官职二
谜底：？

图四：
谜面：奋斗不止
谜目：银行用词二
谜底：？

含笑九泉

图五：
谜面：含笑九泉
谜目：歌曲名一
谜底：？

图六：
谜面：太湖三万六千顷
谜目：电影片名一
谜底：？

第四章　猜谜技巧

掌握灯谜基本规则和各种扣合方法，是猜谜和制谜的基础。若想把灯谜猜得更快更准，还必须了解猜谜的一般步骤和掌握一些具体技巧，才能够更有效地运用各种扣合方法为猜谜服务。

第一节　猜谜的六个要诀

由于每个人猜灯谜的思路和方法不一定完全相同，因此猜谜的套路不可能是一个固定的模式，但还是有一定的规律可循。一般来说，猜谜要把握运用好六个要诀：理解谜面、辨别谜体、寻找谜眼、运用谜法、借助资料、验证谜底。

一、理解谜面——谜面要吃透

谜面是猜谜的根据，只有吃透谜面才有可能猜谜。怎样才叫"吃透"呢？首先要正确理解谜面本义，如果以成句为谜面的，还要弄清它的出处和作者，以及与上下文的关系，有时还要了解原作品的写作背景，这对猜谜很有帮助。其次，对谜面的每一个字、词、句，都要反复地推敲，看它能不能别解，有几种别解的可能。还要注意字形、字音等。吃透了谜面，就会比较容易找到猜谜的突破口。

例1：他们先后前来植树（二字常用词一）　　　　　休闲

谜面本义是讲第三方群体来种树的事。但从别解的眼光来看，谜面还可以理解成："他"的先，"们"的后，再取来"植树"二字的前头部分。既然谜面能别解，那么对本义和别解义就都要进行分析，看哪一种理解能够找到猜谜的切入点。

例2：入竹万竿斜（反腐倡廉用词一）　　　　　　　　不正之风

本条谜面是成句，引用唐朝·李峤《风》的诗句，全诗为"解落三秋叶，能开二月花。过江千尺浪，入竹万竿斜"。分析谜面不可能有别解，只能从本义来寻找猜谜突破口。根据诗题可知，谜面是吟咏"风"的句子，而"风"字在谜面上隐而不露，谜底很可能带有"风"字。

例3：本自无人识（称谓一）　　　　　　　　　　　　书生

本条谜面看来平常，其实也是成句，语出陈毅《冬夜杂咏·幽兰》之诗，全诗为"幽兰在空谷，本自无人识。只为馨香重，求者遍山隅"。谜面的原意是深谷中的幽兰本来是没有人知道的，若按本义来猜则与"兰"有关。但若将"本"作为"书本"来看，谜面就产生了别解，既然有别解义存在，猜谜时就不能忽略掉。

二、辨别谜体——类型要认准

判断扣合类型是猜谜中最重要的一步，就像出行的人面临三岔路口选择方向一样。方向选对了到达目的地只是时间问题；方向选得不对，南辕北辙只会越走越远，永远也无法猜出谜底；猜谜时判断扣合类型的根据只有谜面和谜目，主要是先从谜面上发现特征，初步判断出扣合类型。如果从初步判断的扣合类型入手一直猜不出的话，不能不知"悔悟"，一条道走到黑，就得考虑是否属于其他类型。判断灯谜扣法，主要应分清是离合类还是会意类这两大类型，其他类型单独存在的情况较少，常与这两类扣法配合使用。有时根据谜面不易分辨扣合类型，不妨先当作离合类来试猜，如果不可猜，则当作会意类（或其他类）再行试猜，直至猜出。

例1：五柳先生品自高（九画字一）　　　　　　　　　柘

从谜目来看是猜字，字谜以离合类为多，会意类与其他类较少，可以优先考虑按离合类来试猜。观察谜面，有"先"和"高"表示方位的字眼，与方位法有关，可以基本确定是离合类。

例2：山盟虽在，锦书难托（成语一）　　　　　　　言而无信

谜面使用成句（陆游《钗头凤》词句），一般来说以会意类成谜为多。谜面没有方位词和表示增或损的字眼，看不出离合类的特征，可以基本断定是会意类。

例3：吕后歹横至绝，要斩韩信之首（古代交际用词一）

名讳

谜面用的是西汉时期吕后斩杀韩信于长乐宫钟室的历史典故，一般来说典故谜均以会意法成谜。但用会意之法猜射总是不着边际，那就必须改变思路，重新仔细观察谜面。不仅有方位词"首"，还有表示减损的字眼"至绝"与"斩"，离合类的特征一经发现，猜射就不难了。

三、寻找谜眼——谜眼要抓住

谜眼是指灯谜扣合中最关键的字或词，它通常以巧妙的形式隐藏在谜面或谜底中，稍一疏忽，便会漏过。因而寻找谜眼是猜谜的关键所在。从猜谜的角度来说，寻找谜眼就是从谜面中找出关键字或关键词来作为突破口。一旦找准谜眼，扑朔迷离的谜题就会豁然开朗，谜底也就容易被锁定。

例1：公款豪宴真可怕（成语一）　　　　　　　大吃一惊
谜眼是"豪宴"，与"吃"有关。

例2：要说剃头真不难（五字口语一）　　　　　道理很简单
谜眼是"剃头"，"剃头"换一种说法是"理发"，谜底可能与"理"字有关。

例3：《斯佳丽》（纺织品一）　　　　　　　　本色的确良
谜眼是书名号"《》"，表示谜面是一本书，谜底很可能与"书""本""册"等字有关。

抓住以上相关的关键字或词，有了突破口，继续往下猜就不难了。

四、运用谜法——谜法要熟练

运用谜法，就是从谜面出发，按照灯谜的扣合方法和规律来探出谜底。许多灯谜往往不止使用一种谜法制成。因此，猜谜不仅要掌握各种谜法，还要能够融合各种谜法灵活运用。具体到某一条灯谜，有可能以一种谜法为主，还有兼用他法的因素，要正确地猜出谜底，则必须考虑多种因素，综合使用多种谜法来破解谜题。要有解决复杂问题的心理准备，才能自如应对猜射复杂灯谜。

例1：首都之旅（《水浒传》诨名一） 　　　　　行者

此例从谜面上看，属何种谜法不是很明晰。"首都"会意为"京"，而取方位可扣"者"。具体该如何选择，则由剩下的"旅"来决定，离合无迹，取"旅行"的本义扣"行"，可与"者"组合成为"行者"，符合谜目要求。求出确切的谜底方知此例为离合、会意兼用。

例2：日照香炉生紫烟（字一） 　　　　　　　氩

此例看不出离合的迹象，用纯会意也扣合不到点子上，很可能多法并用，只能采取分段扣合，各个击破。"紫烟"义扣为"气"，"香炉"象形为"皿"，"日"明取，多法破析方能扣出谜底。

例3：读英语书，说表态话（成语一） 　　　不可言状

从谜面文句直观上看，可初步判定是会意法。注意到"读英语书"——读成英语的"书"，极可能有拟声的成分。英语单词"书"为"book"，读音如同"不可"。一旦抓准了拟声成分，后面部分的会意就迎刃而解了。

可见，熟练各种谜法才能融会贯通。

五、借助资料——资料要善用

因为百科知识皆可入谜，灯谜牵涉面很广，个人所涉猎的知识却十分有限，所以要善于借助相关资料来解谜。如查阅必要的工具书、专业资料、专业词典，还可以使用电脑网络来查寻资料，有助于破解较难的谜题。对某些不熟悉的专业灯谜，应该及时查考有关资料。尤其是用"典"的灯谜，有时只要弄清典故，谜底就不攻自破。有些看起来无从下手的专业术语灯谜，只要找到专业资料一查，问题马上迎刃而解。

例1：躲在阴暗角落里（物理名词一） 　　　不可见光

谜虽不难，但不熟悉物理名词的话猜它也不容易。可先由关键词"阴暗"切入，"阴暗"意为"不明"，与"光明"相对，借助专业资料或词典，查寻与"不明""光明"有相关字眼或词义的名词。一旦见到"不可见光"，马上就可断定这就是谜底了！

例2：……（农药一） 二四滴

没有与农药接触过的人，见到这个谜目就会望而生畏。如果借助农药手册或词典，目录一查，"二四滴"便可信手拈来。

例3：涸辙之鲋（字一） 鲨

此例是用典谜，不知典故便无从猜起。查典故出处《庄子·外物》或成语"涸辙之鲋"释义，可知谜面所说的是"鲫鱼处在水干了的车辙里"。由此悟出"鱼在水很少的境地"，会意为"鱼少水（氵）"，进而扣出"鲨"字就不难了。

再有经验的猜谜高手，也免不了要借助资料。

六、验证谜底——谜底要扣准

谜底猜出后，必须进行验证以判断正确与否。首先，要验证这个谜底是否存在。对于不熟悉的谜底，有时虽然猜出了个大概，但没法确定表达是否准确，有没有这种说法。切忌想当然，必须查阅相关资料来验证有没有这样的名词，从而进行确认和修正，以避免所猜谜底的细小失误而功亏一篑。其次，要将谜底与谜面互相印证来检验扣合是否完整到位。具体来说就是：谜面所有的内容要全部体现在谜底（即谜面文字没有"抛荒"的现象），谜底的所有内容都要能从谜面上找到根据（即谜底文字没有"无根"的情况）。

例1：日上三竿（河北县名一） 高阳

此例会意扣"高阳""阳高"均可，吃不准哪个是对的。经查地名资料，"阳高"是山西县名，"高阳"才是河北县名。

例2：走出前沿，集结调动（手机品牌一） 朵唯

此例为离合体，拆字扣合"朵唯""唯朵"难分高下。早期人们对这个品牌还不熟悉，真不知哪个该为首选谜底。只能查相关资料来印证确定。

例3：二人相伴不变心（山西县名一） 怀仁

此例按谜题文字表达顺序，用离合法可扣出"仁怀"二字。由于对山西地名不熟，是否准确心里没有底，还是借助地名资料来验证，才能排除"仁怀"，确定"怀仁"。否则，只凭想当然，真正的谜底很可能就会失之交臂。

练习一

1. 思考题：猜谜的六个要诀是什么？
2. 思考题：如何抓住关键字或词作为猜谜的突破口？

第二节　谜面中的提示词

灯谜的谜面总是在故弄玄虚，但在离合类灯谜中，谜面主要就是由两类词构成的，一类是基本词，另一类是提示词。有些谜面除了基本词、提示词之外，还附加有衬词。简而言之：谜面＝基本词＋提示词（＋衬词）。提示词往往巧妙地隐藏在谜面上，它与基本词互相依存，可以对猜谜起着提示的作用。关键是要能够识别它，并把它迅速找出来，这样猜谜就容易多了。

一、基本词　提示词　衬词

谜面中的基本词指被提示词所作用的词，也称中心词。一般由名词构成。

谜面中的提示词指作用于基本词的词，也称指示词。一般由动词、方位词等构成。

谜面中的衬词指只起语气帮衬作用的词，它不参与变化，也不起提示作用。一般是由在别解时可化解为不表示实义的实词或虚词构成的。

一条离合类灯谜的谜面通常是由一个或几个基本词与提示词的组合构成的，有时还附加有衬词。在离合类灯谜中，基本词与提示词二者是不可或缺的。以基本词为基础，在提示词的作用下，即由提示词对基本词施加增、损、离、合等各种方法而引起字形产生变化（或形成新的组合形式），由此产生的结果就是谜底。而衬词则是可有可无的，因此有的谜作含有衬词，有的谜作没有衬词。如：

例1：工本有变化（字一）　　　　　　　　　　　　　　　柾

"工本"是基本词；"有变化"是提示词，提示"工本"二字笔画要做调整变化，调整变化的结果得出"枉"字就是谜底。这是一个基本词和一个提示词的例子。

例2：为父让爷得宽心（字一）　　　　　　　　　　　　节

"父"和"爷"是基本词，"让"是提示词，提示"父"从"爷"字中退让出来，余下字素"卩"。还有"宽"也是基本词，"心"是提示词，提示"宽"字的中心部位（是字素"艹"）；"得"也是提示词，提示前半所余字素"卩"还要得到"艹"部，于是"节"字可成。而"为"字在谜面上不起提示作用也不参与变化，是衬词。这是多个基本词和提示词并加衬词的例子。

例3：调解未成要公了（干果一）　　　　　　　　　　　松子

"调解"是提示词，"未"是基本词，提示将"未"字调整分解为"木一"。"要"是提示词，"公了"是基本词，提示还需要加上"公了"二字。"成"是衬词，表示"未"经调解后成形之意。

例4：奈何大人一一离去（谦称一）　　　　　　　　　　小可

"奈何"与"大人一一"都是基本词。"离去"是提示词，提示"大人一一"从"奈何"中离去。此例只有基本词和提示词，没有衬词。

例5：六一一回来，自当冬后去（节气一）　　　　　　　立夏

前句"六一一"是基本词，"回来"是提示词。后句"自""冬"是基本词，"后""去"是提示词，"当"是衬词。

二、提示词的种类

提示词在离合类灯谜中是使用最多、最灵活的成分，起着提示字素方位以及字形笔画增减、移位、组合等各种变化的重要作用。提示词主要有三类：字素方位的提示词、字形变化的提示词、综合变化的提示词。

（一）字素方位的提示词

汉字是方块字，汉字的结构形式根据书写的规律主要有以下几种形式：

上下结构如：思、想、音、声、宙

左右结构如：精、神、拓、胜、利

上中下结构如：京、奈、意、寄、曼
左中右结构如：潮、倒、捌、泓、卿
半包围结构如：区、医、匡、贝、同
全包围结构如：回、因、国、围、困
独体字如：中、史、虫、西、也、束
……

在灯谜中，人们习惯按照汉字字素书写的顺序或字素所在的位置用方位词来提示相关的字素，还经常套用地图表示方位的习惯（上北、下南、左西、右东）来提示字素的所在位置。我们可以用"东、西、南、北、中"的方位将一个汉字的各部分进行分解，如"燕"字各方位的字素图示于下：

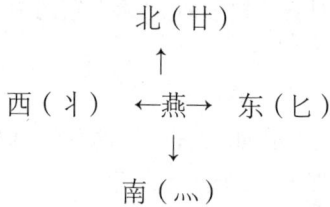

由图示可直观看出，"燕"字的北部字素是"廿"，南部字素是"灬"，西部字素是"丬"，东部字素是"匕"，中部字素是"口"。

结合汉字书写顺序和地图方位的表示方法，灯谜中表示字素具体方位的提示词大体有以下几种：

取上方部位的提示词：上、北、首、头、前、高、梢、始、端……

取中间部位的提示词：中、内、心、里、间、深处……

取下方部位的提示词：下、南、底、尾、末、脚、终、后……

取边上部位的提示词：左、右、东、西、前、后、边、侧、旁、畔……

取外围部位的提示词：外、周、围、圈、表……

取左边部位的提示词：左、西、前、头、初、始、先……

取右边部位的提示词：右、东、后、末、尾……

下面结合实际谜作来感知方位提示词的作用：

1. 父女到北京（字一）　　　　　　　　　　　　　　　姣

"北"是方位提示词，"京"字的北部是"亠"。"父女"二字与"亠"合成"姣"字。

2. 出得城西到垄上（著名电影演员一）　　　　　　　成龙

"上"是方位提示词，"垄"上部为"龙"。"城"字的西部——即左边的"土"去掉，余下"成"。

3. 一点爱心献中国（字一）　　　　　　　　　　　　宝

"心"和"中"是方位提示词，"爱"字的中心部位是"冖"，"国"字中间为"玉"，再加上一个点（丶），就构成谜底"宝"。

4. 真心与虚心（中药一）　　　　　　　　　　　　　三七

两个"心"都是方位提示词，"真"字的中心部位相似于"三"，"虚"字的中心为"七"。

5. 南部完全改观（字一）　　　　　　　　　　　　　玩

"南部"是方位提示词，"完全"两字的南部为"元、王"，改观用以提示字素顺序改变，故成"玩"字。

6. 下幕不要古装剧（字一）　　　　　　　　　　　　刷

"下"是方位提示词，"幕"字的下方为"巾"。"不要古装剧"别解为"剧"字中不要"古"，剩下"尸"和"刂"。三个部分字素合成"刷"字。

7. 清明前后来分田（字一）　　　　　　　　　　　　湖

"前后"是方位提示词，"清明前后"指"清"字前半（氵）和"明"字后半（月）。"田"字分开则为"十口"。

8. 人在湖边走（字一）　　　　　　　　　　　　　　估

"边"是方位提示词。"湖"是左中右结构，"湖边走"意谓"湖"字的边（即左右两边）去掉，只余下中间的"古"。

9. 东征西讨（字一）　　　　　　　　　　　　　　　证

"东、西"是方位提示词，"征"字的东边是"正"，"讨"字的西边是"讠"，合成"证"字。

10. 国外进口（字一）　　　　　　　　　　　　　　回

"外"是方位提示词，指"外围"。"国外"取"国"字外围部分"口"。

11. 三点到边区（字一）　　　　　　　　　　　　　　　汇

"边"是方位提示词，指"旁边"，也指"周边"。"边区"取"区"字外边缘部分"匸"。

12. 同心白头约，一帆独归西（市名一）　　　　　　石狮

"心、头、西"是方位提示词。"同心"取"同"字中心部位（一口）；"白头"取"白"字头上的"丿"；"帆独归西"取"帆独归"三字各自的西部"巾、犭、丨"；"一"明取，各部组合可成"石狮"。

13. 初听流莺喧柳叶（字一）　　　　　　　　　　　　藻

"初"是方位提示词，提示"听流莺喧柳叶"每个字最初的部位，分别是"口、氵、艹、口、木、口"，组合起来可构成"藻"字。

（二）字形变化的提示词

增添笔画、部件的提示词：加、多、有、收、入、归、增、添、上、和……

减损笔画、部件的提示词：减、少、无、离、流、失、去、开、除、下、解……

笔画、部件移位的提示词：改、移、动、易、变、调整……

字形整体变化的提示词：残、破、缺、背、倒、转……

笔画、部件组合的提示词：聚、合、并、连、相依、不分、结伴、进入、相会……

下面结合实际谜作来感知字形变化提示词的作用：

1. 一家添两口（字一）　　　　　　　　　　　　　　嚎

"添"是表示增添、增加的提示词。用以提示"一"与"家"要添加上两个"口"，组合而成"嚎"字。

2. 人归千山北（字一）　　　　　　　　　　　　　　嵊

"归"是表示增添的提示词。用以提示"人"要添加上"千山北"三个部件，合成"嵊"字。

3. 付诸东流（四画字一）　　　　　　　　　　　　　认

"流"是表示减损的提示词，"东"是方位提示词。"东"提示的是"付、诸"两字的东部"寸"与"者"，"流"提示应该减去，只余

下"亻"（人）和"讠"，组成"认"字。

4. 凤凰台上凤凰游（数学名词一）　　　　　相似三角形

"游"是表示减损的提示词。此谜是谜面自行抵消，"游"别解为把"凤凰台上"中的"凤凰"二字"游离"（即减损）掉，谜面有效文字仅剩下"台上"。"台"字上方为"厶"，好像一个三角形，故扣底为"相似三角形"。

5. 人为调整（军事用词一）　　　　　　　　　　　火力

"调整"是表示移位的提示词。用以提示"人为"二字笔画要进行移位，把"为"字的两个"丶"移到"人"字中来，即成"火力"二字。

6. 平易近人（字一）　　　　　　　　　　　　　　伴

"易"一义为"变易"，是表示变化、移位的提示词。用以提示"平"字笔画要进行移位，变易为"半"字。

7. 妇女解放翻了身（字一）　　　　　　　　　　　山

"翻"一义为"翻转"，是表示转动的提示词。"妇女解放"用减损法可扣"彐"，"翻"用以提示将"彐"字转动一个角度（向右转90°），成为"山"字。

8. 六出翻飞（字一）　　　　　　　　　　　　　　帝

"翻飞"用以提示将"出"字转动一个角度（向右或向左转180°），而后与"六"合成为"帝"字。

9. 残羹残粒（字一）　　　　　　　　　　　　　　糕

"残"是表示字形残缺的提示词。残缺的"羹"字取"羔"，残缺的"粒"字取"米"，二者合成为"糕"字。

10. 合纵连横（八画字一）　　　　　　　　　　　舍

"连"是表示字形组合的提示词。将"纵"的笔画（丨）与"横"的笔画（一）组合即成为"十"字。别忘了"十"还要与"合"拼成"舍"字。

（三）综合变化的提示词

在许多灯谜作品中，可能包含有各种不同类型的指示词，即有方位变化、字形变化，还会有增损变化，有时某些笔画在移位的过程中同时还包含着旋转,因此我们不能呆板地认为一谜只有一法。猜谜时必须要准确判断指示词来揣度出谜作者的意图,从而快速组合出谜底。

1. 放手大干变了样(字一)　　　　　　　　　　　　　拴

此例"放"字既可作为表示增加的提示词,又可作为表示减损的提示词,双解双通,综合变化使用。"变了样"是表示移位的提示词。

2. 一夫当关形势变(字一)　　　　　　　　　　　　　凑

此例"形势变"是表示字形变化的提示词,此处的变化是综合的,既有笔画移位的变化,也有部件旋转的变化。

3. 残雨翻飞入眼来(电影片名一)　　　　　　　　　　泪痕

"残"是表示字形残缺的提示词,"残雨"仅取其中的四个"丶"来用。"翻"是表示字形背转的提示词,将"飞"字背转了一面,出人意料之外。

4. 月下花前把手牵(农用品一)　　　　　　　　　　　化肥

谜面顿读为"月/下花前/把手牵"。"下花前"是要求把"花"字前面的草字头省略,余"化";"把手牵"别解为"把"字的"手"(扌)被牵走,剩下"巴",与"月"构成"肥"。此例提示减损的词"下""牵"与提示方位的词"前"综合使用。"下"也是方位词,在此例中起提示减损的作用。

5. 生日聚会人不齐(天文名词一)　　　　　　　　　　星云

谜面顿读为"生日聚/会人不齐"。"生日"聚合成为"星","会人不齐"扣"云"。"聚"是表示组合的提示词,"不齐"是表示减损的提示词。

从上述最后两例还可以看出,有时顿读也起着迷惑的作用。如果按照正常的语气停顿来读无法得出谜底时,就要警惕谜面是否要顿读。头脑转得快,才能够捷足先登。

1. 思考题:想一想还有哪些方位指示词?
2. 思考题:想一想还有哪些字形变化指示词?

第三节　猜离合类灯谜的四步分解

当我们看到一条灯谜时，就会想到从何处下手去猜它，这需要掌握一定的方法和步骤。灯谜是利用谜面语言的多义性来巧妙地给猜者出难题，它一方面有意使用障眼法蒙蔽猜者，另一方面却又总是在提示猜者怎么解谜。尤其是离合类灯谜每条谜面中都有明显的提示词，等于是给猜谜提供了引路作用。

一、猜离合类灯谜的分解步骤

首先要记住常用的"方位提示词"和"字形变化提示词"。如：

方位提示词：上、下、左、右、前、后、头、尾、东、西、南、北、中……

字形变化提示词：多、加、有；少、无、去；残、破；移、改、倒、转……

重要的是如何利用这些提示词来猜灯谜。

例：树先进，帮后进，昂首团结向前进（字一）　　　　棉

可以通过观察、分析谜面，找出提示词，确定切入点。具体步骤：

第一步，先找出谜面中的方位提示词。

本例中方位提示词有：先、后、首、前。

第二步，根据方位提示词来确定所指的部件，即偏旁或部首。

"树"的"先"头部分是"木"；"帮"字"后"面部分是"巾"；"昂"字"首"先部分是"日"；"向"字"前"头笔画是"丿"。

第三步，再找出谜面中表示字形变化的提示词。

本例中表示字形变化的提示词有：进、进、团结、进。

第四步，根据变化提示词的要求进行操作（增、减、组合、移位、变形等）。

提示词"进"表示"加进去"；"团结"表示"组合起来"，因此要把第二步确定的四个部件组装起来。把"木""巾""日""丿"这些部件试着组合即可拼出"棉"字，这就是谜底。

二、应用实例

例1：爱心接力二十载（字一）　　　　　　　　　　劳

第一步，找出谜面中的方位提示词：心。

第二步，根据方位提示词来确定所指的部件："爱心"，"爱"字的中心部位通常取"冖"。

第三步，找出谜面中表示字形变化的提示词："接"，表示拼合。"载"别解为"记载、写上"，表示增加。

第四步，根据变化提示词的要求进行操作：（冖）+（力）+（廿）=（劳）。

本例四步齐全，谜底是"劳"。

注意："二十"的另一种表达方式是"廿"，而"廿"的异体字为"卄"，相似于草字头"艹"，所以灯谜中"二十"通常扣"艹"。

例2：婚前先孕毁一生（畜类一）　　　　　　　　　奶牛

第一步，找出谜面中的方位提示词：前、先。

第二步，根据方位提示词来确定所指的部件："婚前"，"婚"字前部为"女"；"先孕"，"孕"字先写部分是"乃"。

第三步，找出谜面中表示字形变化的提示词："毁"，表示减损。

第四步，根据变化提示词的要求进行操作：（女）+（乃）=（奶）；（生）−（一）=（牛）。谜底是"奶牛"。

注意：本例"毁一生"应看作是"生毁一"的倒装句。

例3：疑是横川落笔端（台湾作家一）　　　　　　　三毛

第一步，找出谜面中的方位提示词：端。

第二步，根据方位提示词来确定所指的部件："笔端"，"笔"字端头为"𥫗"。

第三步，找出谜面中表示字形变化的提示词："横"，表示由竖向转动为横向；"落"，表示减损。

第四步，根据变化提示词的要求进行操作："川"向左或右旋转九十度成为"三"；（笔）−（𥫗）=（毛）。谜底是"三毛"。

注意：本例"川"字转为横向并不是真正的"三"字，"疑是"二字用来说明只是像"三"字而已。

例4：不要有恶心，要有爱心、虚心和苦心（竞赛用词一）

亚军

第一步，找出谜面中的方位提示词：心（谜面有四个"心"字，第一个"心"是基本词）。

第二步，根据方位提示词来确定所指的部件："爱心"取"冖"，"虚心"取"七"，"苦心"取"十"。

第三步，找出谜面中表示字形变化的提示词："不要有"，表示减损；"要有"，表示增加。

第四步，根据变化提示词的要求进行操作：【（恶）－（心）】+【（冖）+（七）+（十）】=（亚军）。"亚军"即为谜底。

注意：同一个谜面中相同的字有不同的用法，如本例中的"心"字，有的是方位提示词，有的是基本词。

例5：富士山下（字一）

画

第一步，找出谜面中的方位提示词：下。

第二步，根据方位提示词来确定所指的部件："富士山下"，"富士山"三字的下方部位分别是"田、一、凵"。拼合即成"画"字。

注意：本例只要一、二两步，就可用积木法组装起来。关键在于"下"是综合指"富士山"三个字的下面部分，不光是"山"字的下面部分。

例6：言而无信没心情（字一）

倩

本例谜面没有方位提示词，也无须确定部件，一下就进入第三步。

第三步，找出谜面中表示字形变化的提示词："无""没"都表示减损。

第四步，根据变化提示词的要求进行操作：（信）－（言）=（亻）；（情）－（心）=（青）；"亻"与"青"拼合成"倩"。

注意："言而无信"应看作是"信而无言"的倒装句，灯谜语言中此类"倒装"甚多。

三、特别提示

懂得运用以上四步，功夫还没完全到家，还要特别注意以下两点：

（一）要充分理解谜面（弄清本义和所有可能的别解义）

例1：宝玉出走，袭人无依（字一）　　　　　　　　　　宠

注意：本例"宝玉"和"袭人"都是《红楼梦》人物，但在谜中有典化无典，只当作字符。因而扣合过程如下：

【（宝）－（玉）】+【（袭人）－（依）】=（宀）+（龙）=（宠）

例2：午前读西游（字一）　　　　　　　　　　　　　　浒

注意：本例谜面要顿读作"午/前读/西游"。"读"字前面是"讠"，"游"字西部为"氵"。因顿读产生别解，若顿读不得法则无法解谜。扣合过程如下：

（午）+（前读）+（西游）=（午）+（讠）+（氵）=（浒）

例3：不必讳言缺点多（字一）　　　　　　　　　　　祎

注意：本例谜面亦须顿读作"不/必/讳言缺/点多"。若按常规读作"不必讳言/缺点多"就没法猜了。扣合过程如下：

（不）+【（讳）－（言）】+（丶）=（不）+（韦）+（丶）=（祎）

（二）谜题给定的条件要全部用上（谜面所有的字词都要消化掉）

例1：雪灾之后要改建（字一）　　　　　　　　　　　灿

注意："雪灾"二字的后面部分是"彐、火"，直接合成是"灵"字。但谜面"要改建"却放空了，可见还不能肯定是稳对的。"改建"有提示字素或笔画移位、调整变形的作用，"彐、火"变形调整后便成为"灿"字。

例2：拆东墙补西墙（十三画字一）　　　　　　　　　裓

注意：本例按以上方法操作，可猜作"圭"字，但"圭"字只有六画，不符合谜目要求，真正的谜底还没猜出来。因此要特别注意谜面提供的条件还有哪些没有用上。排查之后可发现，"补"字在此不作为字形变化的提示词用，而是基本词，"圭"加上"补"即成为"裓"字。

四、如何判定猜谜方法

灯谜创作手法多种多样，猜法也是多种多样。在分开介绍各种方法时，所接触的例子都是理想化的单一手法的谜题，猜起来像套公式一样比较容易。实际上灯谜作品往往是各种手法综合使用，又没有注

明用哪一种方法，所以就必须判断要怎么去猜。

灯谜手法虽多，但从根本上可以分为两大类："离合"（字形拆拼，或者说是部件组装）和"会意"（换一种说法）。对具体灯谜作品来说，谜法使用大体上有三种形式：一是纯"离合"手法；二是纯"会意"手法；三是"离合"加"会意"综合手法。怎么判断，熟练者凭直觉，初学者用试探。采用试探法，就像做除法试商一样。

试探步骤：

1. 在发现有提示词的情况下，首先用"离合法"来试猜。

2. 如果用"离合法"只能猜出一半，剩下部分再用"会意法"（同义替代）来补充。

例1：老爹七十上北京（字一）　　　　　　　　　　　　较

"上"是增添提示词，"北"是方位提示词。"七十"可合成"车"，"北京"取部首"亠"。剩下"老爹"没有任何提示，直接取用也无法组字，改变思路，用会意辅助扣合出"父"来作为补充。"七十""亠"与"父"就可拼合成"较"字。

例2：记者聚会我缺席（字一）　　　　　　　　　　　　诸

"聚会"是拼合提示词，"缺席"是减损提示词。"记者"可拼合成"诸己"，"我"字虽有提示要减损，却无从消去。改变思路，"我"字先用会意扣合出"己"来作为过渡。那么：

（记）+（者）−（我）=（诸己）−（己）=（诸）

3. 如果用"离合法"一点都行不通，就得用"会意法"（或兼用他法）猜。

例3：一再夺银牌（海南市名一）　　　　　　　　　　　三亚

此例用"离合法"不可猜，只能改用"会意法"。"一"与"再"（二）的数量相加等于"三"，得"银牌"者是"亚军"，因而整体会意扣底为"三亚"（别解成"三次取得亚军"）。

练习三

1. 思考题：猜离合类灯谜的四个分解步骤是什么？
2. 思考题：如何判定两大类的猜谜方法？

第四节　猜会意类灯谜的六个技巧

对初学者来说，猜会意类灯谜比猜离合类灯谜相对难一些，以本章第一节"猜谜的六个步骤"为基础，再学习掌握会意类灯谜猜射的一般技巧，多猜多练就会熟能生巧。每一条灯谜都有最容易突破的部位，由此切入就会事半功倍，化难为易。

一、抓住谜面故意回避的字词

有些灯谜的谜面往往不用人们最通常的表述方法，而另取一些不是很直白的说法。如把"手"叫"掌"，以"唇"说"嘴"，用"缰""鞭""驾""紫骝"等来说"马"的意思。这不完全是为了增加谜面的文采而使用书面语，有时就是为了防止"露面"违规不得已而代用的。其实，这种回避或代用是欲盖弥彰，一旦谜面故意回避某一字眼，谜底很可能就有这个字眼。

例1：悬崖勒缰（国名一）　　　　　　　　　　　　　　危地马拉

"悬崖勒马"是人们熟知的成语，谜面以"缰"代"马"，虽然不悖语法与语义，但总让人觉得不那么自然，由此可断定，谜面有意在回避"马"字，谜底很可能就有"马"。由此出发，就可将猜射的范围缩小到与"马"字相关的几个国名。于是，轻而易举就可猜出谜底"危地马拉"。

例2：楚人求剑（美术名词一）　　　　　　　　　　　　水印木刻

谜面来自寓言故事。有位楚国人渡江，不慎把剑掉入江内，他便将剑的落水处在船上刻个印记。到了对岸后，他就从船的印记处下水摸剑，因为他记得清清楚楚剑是从船的这个位置掉下去的。这一典故已被提炼为成语"刻舟求剑"而流传下来。此例舍弃经典的说法，却别出心裁地以"楚人求剑"为谜面，很可能就是为了回避"刻"或"舟"字。以"舟"和"刻"为线索，再结合原典"渡江"（与"水"相关）等背景，就会比较容易地从美术名词中猜出谜底："水印木刻"（在船的木头上刻上落水处的印记）。

二、以谜面人物和地名为线索寻找借代词

灯谜作品中谜面以人物和地名为叙事中心的占有较大比例，如以历史题材和典故进行创作的，绝大部分与人物或地名有关。猜谜时首先要从谜面上的人物或地名入手，将人物的姓、名、字、号进行借代试探，或将地名的简称、别称、古称、美称进行借代试探，就有可能发现扣合的契机，由此切入并延伸猜出谜底。

例1：囚禁张学良（元代戏剧家一）　　　　　　　　关汉卿

"西安事变"是现代史上震惊中外的大事件，1936年12月爱国将领张学良兵谏迫使蒋介石与中共合作抗日，后来遭受蒋介石报复被软禁几十年。此谜源于这一历史事件。张学良字"汉卿"，名与字借代相扣，谜面"囚禁"对应谜底"关"字。显然，抓住张学良字"汉卿"这个线索，谜底就呼之即出了。

例2：中国从站起来、富起来到强起来（物理名词二）

升华、三态变化

谜面简明扼要地概括了近代以来久经磨难的中华民族实现飞跃的历史进程。谜面有地名"中国"，应当先找出地名借代词"华"（古代"华"指"华夏"，即中国）。根据"华"的线索，不难联想到物理名词中的"升华"（中华国力提升），进而从"站起来""富起来""强起来"国势变化的三个标志入手，再找出常见的物理名词"三态变化"就容易多了。

例3：断桥相会（《水浒传》人物诨号一）　　　　　白面郎君

此谜取材于神话传说《白蛇传》故事，"断桥相会"是戏剧《白蛇传》中的经典折子。蛇仙白素贞在水淹金山寺之后，与逃出金山的丈夫许仙在西湖断桥畔相会。谜面虽然没有人物出现，但猜谜时还是要抓住故事中的主要人物白素贞和她的丈夫许仙，"白"字（以姓代名）一出，就会大大缩小了《水浒传》人物诨号的范围。这样很容易就锁定了"白面郎君"，别解为"白（素贞）面（见）郎君（丈夫许仙）"。

三、以谜面描述的主要事物为线索寻找特征字眼

谜面上着意描述的主要事物是猜谜的主要线索，尤其要注意

从主要事物中推敲出特征字眼。找准了特征字眼，就是找到了突破口，"拔出萝卜带出泥"，相关语词就会连带而出，谜底也就豁然开朗了。

例1：手持面条待水开（成语一）　　　　　　　　　等而下之

谜面描述的是日常生活中准备煮面条的情景，要围绕着煮"面条"来找出特征字眼。人们习惯上把面条放入汤锅中的动作叫作"下面条"，因此谜底很可能有特征字"下"。由"待水开"可知尚需要"等"会儿。"下"与"等"一出，谜底"等而下之"就不攻自破了。

例2：眼药水使用说明（成语一）　　　　　　　　　引人注目

谜面描述的主要事物是"眼药水"。人们从日常生活经验可知，使用眼药水都是将药水滴注入眼中，这一特征动作就是"注目"（滴注入眼内）。抓住了特征字眼，再考虑到使用说明是起引导人们正确使用的作用，不可放过的是"引"，"引人注目"也就手到擒来了。

四、以比较容易猜出的字词为线索继续延伸猜射

猜谜就是将谜面演绎成谜底的过程，猜谜的根据是谜面，而谜面上总会有某些部分比较浅显易猜，先从比较易猜的字词入手，很可能就抓住了谜底的一两个字，然后再继续延伸补充猜射，就不难得出完整的谜底了。

例1：破墙而入，盗窃一空（成语一）　　　　　　　凿壁偷光

"盗窃"通俗的讲法就是"偷"，"盗窃一空"说明全被"偷光"。由"偷光"一词很容易联想到"凿壁偷光"。再延伸看谜面前句，"墙"与"壁"正好同义相扣，可以判定"凿壁偷光"准对无疑。

例2：问诊（多字成语一）　　　以其人之道，还治其人之身

本条谜面只有两个字，提供的信息量较少。而"诊"的意思很明晰，是"诊治、看病"，谜底极有可能含"治"字。"问"是询问病症，包含应答语言，因而谜底还可能有表示"说话"意思的字眼，如"表""白""陈""道""言""话"等。"问诊"的过程，就是医生根据病人所说的病症而对症下药，来达到治疗这位病人的目的。抓住明显可能的字词，再综合延伸分析，就可渐次猜出"以其人（病人）之道（所说的），还治（治疗）其人之身（病体）"的谜底。

五、注意变换新的角度以适应新的别解思路

灯谜是一种文字别解的艺术，灯谜作品中新的思路、新的别解层出不穷，往往言在此而意在彼，让猜者晕头转向落入陷阱。猜谜既要执着，又不能执迷不悟。所谓执着，就是要有毅力，不能浅尝辄止，知难而退。不能执迷不悟，是指在具体猜谜思路及猜谜方法上，要善于主动求变，不可只是一条道跑到黑。猜谜过程中，发现此路不通，就要另辟蹊径。一旦苦思不得其解，要及时反思是否思路和方法被误导了，立即变换新的角度，寻找出新的思路。这个字扣合不上，就迅速更换另一个字，直到猜出准确谜底。

例1：惨败吓得闻风丧胆（动物一） 北极熊

"战败"在古语中多以"败北"来描述，"北"具有"败"的义项。"惨败"便是形容"败北之极"，故扣"北极"。"吓得闻风丧胆"形容非常害怕，表示"害怕"的词很多，如"恐、怯、怕、惧、惊恐、惊骇"等等，但在此谜中，却都用不上。因此要换思路，与"北极"二字相关的动物，人们首先就会想到"北极熊"。"熊"在股市术语中表示"疲软"，又引申作为骂人的话，意指"没用、差劲"，在此以其引申义来应合谜面，虽然做不到字字准确相扣，但整体会意的语境是融合的。这就要求猜谜时思维要有一定的广度，避免出现"盲点"。

例2：不同意放在最后（成语一） 摇头摆尾

按猜谜人的经验和直觉，这样的谜面，首选就是用反面会意法破解——不同意放在最后，那就应当允许放在前边。语义比较接近的是"名列前茅"，但是"名"无从说起，似是而非。变换角度，按正面会意的一般思路来猜，"不同意"是"否决""否定""不认可"的意思，仍然难以找到合适的成语。必须再换新的思路，原来这条谜的独特思维在于"不同意"三个字，人们习惯上用点头和摇头动作来表示认可与否，"点头"表示"同意"，"摇头"表示"不同意"。那么，"不同意"就是"摇头"，于是乎"摇头摆尾"（"不同意摆在尾巴"的别解义）就浮出水面了。

六、要把所有的条件（包含相关背景）都用上

灯谜讲究扣合紧切，就是要做到扣合完整而准确，避免谜面和谜底出现闲文剩义。因此猜谜时，要对谜面上的字仔细推敲，每个字都不可轻易放过。会意体灯谜是运用汉字一字多义别解而成谜的，有许多字的义项多达几十种，有的字不仅有今义，还有古义，这些字义都存在入谜的可能性。因此，不仅要注意字的各种含义，而且连虚字也不能放过，灯谜中常有出人意料的虚字实用的手法。有时只把谜面所提供的条件全用上还不够，必须把谜面出处、作者、上下文、写作背景等相关因素都要考虑进来。

例1：没有升迁的希望，跳槽（五字口语一）　　大不了走人

"口语"指的是人们惯常的口头说法，虽有相对固定的说法，但意思相近的语言还是不少。此谜有人猜作"就高不就低"，也有人猜作"人往高处走"，别解后都有"往职位高的地方跳"的意思。还有人猜作"原地踏步走"，顿读作"原地踏步／走"，职位只在原地踏步就要走人。虽然猜的意思都接近，但总觉得直白了些，谜味好像没出来，于是将相关字眼再进行推敲。当想到"没有升迁"是职务"大不了"，那么"大不了走人"扣合就生动多了，猜到这份上谜底也就可以确定了。

例2："俗子胸襟谁识我"（离合字三）　秋心愁、何人可、悟吾心

"胸襟"为"心怀"，"谁"是"何人"，"我"即"吾"辈，一读谜面这些常用的扣法就会相继冒出来。与这些所会意的字眼相关的谜底组合"何人可、悟吾心"是熟底，又恰能够与谜面相扣，可以初步采用。谜底才出三分之二，谜面之意已尽览无余，怎么办？只能从谜面相关背景寻找扣合契机。谜面系近代女革命家秋瑾《满江红·小住京华》词中之句，表达了烈士不一般的情怀，引入人物与襟怀，便又可扣出"秋心愁"的组合，立意得到提高，谜底也猜完整了。

练习四

1. 思考题：猜会意类灯谜的六个技巧是什么？
2. 思考题：如何寻找借代词和特征字眼？

第五章 制谜方法

第一节 制谜基本要求

汉字蕴藏着无穷的玄机，汉字是取之不尽、用之不竭的谜材。首先要树立起"字词百科皆可入谜"的理念，天下百科皆为我用。不怕做不到，就怕想不到。学习制谜首先要了解制谜的基本要求。

制谜基本要求有两大方面：符合性要求与适用性要求。符合性要求具体有四项：面底不能相犯；面底都要成文；要有别解成分；扣合必须准确。

一、符合性要求

符合性要求指的是制谜要符合灯谜的一般规则。按照灯谜规则的要求，才有可能制作出合格的灯谜。制谜的符合性要求主要有以下四点：

1. 面底不能相犯

谜面要避开谜底所有的字，谜底任何一个字都不能在谜面上出现，这是制谜最基本的要求。

例1：春节是正月哪一天（教育用词一）　　　　　　　　初一

例2：要扫除一切害人虫（三字数学用词一）　　　　　　除得尽

例3：议而不决，决而不行（成语二）　言外之意、一文不值

注：谜面"而不决"与"决而不行"自行抵消，只剩下一个"议"字。"议"字由"讠"与"义"（="文"—"一"）组成。

例4：重点支援大西北，西部开发要先上（省名一）　　　陕西

以上前两例是会意扣合，初看会意基本准确，扣义并无问题。仔细一看，分别存在"一"和"除"字面底相犯之弊。后两例用离合法，离合拆字也可准确扣底，但也分别存在"不"和"西"字面底相犯问题，谜也就不成立了。因此，必须规避相犯的字才能让谜作成立。

2. 面底都要成文

谜面和谜底都应当是由字、词或文句很自然地构成的。

例1：玉口（国际组织一）　　　　　　　　　联合国
例2：玉口广大（节日一）　　　　　　　　　国庆
例3：示土（经济组织一）　　　　　　　　　合作社
例4：润笔（影片名二）　　　　　　　　　　水、毛竹
例5：孩（生肖二）　　　　　　　　　　　　鼠、猪
例6：贸易纵横（离合字一）　　　　　　　　卖买十

以上前三例的谜面显然是为了能够扣合谜底而杂凑起来的，这样的谜面真令人不知所云，扣合再准也是废谜。后三例谜面还算正常，而谜底支离破碎，形不成完整的语义，是谜底不成文法。因此，谜面不能杂凑，谜底也不能杂凑。

3. 要有别解成分

灯谜与词语解释的根本区别在于别解。谜面与谜底的扣合不是词语解释，而是由别解联系在一起的，面底本是互不相干的两回事，别解后便成为一回事。灯谜创作必须要有别解，就是所谓的"别解方成谜"。

例1：两室一厅袖珍型（房地产用词一）　　　小三房
例2：千年古木（歌曲一）　　　　　　　　　好大一棵树
例3：霜叶红于二月花（商标一）　　　　　　秋艳

以上谜例谜面和谜底的语义吻合度比较高，会意并无差错。但将面与底的意思一对照，就可发现形同词语解释，没有别解成分，没有谜味，不能称之为灯谜。

4. 扣合必须准确

谜面与谜底要做到准确扣合，必须要注意以下五个方面：

- 不得生造字义

要尊重字、词固有的释义。灯谜中不按词典所载的字词各种义项正确使用，乱用、滥用字词的弊病时有所见。如：

例1：夜半三更盼天明（外国市名一）　　　　　　巴黎

单个"黎"字可解为"众多""黑色""徐徐"等，但并无"黎明"（拂晓）之义。在"黎明"中，"黎"仅作"及至"解，而作为"拂晓""天明"用则是谬误的。

例2：一心想共同致富（广告用语一）　　　　图文并茂

"文"，古时曾作铜钱量词用，称铜钱一枚为"一文"，其本身并无"金钱"之义。若在一定的条件下，"文"用作谜面时，谜底猜作"金钱"还差强人意。我国早已不用铜钱了，共同致富绝不会是"铜钱"多起来。

- 谜面不可抛荒

谜面文字要做到丝丝入扣融入谜底，不能有多余的字词，亦即不可"抛荒"。

例1：如今住房还是小的多（称谓一）　　　　　　阔少
例2：有吏夜捉人（字一）　　　　　　　　　　　　使
例3：暮从碧山下（字一）　　　　　　　　　　　　岁

以上三例谜面分别存在"如今""夜""碧"等字词抛荒的现象，扣合存在闲文剩义，这是明显的缺陷，应当要避免。

- 谜底不能无根

避免扣合出现闲文剩义，还要注意谜底不能有无法扣合的字词。谜底中若存在从谜面上找不到扣合根据的闲字，就是"无根"。

例1：愧见江东父老（《水浒传》诨名二）　小霸王、没面目
例2：老舍（外国地名一）　　　　　　　　　　　名古屋
例3：夜泊枫桥何所闻（影片名一）　　　　　清凉寺的钟声

以上三例谜底中的"小""名""清凉"等字词就是在谜面上找不到扣合根据的闲字，显然"无根"，是谜作的硬伤，不可迁就。

- 面底切忌倒吊

会意类灯谜中常会遇到事物大小概念之间的扣合关系，应当把握小概念在谜面、大概念在谜底的原则，否则就会出现面底概念"倒

吊"的现象。

例1：偶然巧合（央视二套栏目一）　　　　　　　　非常6+1

农历七月初七是华人地区以及东亚各国的传统节日，称为七夕节，又名乞巧节、七巧节或七姐诞，来源于牛郎与织女的传说，节日活动的内容以少女乞巧为主。"七"与"巧"由此结下不解之缘，也被用到灯谜扣合之中。"6+1"等于"7"（会意为"巧"）尚可，但反过来"巧"作为"七"来分开却不是只有"6+1"，因此扣合出现了大小概念倒吊。应将谜面和谜底倒装，谜目也作相应变动，成为"非常6+1（四字事态描述语）偶然巧合"，就避免了倒吊。

例2：海内存知己（称谓连求学行为）　　　　　　　好友留洋

"海"只是大洋靠近陆地的部分，不能称作"洋"，此例便有倒吊之虞了。若将谜面与谜底倒装并改动谜目，成为"好友留洋（五言唐诗一句）海内存知己"，"洋"是大海，称之为"海"就避免了倒吊之嫌。

● 错误切莫跟风

汉字中，有许多字形相差无几，稍有不慎极易相混。如"市"和"巿"，"七"和"匕"，在谜中经常发现张冠李戴。例如：

例1：江城（字一）　　　　　　　　　　　　　　　沛

"江城"意为"水市"，但"沛"字右边乃"巿"（fú），不是"市"。

例2：花草谢却人已归（字一）　　　　　　　　　　匕

例3：对人要虚心（字一）　　　　　　　　　　　　伦

例4：此人有点虚荣心（字一）　　　　　　　　　　佗

以上这些错误甚至出现在公开出版的谜书中，切不可人云亦云跟风效仿。还有其他方面的错误，如若发现应当大胆质疑，不可盲目跟风。

二、适用性要求

适用性要求是从灯谜使用的角度提出的。灯谜多用在公开场合活动中，除了娱乐的作用之外，更重要的是发挥宣传教育作用，因此要特别注意以下四点：

1. 远离低级趣味

谜面内容要以积极向上为主,以传播知识为主,不能有低级趣味的内容。把黄色下流段子作为搞笑的东西拿来猜谜,是万万不可取的。

2. 避免面底不投

谜面和谜底的内容不可自相矛盾。一般人名和广告语要以褒义为主;最忌将领袖、英模和其他值得肯定的历史人物配上贬义的谜面,同理忌将反面人物配上褒义谜面。

例1:谦让之风(三字口语一)　　　　　　　　不争气
例2:出口产品(三字口语一)　　　　　　　　不中用

例1的谜底"不争气"别解作"不互相争占的风气",扣合并无问题。但从直观上看,把"谦让之风"说成"不争气"就不妥了。例2的谜底"不中用"别解作"不是中国用的",扣合也无问题。而直观上,把"出口产品"说成"不中用"确实不妥。

曾见有人为某艺术家制了个谜面"吕后做主一举腰斩韩信"用离合法扣底,虽然与褒贬不大相关,但用"血淋淋"的事件为人名配谜面,总让人觉得不是滋味。

3. 杜绝政治错误

涉及政治方面的内容,要符合国家政策和法律法规,杜绝出现政治错误,避免造成不良影响。

4. 慎用敏感词语

灯谜创作尽可能不用或慎用敏感词语,有些热词不宜一哄而起争相炒作,要注意由此产生的影响和社会效益。

练习一

1. 思考题:制谜的符合性要求与适用性要求具体都有哪些?
2. 思考题:制谜如何才能做到扣合准确?

第二节 制谜方法选择

制谜是猜谜的相反过程，灯谜各种扣合方法对猜谜和制谜都是通用的。给你一个谜材，究竟要用什么方法来制谜？我们来看看有没有规律。

一、谜底长短与制谜手法的关系

随机从一些灯谜资料中选择一些灯谜作品，按谜底的字数分组进行观察。

（一）单字谜底

1. 不谋而合（字一） 调
2. 灵台八卦山（字一） 恳
3. 行贿之后被扣押（字一） 损
4. 主要缺点先克服（字一） 瑚
5. 先前他也没用心（字一） 件
6. 台湾别后归本土（字一） 法
7. 请出夫人见大夫（字一） 一
8. 一旬之后小阳春（字一） 朝
9. 三节棍要点，一一授与人（字一） 传
10. 格格与丫头，藏奸而生乱（字一） 嬶
11. 齐心一致出点子，两岸安能隔三通（字一） 斐

以上11条谜例中，仅"不谋而合（字一）调""灵台八卦山（字一）恳""一旬之后小阳春（字一）朝"这三条使用会意扣合。说明单字谜底的灯谜基本上是离合类作品，会意类极少。

（二）二字谜底

1. 格式化（食品一） 口条
2. 一日游程（歌曲名一） 天路
3. 脚踩实地（鞋类商标一） 安踏
4. 到底意难平（环保名词一） 尾气

5. 两斤一两八（体育项目一） 乒乓
6. 四月五日清明节（围棋术语一） 九段
7. 天一变更要小心（数学名词一） 大于
8. 屋前两山移，从此了心愿（古代诗人一） 屈原
9. 失宠如陈后，一旦被弃之（河南市名一） 安阳
10. 晴干不肯去，只待雨淋头（公交用词一） 下行
11. 人可用心转化，放宽心吧（花名一） 荷花
12. 生如悬丝一线，死如烛火熄灭（外国名著一） 牛虻
13. 三结义，兴乱局，入川中，终创成（新闻人物一） 刘洋
14. 重点放手来帮扶，排障之后要先上（省名一） 陕西

以上14条谜例中，有4条使用会意扣合（2、3、4、10），1条使用混合相扣（6），其他9条是离合类谜作。说明二字谜底的灯谜是离合类较多，会意类较少。

（三）三字谜底

1. 奉化（打扑克用词一） 三个二
2. 富有才气（三字口语一） 穷开心
3. 九九艳阳天（节日连气象用词） 八一晴
4. 刚造的远洋船（三字常用词一） 新一轮
5. 生男生女都一样（人口统计用词一） 性别比
6. 居首为冠次为亚（三字赛事用词一） 第三季
7. 喜庆锣鼓敲起来（音乐名词一） 打击乐
8. 呆在闺中一二天，乱了套了（清朝人名一） 吴三桂
9. 三人结义，更当同心打头阵（庆典礼仪名词一） 仪仗队
10. 随花散落天尽头，一日春归无觅处（作家一） 郁达夫
11. 受人点滴心间记，此生一定要仗义（三字新词一）火星文
12. 月华早出长天上，啼莺半隐草木间（花名一） 杜鹃花

注："月华"与"天上"（一）、"啼莺半隐"（口鸟）及"艹木"，可组成"杜鹃花"三字。"早出"可看成抵消去下句"草"中的"早"。

13. 入木三分意真切，相对千日念想多（树名一） 香樟树

注：三个"木"与"意"及"相对千日"可组成"香樟树"

"想"四字。"念想多"暗指"想"字是多余之意。

以上 13 条谜例中，有 6 条使用会意扣合（2、3、4、5、6、7），比例在上升。其他 7 条是离合类谜作，谜面大部分较长。说明三字谜底的灯谜离合类与会意类的数量比例基本接近。这是由于谜底字数增多，用离合法制作的难度加大所致。

（四）四字谜底

1. 反目之根由于乱（成语一）　　　　　　　　有板有眼
2. 东风万里扫残云（电影用词一）　　　　　　高清大片
3. 此件已送到基层（四字口语一）　　　　　　这下发了
4. 独候江边待潮落（四字质量用词一）　　　　一等水平
5. 米奇之流全部落榜（成语一）　　　　　　　无名鼠辈
6. 职务变动无可非议（四字口语一）　　　　　另当别论
7. 话中流露出引退的念头（成语一）　　　　　言下之意
8. 身在草庐边，心悬万里外（成语一）　　　　舍近求远
9. 车奔兰岩上，人游泰庙前（重庆景区一）　　三峡水库
10. 世上路从哪里来（四字交通用词一）　　　　人行便道

以上 10 条谜例中，只有 2 条是离合类谜作（1、9），其他 8 条是会意类谜作。说明四字谜底的灯谜逆转为以会意类为主，离合类只占较少的比例。

（五）五字及五字以上长底

1. 岂可一概而论（五字竞赛用词一）　　　　　得分情况表
2. 闲聊无须用文言（五字成语一）　　　　　　空口说白话
3. 现金出纳有道道（五字财务管理用词一）　　收支两条线
4. "乡村四月闲人少"（六字口语一）　　　　　这种事太多了

注：谜面出自南宋·翁卷《乡村四月》诗："乡村四月闲人少，才了蚕桑又插田。"谜底"种"异读别解作"耕种"。

5. 并非俺在议论阁下（五字口语一）　　　　　不是我说你
6. 本人看来，获益匪浅（五字口语一）　　　　我见得多了

7. 住宅装修设计师的追求（五字俗语一） 要人家好看
8. 观景别走路（六字口语一） 眼看就不行了
9. 资金上亿才可行（六字流行口语一） 没钱万万不能
10. 罢免不到两个，升迁何止千计（八字成语一）
一人之下，万人之上

以上 10 条谜例中，谜底字数五字到八字，全是会意类谜作。说明五字或五字以上长底的灯谜基本是会意类作品，离合类极少。

当然，这只是一种比例的趋势，并不是绝对的。六字谜底也有用离合的特例，如"三起三落皆从容（6字广告语一句）一天比一天白"，只是长底使用离合类扣合极少而已。

二、因材施用，形式与内容统一

从以上对谜底字数与制谜手法关系的观察可知：谜底字数少的用离合法制作比较灵活；谜底字数三字、四字的使用离合、会意皆宜；五字及五字以上的长底制谜难度较大，但使用会意法制作比离合法相对要容易些。这只是一般规律，可作为选择制谜方法的经验参考。重要的是，在实际中要因材施用，力求做到形式与内容统一。

1. 要善于发现谜材的特点，根据特点寻找扣合的契机

例1：半没蓬蒿感苍凉（股市用词一） 逢高减仓

谜底"逢高减仓"四字结构较为复杂，一般来说用离合法制作难度很大。而此谜作者能透过谜底复杂的现象看到扣合的契机，以"蓬蒿感苍凉"五字没了其半，尚存五个字素"逢高咸仓亻"恰好扣合谜底，谜面充满诗意，迄今未见会意法之作出其右者。

例2：拟抚香琴室半空（《陈情表》一句） 无以至今日

谜作者善于抓住谜底字素的特点，自撰饶有诗意的谜面，用离合类的取半法扣合。谜面的前五字"拟抚香琴室"各空去一半，余下五个部件"以无日今至"。调整到符合要求的顺序"无以至今日"，可谓巧构。

2. 因材施用，结构复杂的长底材也能制成离合谜

例3：张良貌若好女，智堪一流，高量英才冠天下（五字俗语一） 知子莫如娘

自撰谜面，又巧妙蒙上用典的面纱，让人不易觉察出其本来面

目。离合状若无痕，含而不露，制艺堪称一流。

例4：挥笔一生录风云，入木三分写鬼精（五言唐诗一句）

魂来枫林青

谜底出自杜甫《梦李白二首》（其一）诗："魂来枫林青，魂返关塞黑。"以此为底，制法首选当是会意，而此例出人意料使用离合之法，离合过程如下：

一＋风＋云＋木 ×3＋鬼＋精＝魂来枫林青

文字结构如此复杂的谜底，会意法制作都很困难，竟能开拆自如，得心应手，且谜面恰如点赞蒲松龄《聊斋志异》写妖写鬼入木三分，意境深邃，令人叹为观止。

综上，短底（一二字）宜用离合法；中短底与中长底（三四字）数量最多，使用离合法、会意法皆宜；长底（五字及五字以上）基本上用会意法，离合极少。关键要因材施用，根据谜材特点寻找扣合的契机。

练习二

1. 思考题：谜底长短与制谜手法有怎样的关系？
2. 思考题：如何做到因材施用来选择制谜方法？

第三节　制谜起步实践（一）

当我们掌握了选择制谜方法的一般规律之后，就可以进行制谜起步实践。要学会两种最基本、最常用的制谜方法：离合法和会意法。先从比较容易掌握的离合法开始。

一、用离合法制作字谜

制作离合法谜，当从简单的字素组合开始，由简入繁，循序渐进。

1. 字素（部件）在灯谜中的用法

每个字素在灯谜中都有若干种常见的用法，这里仅列出几个字素的用法：

一：天上　开头　夏初　至高　无上　日中　前天　平顶　上面

下面　两头　下头　西北　六中　三中　中兴　后卫　工头　南亚
丨：山中　川中　川东　中山
丿：人前　广西　西川　川西　西风
丿：向上　白头　手头　秋初　上升　先生　船头
丶：户头　肩头　太后　之上　凡心　丹心　为首　北京
……

2. 用字素（部件）的组合方法制作字谜

要领：字素（部件）+ 连接词

例1：工头到山中（字一）　　　　　　　　　　　　　　十

工头（一），山中（丨），到（连接词）。把两个字素"一"和"丨"连接起来成为"十"字。

例2：先生前天到中山（字一）　　　　　　　　　　　　千

先生（丿），前天（一），中山（丨），到（连接词）。把三个字素"丿""一"和"丨"连接起来成为"千"字。

例3：先主为首夏初入川中（字一）　　　　　　　　　　斗

先主（丶），为首（丶），夏初（一），川中（丨），入（连接词）。把四个字素"丶""丶""一"和"丨"连接起来成为"斗"字。

以上是用部件加合法制作的例子，能否用减法或其他方法制作呢？

3. 用字素（部件）的减损方法制作字谜

要领：找出一个包含谜底的字，减损去多余的字素（部件）

例1：只卖不买（字一）　　　　　　　　　　　　　　　十

谜底为"十"，"卖"是包含"十"的字，"不"是减损词，"买"是多余的字素。成谜的原理：

（卖）－（买）＝（十）

用同样的方法还可以制出很多类似的谜面：不做买卖；早日腾飞；本周同行；潭水流去日西下；一干二净；琢去玉中二瑕疵；人口——要查清。

用离合类的其他谜法还可以制出许多谜面：先下后上人安全；木工一到全出动；买卖抵消有盈余；早上外出午后回；下午先去跑买卖。

笔画少的字更适合用减损法制谜。

例2：乘人不备要北去（字一）　　　　　　　　　　　　　　　千

谜底为"千"，"乘"是包含"千"的字，"不"和"去"是减损词，"人"和"北"是多余的字素。成谜的原理：

（乘）－（人）－（北）＝（千）

用类似的方法还可以制出多个谜面：一旦失重；公而忘私；不前进，便落后；自身清白雄心在；仙鸟飞出岛。

用离合类的其他谜法还可以制出许多谜面：要他先来；十字街头；田中先生；留下中间从头来；自始至终贯穿一条线。

3. 用离合类其他谜法制作字谜

例1：为"斗"字制谜

先找出含有谜底"斗"的字：斜、科、料、戽。观察这四个字的特点，"科"与"料"字比较容易看出扣合契机，各减损其半便可制成简单谜作：

没有前科（字一）　斗

来料之后（字一）　斗

根据"斗"字的结构特点，用离合类谜法也可制出许多谜面：十二点；首次来田间；一直为改革出力；"日暮沧波起"。以离合类为基础辅以其他谜法，还可以制出更精彩的谜面：西北是重点，双星正补西北缺，正点到北京，三尺布料，开战始料未及。

可见，一个谜底用同一种谜法可以制出多个不同的谜面，用不同的谜法可以制出更多不同的谜面，不同谜法的组合更是可以制出许多精彩纷呈的谜面。

二、用离合法为两个字的底材制谜

例1：为时间用词"十月"制谜

（1）从同时含有字素"十"和"月"的字中寻找扣合契机

先找出同时含有字素"十"和"月"的字：胃、朝、潮、嘲、湖。分析结构特点，进行字素取舍而设计谜面。

如"胃"字，要去掉多余的字素"口"才能成为"十月"。依此思路可制成谜面：没有胃口。

如"朝"字，要去掉多余的字素"早"才能成为"十月"。依此思路可制成谜面：无须早朝。

如"潮"字，要去掉多余的字素"氵"和"早"才能成为"十月"。依此思路可制成谜面：潮水早已退去。

如"湖"字，要去掉多余的字素"氵"和"口"才能成为"十月"。依此思路可制成谜面：一半勾留是此湖。（"湖"字含四个字素，留其一半用两个字素）

（2）从分别含有字素"十"和"月"的字中寻找扣合契机

如：田边隐隐杜鹃鸣（时间用词一）　　　　　　　十月

此例设计谜面的思路："田"字含有"十"，要去掉边框；"鹃"字含有"月"，要去掉"鸣"。

如：早日腾飞朝东方（时间用词一）　　　　　　　十月

此例设计谜面的思路："早"字含有"十"，要去掉"日"；"朝"字含有"月"，要留下右边（东边）。

依此法操作还可制出一些谜面：望东北早日腾飞；一来就干，生来好胜；一直朝前走。辅以他法又可变化制出另外的谜面：明日早上日全食；三三两两到东湖。

例2：为二字常用词"人生"制谜

同时含有字素"人"和"生"的字不容易找到，则应从他法入手。

（1）从分别含有字素"人"和"生"的字中寻找扣合契机

如：火星半夜两点不见（二字常用词一）　　　　　人生

此例设计谜面的思路："火"字含有"人"，要去掉两个点；"星"字含有"生"，要去掉"日"。（"半夜"见不到太阳，由此推理消去"日"）

如：二女分别随夫姓（二字常用词一）　　　　　　人生

此例设计谜面的思路："夫"字含有"人"，要去掉"二"；"姓"字含有"生"，要去掉"女"。（本例是离合类中的假设法，须当逆推减损）

（2）根据"人生"这个词自身的结构特点寻找扣合契机

如：大牛变了样（二字常用词一）　　　　　　　　人生

此例设计谜面的思路："人生"二字与"大牛"二字字素相同，笔画相等，只是结构不同。要把"大牛"结构进行调整，就可变成"人生"二字。

总之，用离合法制谜最基本的操作方法是：字素（部件）加连接词。谜面字的结构复杂、笔画多的一般用加合法，谜底字的结构简单、笔画少的一般用减损法。在正确掌握使用谜法的同时，最重要的还是因材施用。

1. 思考题：用离合法制谜的要领是什么？
2. 思考题：谜底字的笔画多少与制谜方法有什么关系？
3. 试用离合法分别为谜底"三""百""人"配制谜面。

第四节　制谜起步实践（二）

基本掌握用离合法制谜的要领后，还要进一步学习使用会意法制谜。

一、会意法制谜的要领

1. 弄清词语的本义（规范、准确的解释），为的是避免直解。
2. 找出词语的别义（经过别解后的语义），从多种别解中选择创意。
3. 避开本义用别义（会意扣合的要诀），达到出人意料的效果。

二、会意法制谜实例

学习用会意法制谜，先从简单的词语别解开始。

例1：为成语"等闲视之"制谜

（1）弄清本义：把它看成平常的事，不予重视。
（2）找出别义：等空闲时看。
（3）根据别义配置不同的谜面：

配面一：且待有空时再看（正面会意）

配面二：忙时先不看（反面会意）

参考作品：八小时以外读书；工作时间谢绝参观；不忙见面；工

作太忙没看书；忙时未及看；忙中无暇来观赏；逍遥见曲径，幽篁掩禅房。

为相关谜底"不可等闲视之"配制谜面：莫待有空才看望；再忙也得顾；急件待阅；理当速阅。这些延伸配制的谜面，立意和扣合手法与上例如出一辙。

例2：为蔬菜"山药"制谜

（1）弄清本义：别名薯蓣，药食两用蔬菜。

（2）找出别义：山里的药材。

（3）根据别义配置不同的谜面：

配面一：长白人参（借代会意）

长白：长白山，扣"山"。人参：名贵药材，扣"药"。

配面二：武夷肉桂（借代会意）

武夷：武夷山，扣"山"。肉桂：武夷岩茶名品，可扣"茶"；"肉桂"又是中药名，亦可扣"药"。显然本例应当扣"药"。

例3：为称谓"书生"制谜

（1）弄清本义：泛指读书人。比喻注重书本知识，不注重实践，脱离实际的知识分子。

（2）找出别义：①书本知识不熟；②书写不熟练；③写出的东西具有生命力。

（3）根据别义配置不同的谜面：

配面一：功课没温习（正面会意）

书：书本。生：不熟练。

配面二：久未练字难下笔（正面会意）

书：书写。生：不熟练。

配面三：下笔如有神（正面会意）

书：书写。生：鲜活，具有生命力。

参考作品："一卷无人识"；"不知有经籍"（王建《送韦处士老舅》诗句）；提笔忘字；本来不熟（"本"别解为"书本"）；本不相识；本自无人识；撇横横竖横（"生"字的写法）；名著《活着》。

例4：为药名"白加黑"制谜

（1）弄清本义：解热镇痛药。

（2）找出别义：①白色加黑色；②白天加黑夜。
（3）根据别义配置不同的谜面：

配面一：雪里送炭（正面会意）

配面二：日以继夜（正面会意）

参考作品：绘幅熊猫着啥色；梨花散落墨池；"点点杨花入砚池"；粉黛有心来作伴；越说越不明了；"夜来城外一尺雪"（卷帘格）；晚来天欲雪（卷帘格）。

例5：为摄影名词"室内光"制谜

（1）弄清本义：室内的光线。
（2）找出别义：①室内空无一物；②室内明亮。
（3）根据别义配置不同的谜面：

配面一：家徒四壁（正面会意）

配面二："曈曈初日注窗明"（正面会意）

参考作品：第中无一物；空间；"归来何所有，兀然空四墙"；"万户千门月明里"；有所发明。

用会意法制谜最基本的操作方法是：避开本义用别义。关键要从谜材的多种别解中选用最适合的那一个。总之先从短的谜底开始学着制作，熟练后再逐步学做长谜底的灯谜。

练习四

1. 思考题：用会意法制谜的要领是什么？
2. 思考题：为什么要从多角度来寻找谜材的别解？
3. 试用会意法为谜底"举重""少生""盲打"配制谜面。

第五节　如何为谜面配制谜底

制谜要学会两个基本功：

一、由谜底配谜面。

二、据谜面配谜底。前两节的内容都是由谜底来配制谜面，而由给定的谜面来配谜底的创作方法又有所不同。

一、两种创作方法的区别

1. 由谜底配谜面，谜底明确，可以根据谜底量体裁衣来制作谜面，相对容易些。灯谜创作绝大部分是由谜底来配谜面的。

2. 据谜面配谜底，如先有衣服，再找人来试穿看合身不合身，要找到合适的谜底难度较大。因而据谜面配谜底的创作只占一小部分。

所以，制谜一般是先选谜底而后构思谜面的。但有时如果遇到现成合适的词句，也会选来作为谜面再配以适合的谜底，这样制成的灯谜，一旦扣合贴切，往往具有自然浑成的艺术效果。如以杜甫诗句"此曲只应天上有"作谜面，就可扣合成语"不同凡响"，面底扣合自然顺畅。

二、以面求底三种常见形式

1. 利用诗、词、古文名句作谜面而配制谜目和谜底。

如看到李白《长干行》中"十五始展眉"的诗句，我们很快会想到"十五"可作"望日"解，"展眉"有眉头舒展"开颜"之意。用这句诗作谜面，就可以猜成语"喜出望外"（别解为"喜悦露出在望日之外"）。

2. 以新词语、新概念或宣传语作谜面而配制谜目和谜底。

如：用近年出现的新词语"可持续发展"作谜面，如何配上谜目及谜底？通过观察，这"可"字特征比较明显，与"哥"字是如影随形。当然，单以"哥"拆开为两个"可"，并不能与"可持续发展"相吻合。如果换一种思路，"可"字持续发展下去，一定会构成很多"哥"字，于是也就有了"多哥"的寓意，"多哥"是非洲的一个国家名。这样谜就制成了：可持续发展（国名一）多哥。

3. 因特殊需要以某些特定的语句作谜面，而为之设目配底。

用这种方法制谜，要做到扣合贴切，难度较大，应当刻意去搜求适合的谜底。特别需要发散性思维，从多角度去探寻谜底。

三、以面求底制谜实例

以面求底时，关键是对谜目的多向选择。同一个谜面，往往可以用不同的谜目配制不同的谜底。但在一种谜目里，只能配唯一的谜底。这就要求发挥丰富的联想运用多种法门去探求谜底。

例1：以五言宋诗"生当作人杰"为谜面，配制谜底

诗句出自南宋李清照的《夏日绝句》，原诗为"生当作人杰，死亦为鬼雄。至今思项羽，不肯过江东"。这个句子立意高，是作为谜面的理想选择。运用多角度思维，拓展谜路，根据"生"的多种义项（生育、人的一生、活着），可以配制出多个谜底：

1. （称谓一）体育健儿
2. （剩余理念用词一）优育
3. （成语一）一世之雄
4. （成语二）不可一世、碌碌无为
5. （储蓄用词二）活期、有息
6. （电视剧插曲一）不白活一回
7. （电影片名二）活着、英雄
8. （二字口语二）活该、雄起
9. （化学名词一）活化能

例2：以七言唐诗"劝君更尽一杯酒"为谜面，配制谜底

诗句出自王维的《渭城曲》（一作《送元二使安西》），原诗为"渭城朝雨浥轻尘，客舍青青柳色新。劝君更尽一杯酒，西出阳关无故人"。这是一首送朋友去西北边疆的诗，剪取饯行宴席即将结束时主人劝酒这刹那的情形来描写，"再干了这一杯吧，出了阳关可就再也见不到老朋友了"。用语虽朴质自然，但惜别之情十分深挚，所以后人送行或离别宴席俱唱此曲，反复吟咏，谓之阳关三叠，一直传唱至今。根据谜面可以选取劝酒、惜别、饯行等角度配制谜底，还可以把"君"别解为"君王、人主"，命意又将改变。如：

1. （外国地名一）巴尔干
2. （鲁迅笔名二）巴人、家干
3. （作家带作品）路遥·《人生》
4. （四字常言一）尊重别人
5. （银行用语一）分期付款
6. （春秋人名二）干将、要离

7.（体育名词一）主要得分手

例3：以五言唐诗"春风吹又生"为谜面，配制谜底

诗句出自白居易著名诗篇《赋得古原草送别》。相传这首诗是白居易16岁那年自江南入京谒见名士顾况时投献的诗文之一。诗中通过对随处可见的野草春荣秋枯、循环往复、不畏野火烧焦、一旦春天来临便蓬勃生发、以迅猛的长势重新铺盖大地的描写，歌颂了野草顽强的生命力。顾况见年轻的白居易居留京城，有意以其名字打趣说："米价方贵，居亦弗易。"但当他读到"野火烧不尽，春风吹又生"时，不禁大为赞赏："道得个语，居亦易矣。"此诗古今传诵，历千年而不衰。"春风吹又生"历来是抢手的谜面，应当从野草的生命力、重新生发的角度配制谜底，以底点题，切合诗意。如：

1.（数学名词二）不尽根、还原

2.（骊珠格）草·死不了

3.（写作用语一）重新起草

4.（杂志名三）大地、芳草、萌芽

5.（生物名词一）催青

6.（中药二）地面草、回青

无论是给谜底配面，还是为谜面配底，都必须要有一定的文化基础为依托。涉猎广，知识储备多，思路才会开阔，制作谜面、配制谜底方能游刃有余。他山之石，可以攻玉，多读谜、多猜谜、多制谜，借鉴他人作品，才能触类旁通，更好地掌握制谜的要领。

1. 思考题："以底求面"与"以面求底"的创作方法有何异同？
2. 思考题："以面求底"创作的关键是什么？
3. 试以杜甫诗句"会当凌绝顶"为谜面配制谜目、谜底。

第六章　制谜技巧

第一节　制谜基本原则

掌握了灯谜制作的入门知识，还要进一步学习制谜的技巧，提高灯谜作品的艺术性。灯谜创作最基本、最起码要做到兼具谜理、文理和情理，谜理、文理、情理贯穿于灯谜创作全过程。因而"遵循谜理，服从文理，合乎情理"就是制谜要恪守的基本原则。

一、遵循谜理

谜理，即制谜的原理。灯谜本是制谜原理约束下的产物，遵循谜理无疑应摆在灯谜创作的首要地位。从纯灯谜的观点来看，谜理至少应当包含四个方面的内容：

1. 制谜法门。如会意法、离合法、象形法、音扣法等传统手法和现代发展的包含法、辗转法、参差法、抵消法等已经定型的手法，应当遵循。

2. 制谜基本要求。如面底不可相犯，谜面必须成文（谜面成文也是"文理"的基本要求），面底相扣不能纯粹是语词解释，面底不应有闲文剩字（即谜面不能抛荒，谜底避免无根），防止面底概念的倒置（即不能"倒吊"）以及正确运用别解等有关规定和要求。

3. 谜格。谜格基本上是传统的东西，格规早已定型。虽然灯谜用格究失天然，并且谜界有"无格胜有格"之说，但带格谜仍然必须严格遵循传统的谜格格规。

4. 各种花色谜拟制的特殊要求和约定俗成的提示词。提示词各有不同，如印章谜谜底必须附加"印、章、刻、雕、金石"等，邮票谜谜底必须附加"邮、票、方、连、套"等，这些都必须严格遵循，不得各行其是。

二、服从文理

文理，指语言规范和文字规范。符合语言规范和文字规范乃是文字艺术最起码的要求。灯谜既是一种文字艺术，就必须讲求文理，符合语言、文字规范。假如连文理通顺都达不到的话，还谈什么艺术呢？对灯谜文理方面的要求，应当注意以下五个方面：

1. 要尊重字、词固有的释义。灯谜创作中，不按词典所载的释义乱用、滥用的弊病时有所见。如：

不分早晚（数量词一）　　　　　　　　　　　　　　　一刀

"刀"是民间对纸张的计数单位用词。此例中"早、晚"当作"先、后"之意来用，"不"字先写的笔画是"一"，"分"字后面的字素是"刀"，表面上好像也说得过去，但"早晚"只能表示时间的先后，并不能表示空间位置的先后，所以此谜是不能成立的。像这样乱用"早晚"字义的并非偶例，在灯谜中已有泛滥之势。

有些词或词组中的字、词一旦割裂开后，就尽失原意，使用时应当注意考证，不可想当然。

2. 要符合语法规范和语言习惯。有些谜作虽然扣合时不曾偏离字、词的释义，但却违背了语言、文字习惯。如：

夏至一过日渐短（学校用词一）　　　　　　　　　　晚自修

谜面符合自然规律。"修"有"长"之意，以"夜晚自然长起来"扣合谜面，合乎情理、谜理。但"修"只宜用于表达有形物体的"长"，如"茂林修竹""修短合度""路漫漫其修远兮"，用"修"来表示时间长则是违背语言习惯的，这样的作品显然是有"病"的。

不符合语法规范和语言习惯的还多见于离合字谜之谜底。如"人止企""射寸身""金欠钦""人七十华""木日杏"等，其中有些词，谜人也许能"猜"出它的意思，但是，这样的语言，文章里写不得，说话时说不得，这些没有立身之地的语词，在灯谜中能够出现真是怪事一桩。这样的谜底要坚决摒弃。

3. 字形要规范。汉字中，有许多字形相差无几，稍有不慎极易混淆。如"市"和"巿"、"七"和"匕"、"隹"和"佳"等，在谜中经常张冠李戴。

"花"字右下方与"虚"字中间部位是"七"而不是"匕"，而"伦"与"佗"右下方部位是"匕"而不是"七"，这些字往往扣合有误。谜面若无相似之类的提示性词，相近字形切不可混淆，以保持文字的规范化和纯洁性。

4. 面句成文，底句也要成文。（单字或词作为谜面或谜底的除外。）面句不成文，当然无文采可言，难以给人美感。谜底不成文，在某些情况下，虽然不至于像谜面不成文那样招人忌讳，但读来拗口，看来难受。尤其是几个同类谜材组合作为谜底，更容易出现语义不连贯、语气中断的硬伤。

谜面文字还要尽可能做到典雅优美。如：

不喜欢高楼大厦（电影片名一）　　　　　　　爱的小屋

此谜扣合没什么问题，但谜面缺少文采，总感觉太乏味了。若改为成句"竹篱茅舍自甘心"，则平添了几分文采，显然比前一则好多了。

不合"文理"的谜作，往往还伴随着扣义残缺、浮泛而使作品"病情"加重。对此，创作中不可不慎。

三、合乎情理

情理，不悖自然规律，符合客观存在。人们对佳谜的评价常用"出乎意料之外，在于情理之中"的说法，讲的就是这个"情理"。不合情理的事物很难让人们接受，灯谜也是如此。只符合谜理和文理，不合情理的谜作，有的尽管可以蒙混一时，但最终还是没有立足之地的。灯谜要合乎情理，必须注意以下几个方面：

1. 要切合实际，合情合理。应当坚决摈弃那些想当然、生造出来的以面就底的劣作。例如：

冲天竹胜过双口犬（影片名一）　　　　　　　笑比哭好
颠倒M之哀（日本影片名一）　　　　　　　W的悲剧

此二谜于谜理不悖，文理也无误（符合语法要求，唯嫌文采不足)。但"冲天竹"与"双口犬"却是生造的东西,是何事物莫名其妙。并且"竹"与"犬"又是两类不相干的事物,无从可比,怎能分得"胜负"?"颠倒 M"究竟是什么意思,何来之"哀"?真叫人大惑不解!如此不合情理之谜却曾在某地电影广告宣传栏中招贴悬猜,令人啼笑皆非。

2. 切忌面底不投。所谓面底不投指谜的面底褒贬不一。这是一种严重的不合情理现象。某灯谜出版物曾刊文批评过"鞋儿破、帽儿破(八字新词一)上不封顶、下不保底"一谜面底不投。谜底是改革中经济活动用语,具有积极意义,谜面却是一个穷极潦倒的流浪汉形象。虽然谜底富有时代气息,却难以抵消谜面的消极成分。又如"谦让之风(三字俗语一)不争气"。此谜的谜理、文理均无误,但谜面是值得宣扬的一种美德,而谜底却是"不争气",这就患了面底不投症。这种作品纵然艺术性再高,也是不可取的。政治术语和名人姓名谜,更忌面底不投。

3. 各类花色谜要注意拟面的合理性。花色谜不是简单的几何图形加文字谜,不是文字谜填入印章的框框内。花色谜既要充分表现该花色的特征,又要考虑客观存在,切忌拟面的随意性。诸如书法谜应以书法作品入谜,印谜应以印文入谜,故事谜应以故事入谜等,要入情入理,才能给人形象感、真实感和自然感。

此外,面底概念"倒吊",违背了正常逻辑关系的谜作,也是不合"情理"的一种弊病,应当避免。

总之,谜理是表现灯谜艺术特征的规范,文理是灯谜艺术步入文学殿堂的台阶,情理则是灯谜作品赖以生存的重要基石。谜理、文理、情理构成了为谜之道的三大要义,任何成功的谜作都必须服从谜理、文理、情理兼具原则的制约。同时,谜理、文理、情理还是评价灯谜作品的重要标准。一经谜理、文理、情理玉尺的衡量,谜作优劣自现。谜理、文理、情理三者之间互相渗透,融会贯通,相辅相成,是不可偏废和割裂的三位一体。因此,灯谜创作实践要时时用谜理、文理、情理兼具的原则来规范。

1. 思考题：灯谜制作对谜理、文理、情理有哪些具体要求？
2. 思考题：为什么说灯谜创作要用谜理、文理、情理兼具的原则来规范？

第二节　谜面力求丰满

灯谜最重要的是谜面，谜面基本上可以决定灯谜的优劣。谜面是人们最为关注的部分，应该从多角度来观察谜面的作用。不单是扣合、文采、意境等主要因素决定灯谜的优劣，谜面的长短也与灯谜的优劣有直接的关系。

一、谜面太短的弊病

灯谜的主体部分是谜面，谜面不仅提供猜射的依据，也是供人欣赏的微型文学作品，谜面文字太少势必存在三个弊病：
1. 短谜面，信息量太少，不生动。
2. 短谜面若是配上短谜底，更是单调乏味。
3. 短面短底且又字数相等，尤其显得呆板。

这里从公开出版的三种谜书中选录20例用各种手法制成的短面字谜（一个字和两个字为面的各10例），请看看是否有以上之感受：
1. 糠（字一）裕（底析为：谷衣）
2. 畔（字一）日（面析为：田半）
3. 聂（字一）耶（底析为：耳耳）
4. 我（字一）体（底析为：本人）
5. 思（字一）十（面析为：田心）
6. 鞘（字一）刨（底析为：包刀）
7. 儿（字一）李（底析为：亦子）
8. 旬（字一）早（底析为：十日）
9. 众（字一）侈（底析为：人多）

10. 妇（字一）她（底析为：女也）
11. 登陆（字一）漓（底析为：离水）
12. 狗洞（字一）突（底析为：犬穴）
13. 橘颂（字一）课（底析为：言果）
14. 首峰（字一）岬（底析为：甲山）
15. 一竖（字一）十（底析为：一丨）
16. 一撇（字一）厂（底析为：一丿）
17. 二妞（字一）姿（底析为：次女）
18. 刀差（字一）列（底析为：刀歹）
19. 好米（字一）粮（底析为：良米）
20. 水落（字一）础（底析为：石出）

尤其是一字扣一字、二字扣二字、三字扣三字、四字扣四字的谜作，从形式上就给人以呆滞的感觉。

二、尽量把谜面制得丰满些

把同底材不同谜面的谜作进行比较，短面与长面的优劣自现。

例1：为笔画"丨"制作谜面

山中（笔画一）丨

川东（笔画一）丨

（此二例以简单的短面扣合，太单薄。）

个人得失（笔画一）丨

（谜面比前二例好很多，但多底，还可扣：佚。）

旧日不见（笔画一）丨

（以句子为谜面，显然比一个词好。）

例2：为"一"字制作谜面

上下（字一）一

前面（字一）一

（此二例以简单的短面扣合，太单薄。）

至高无上（字一）一

（谜面比前二例好很多，但多底，还可扣：二、云。）

真心不二辅后主，死而后已献赤心（字一）一

("真心不二,后主,死、而后已献,赤心"五重扣合,谜面内涵充实感人。)

例3:为"田"制作谜面

画中(字一) 田

富足(字一) 田

(此二例以简单的短面扣合,太单薄。)

挖空心思(字一) 田

光打雷没有雨(字一) 田

(谜面用俗语、短句,扣合显得灵活些。)

此番用心已尽悉(字一) 田

(先用较大的原材料,去除多余部分。)

"四面有山皆入画"(字一) 田

(以上最后两例的谜面或用心描摹,或取用优美的诗句,扣合更为生动。)

谜面太短因信息量太少而不生动;若谜底也短,更是单调乏味;短面短底且又字数相等的谜作,尤其呆板。要尽量避免因谜面太短而简单扣合以致过于单薄的灯谜作品,最简单的办法就是谜面要适当多几个字以增加信息量。

1. 思考题:为什么说谜面不宜太短?
2. 思考题:适当加长谜面有哪些办法?
3. 试为简单谜底"来""去""中"配制较长的谜面。尽可能每题配两个以上谜面。

第三节　扣合必须顺畅

"扣合"是灯谜的核心，谜面与谜底的顺畅扣合是合格谜作的重要标志。

一、扣合顺畅的基本要求

谜面与谜底扣合顺畅的基本要求有三：
1. 谜面语言要自然通顺。（面底都要成文。）
2. 面底扣合要顺序不乱。（否则成了一堆散乱的零件。）
3. 别解合理而不能别扭。（语义不能断裂，扣义不能残缺。）

二、扣合必须做到顺畅

（一）先看几条扣合不顺的例子

例1：休会之前，人离东湖（学科一）　　　　　体育
笔画、部件虽把握得很准，造句也没问题，但"云"拆分成"一一厶"没有提示，零碎而僵硬。

例2：聚散本土大江头（学科一）　　　　　美术
部件、笔画调整虽有提示，但扣合顺序太乱。尤其"氵"的移位，散落二字之中提示不明，令人咋舌。

例3：保证勿多管逮老鼠的闲事（著名小吃一）　狗不理包子
多管闲事去逮老鼠是"狗"干的事。扣合要素虽都有体现，但"包"字所在的位置扣合总是不顺，即使调整成"狗包不理子"或"包狗不理子"，别解扣合也太别扭。

例4：天下者，如日之阳（古都古称一）　　　　大都
拆字扣合很准，顺序也不乱。但回味一下谜面的语言，到底是什么意思呢？

例5：如何至千里（体育项目一）　　　　　木马
此例分段借代扣合。"如何"别解为传说中的树名，借代扣"木"；"千里"别解为"千里马"，借代扣"马"。分段扣合并无谬

误,但组合起来总觉得语义断裂不连贯。

(二)再看几条扣合相对顺畅的谜例

例1:湘资沅澧之水道(上海街道一)　　　　　　四川路
"湘资沅澧"指湖南省的四大水系湘江、资水、沅江、澧水。谜底别解为"四条大川上的通道",运用归纳之法会意扣合,简洁而明了。

例2:兄长立即赶到前头(体育项目一)　　　　　　竞走
"兄"加"立"为"竞","赶"字前头为"走",字素取用、离合有序。

例3:撒手不得,务须干涉(健身项目一)　　　　　　散步
谜面两句语义连贯,减字推理各扣一字,脉络清晰水到渠成。

例4:藏身日落时,一一隐山间(体育项目一)　　　　射击
字素加减、笔画组合规整有序,显豁自然。

例5:尉官校官亮军衔(体育项目二)　　　　　单杠、双杠
尉官军衔的标志是肩章上一条杠,校官军衔的标志是肩章上两条杠。面底扣合别解不别扭,简洁而自然。

例6:陕西山西亚克西(成语一)　　　　　　　秦晋之好
陕西:秦;山西:晋;亚克西:新疆语"好"。谜面三个词连用相同音节收尾,读来音韵饶有节奏感,扣合语顺而义畅。

例7:百年树,十年树,门前树(二字常用词一)　　　休闲
据"百年树人,十年树木"可知:百年树的是"人",十年树的是"木"。"门"明取,"前树"扣"木"。各个字素按顺序扣合,虽会意、拆字并用,而拼接之痕已然淡化。

总之,制谜扣合顺畅总的要求是,必须做到谜面语言自然通顺,面底扣合顺序不乱,别解合理而不能别扭。

练习三

1. 思考题:扣合顺畅有什么好处?
2. 试为简单词语"工人""文化""企业""休闲"配制谜面。每题配两个以上谜面,尽可能做到语言通顺和扣合顺畅。

第四节 寻求独特角度

制谜寻求独特的角度,就是要运用求异思维,变换扣合方法,不蹈他人覆辙,不落前人窠臼,探索新的谜路。

一、为什么要寻求独特角度

由于许多谜材人们已经反复使用过,如不寻求独特的角度,还是人云亦云,一是容易"撞车"出废品,二是难免雷同无新意,三是套路常用则过于平淡很难出彩。

二、寻求独特角度的可行性

1. 许多谜材具有多种别解的可能,选取他人未用过或少用的那一种。

2. 许多谜材既可离合也宜会意,要迎难而上尽可能选取难度大的那一种。

3. 相同的手法也可能有多种表现方式,我也来新创出一种。

例1:给母字为"众"的离合字配制谜面

以"众"为母字的离合字,可以有四个组合:众人从、众从人、从人众、人从众。四个组合可从四个不同的角度来创作,如:

一呼百诺(离合字一)	众人从
一群跟班(离合字一)	众从人
前呼后拥(离合字一)	从人众
都随大流(离合字一)	人从众

每个组合还可以再寻求出不同的角度,只要坚持多向思维,总有一款会有异于他人的。

例2:为二字新词"给力"配制谜面

为"给力"这个词配面,表现形式离合、会意皆宜,可以有多种选择。实际创作以离合类为多:

加大投入乡貌改;大加调整上前线;另换一人上前线;加大改革先维稳;择吉结合后赴边关;十载结缘,人随云动;人若放纵,终生穷苦；人要同心，经历始终；调几架大飞机上前线；同心绘前景，重点在人为。

以上这些谜面各具特点，皆有可取之处。若用会意法扣合，则又可展现出另一种特色：

重赏之下有勇夫（二字新词一）　　　　　　　　　　给力

"重赏"为"给"，"勇夫"见"力"，扣合简要精炼，巧借成句为面而生色。

大地母亲助安泰（二字新词一）　　　　　　　　　　给力

安泰是古希腊神话中巨神的名字，传为海神波塞冬和地神盖娅所生。只要身不离地就能不断吸取大地母亲的力量，故力大无穷。此例用典会意，舍易就难，选取角度独特，故而矫矫不群。

三、寻求属于我的角度

寻求属于我的角度，可以从以下三个途径来实现。

1. 不追他人之尾

例1：为"吊环"配制谜面

常望南归不得归（体育项目一）　　　　　　　　　　吊环

"常望"二字的南部（下方）为"吊、王"，"不"明取，三个字素有序组成"吊环"。谜面设置的"归"与"不得归"给人的假象是自行抵消，其实不然。此底多见用会意类扣合，再制容易追尾，取离合法相对易于避免。

他人已制过的谜面：

会意、用典：（1）耳坠；（2）马嵬坡怀古；（3）"一盏脂粉马嵬坡，千载伤叹谁人过"。

离合辅以象形：窗外片帆现，外出心怀归。

离合兼会意：吕布后来中圈套。

2. 力求别具一格

例2：为"短跑"拟面

要包容一点，应知足一点（体育项目一）　　　　　　短跑

此谜材用会意法制作虽然相对容易，但只能是平淡之作。用离合的眼光来看"短跑"，其中有"知足"与"包"的字素，巧妙加以利

用，配制成两个结构相同的对称句子，且蕴含哲理，品之有味。

他人已制过的谜面：

会意：飞奔不道远。

离合：夫人去包办，丫头当知足。

3. 从特定谜材中发现扣合契机

例 3：为"大胆假设，小心求证"配底

大胆假设，小心求证（邮政用语一）　　　　　明天止订

"大胆的假设，小心的求证"是胡适在五四时期提出的治学方法。用成句配底难度很大，此谜善于剖析分解谜材，从相关字素中发现扣合契机。

大胆（变化）= 明天　　　小心（丨）+ 证 = 止订

虽然因"假设"一词提示变化的作用几乎没有，此作有无视离合之缺陷，但其字素分解的亮点格外引人注目，一定程度上掩盖了本身的缺陷。

寻求属于我的角度，就是不能完全仿效他人的制法，而要在他人的基础上寻找新的角度，加入新的扣合元素，有自己的创新。

练习四

1．思考题：如何寻求独特角度？
2．试为"语文""本金""木马"配制谜面，尽可能选用独特的角度。

第五节　谜法综合利用

单一谜法的表现力有限，有时往往无法满意地表现出谜材的特色。在基本谜法中加入其他成谜手法的元素，或将音、形、义扣数法融合共用便成为制谜重要的一招。

一、为什么要综合利用谜法

1．单一手法屡见不鲜，不够生动。
2．单一手法容易多底，尤其是部件相同的字词。

3. 谜法综合利用可以使谜面更饱满，扣合更有味。

例如为"办"字配制谜面：

单一手法拟面："乱作为""五加八减去二""写点东西要用力"等，扣合虽不差，但只能给人平淡的感觉。

单一手法容易多底："小心前功尽弃""全力支援重点""给力于重点建设""前功尽弃泪点点""起点接力到终点"等，既可扣"办"字，也可扣"为"字，难以避免多底。

综合手法拟面：点滴之力不作为（离合兼排除法）；为摘穷帽搞改革（减损移位兼排除法）；前后有点压力，工作才有意思（离合兼提义）；着力落实两点，岂可无所作为（离合兼提义）。多法综合使用避免多底，也使谜面更为丰富。

二、谜法综合利用常见的形式

1. 在选定的基本谜法中加入其他谜法的元素

例1：读英语书，说表态话（成语一）　　　　　不可言状

此例基本谜法为会意法，加入拟音扣合元素。英语单词"书"为book，读音相似于"不可"。扣合灵动多变，出人意料之外。

例2：电视前传来乒乓声（网站名一）　　　　　PPTV

此例基本谜法为中英文名词借代互扣，"电视"扣英文缩写"TV"。加入音扣元素，"乒、乓"二字拼音的声母"P、P"。改变了纯文字扣合的老套，给人新颖之感。

2. 多重扣合

常见的是两重扣合，"同法双扣"与"异法双扣"。

例1：春末闲中操一曲，一曲聚散成杳然（字一）　　槽

例2：移到后面，好处不少（股市用词一）　　　　利多

例3：天下之大无奇不有（银行用词一）　　　　　存单

以上例1是同法双扣，前后两句用离合法两次扣合谜底。例2是异法双扣，前后两句分别用离合法、会意法两次扣合谜底。例3用拆字兼会意之法，前半拆字会意，后半纯会意两次扣合谜底。既可丰富谜面内涵，又可增加扣合趣味，还可避免与他人作品雷同。

3. 音、形、义扣数法融合共用

数法融合共用，常以一法为主，辅以象形、拟音，或辅以提音、提义、音义双提等手法。

例1：说有知己猜字谜，一个横来又一撇；
若是请你来帮忙，千万别把厂字猜（字一） 友

"友"读音与"有"相同，"说有"提音；"知己"提示"朋友"之意；字的结构由"一、又、丿"组成；在三重扣合后，再排除解成一个"一"与一个"丿"猜"厂"字的可能，确保谜底唯一性。

例2：陈璘："下雪了，不要北上，柳先生"（字一） 霖

陈璘（1543—1607），字朝爵，号龙崖，明朝抗倭名将；柳先生：暗指柳成龙（1542—1607），字而见，号西厓，李氏朝鲜的抗倭名将。谜面一开始的"陈璘"，别解为"说出来是与璘（lín）字一样的声音"，起提音作用。"下雪了，不要北上，柳先生"以离合为主，扣"霖"字，与"璘"同音。此谜离合兼提音，又加入"不要北上"（"不"字上方透出成"木"）变形的元素。

例3：上楼咨询收费否，下楼告知全免费（古龙小说人物一）
钱不要

此谜采用藏格法，谜面"上楼"与"下楼"暗指前后两句分别要用"上楼格"和"下楼格"各扣合一次。用格后以"要钱不"应合"咨询收费否"；以"不要钱"应合"告知全免费"之意。藏格并双扣，这种组合形式首见于此例。

以上三例数法融合共用，既丰富了谜面，又让扣法多变，添加了曲折成分，提升了谜作表现力。

三、谜法综合利用及多重扣合谜作欣赏

例1：一方联四方，穷根全挖光（四字常用词一） 共同致富

此谜形意双扣。谜面"一方联四方，穷根全挖光"以离合为主兼象形扣法，扣出一个"富"字，谜底别解为"谜面两句共同扣成'富'字"。谜面又可纯用会意扣合"共同致富"，双解双通。通常双扣表现形式都是谜面前后两句（或前后两段）分别扣一次谜底，而此例则是整个谜面两次扣合谜底，可谓特立独行，继承创新并举。

例2：此二人先卖阵，后投吴，致前军落败，一一推出，当众
　　　斩首（起重设备一）　　　　　　　　　　　　　天车

谜面分成三段"此二人先卖阵/后投吴，致前军落败/一一推出，当众斩首"，以离合法三次扣合谜底。谜底只是两个结构简单的字，全靠谜面开合铺陈，演绎出一段故事，回环往复，故布谜阵，可猜可赏，品之有味。

例3：终生念伊减姿容（字一）　　　　　　　　　　　一

谜面仅七个字却蕴含着三扣之奥妙，"终生/念伊/减姿容"分别以笔画、读音、象形三法重复扣合谜底。一个笔画最简单的汉字，却倾注着万般情愫。变幻莫测，令人叹为观止。

例4：计取川中，为酬三顾谋王业；
　　　由来曲折，二表六出尽历辛（笔画一）　　　　　｜

此谜每句一扣，共四扣。引典盛赞诸葛亮之功业，营造会意扣合之假象，实藏离合之玄机。山重水复，峰回路转，简单笔画演绎得如此丰富多彩，疑是神来之笔！

以上这些丰富多彩的实例，新人耳目，动人心旌，足以证明音、形、义扣数法融合、灵活运用是制谜成功的基石。

1．思考题：常见的谜法综合利用有几种形式？
2．试为"碳""寻宝（央视栏目）""不可一世"配制谜面。每题配一个以上谜面，必须综合利用谜法。

第六节　立意重在提升

灯谜是中华优秀传统文化形式之一，要充分挖掘和运用中华历史、社会、人文、自然方面的文化元素，弘扬中华传统美德，倡导健康、欢乐、幸福、节俭的风俗。灯谜作品要求主题思想鲜明，立意新颖高雅，内容健康向上，语言清新流畅，合乎创作规范，要富有韵味。灯谜创作尤其要注重立意的提升。

一、灯谜立意高雅的基本要求

1. 主题思想鲜明，语言清新流畅；
2. 内容健康向上，弘扬高尚情操；
3. 立意新颖高雅，富有哲理和韵味。

二、提升灯谜立意的几个要素

1. 谜面与谜底表达的主题要一致

例1：只要勤劳定能致富（中药冠不定量一）　　　若干人发

"人发"即人的头发，不能直接入药，然取健康人之头发锻炭，称之为"血余炭"，有止血之功。底中的"干"（gān）异读作 gàn，取"干活、劳动"之意，全底别解为"若是肯干的人便会发家（致富）"，与谜面"勤劳致富"的主题相一致，说明勤劳能够致富的道理，具有积极的意义。

例2：肩负着群众安危的军队（称谓二）　　　担保人、民师

谜底顿读作"担/保人民/师"，别解成"担负着保护人民（职责）的军队"。"师"一义为"军队"。谜面与谜底的别解义是一致的，表达对人民军队的赞美之情，内容健康向上。

例3：先要相信党中央，奸官最后定扫光（民族一）　　　保安

此例谜面主题思想鲜明，使用离合手法，字素组拼有序，扣底自然。虽然不是会意扣合，面与底语义未能吻合，但"保安"有保护安定和谐之别义，与谜面立意并无悖反，都是积极向上的。

2. 为人名配谜面要格外注意语言的褒贬

英模人物和一般人名宜用褒义谜面，至少要用中性谜面，切忌使用贬义谜面或不吉利字眼。

反面人物宜用贬义谜面，上限也只能用中性谜面，切忌使用褒义谜面。

曾见某专题创作赛入选之作"砍头不要紧（中国科学院院士一）"，又见以"砍头不要紧"为中国核能专家配谜面，引用夏明翰烈士的《就义诗》名句，出语豪壮，立意无疑是好的，但用"砍头"这样血淋淋的字眼为著名科学家配谜面，从感情上很难让人接受。因

而，为人名配面不光要注意语义褒贬，还要注意语言色彩。同样的谜面若扣合法律名词"死缓"或植物名"石松"就没有什么忌讳，因为它们本身就是一般的中性名词。

3. 为地名、机构名、祝颂语等配谜面要注意语言色彩

一般以褒义或中性语言为宜，切不可使用不吉利的字眼。

曾见以"砍头不要紧，只要主义真"为某地乡镇名配制谜面，尽管用的是《革命烈士诗抄》夏明翰的名句，有一腔正气，但"砍头"这样的字眼给人感觉很可怕，美感也就没了，谁还敢用这样的谜面来宣传自己呢？

要是送人这么一条祝寿用辞谜，"花甲之年皮包骨头（祝寿用词·粉底格）六十大寿（瘦）"，肯定令人倒胃口。如若把谜面改成"花甲之年减肥特别见效"，扣合方法没变，虽然没带喜庆色彩，但谜面是中性语言，便不会招人忌讳。可见语言色彩的选择不可等闲视之。

三、从提示词选择上提高谜面立意

例1：给一点机遇，创一流水平（浙江市名一） 杭州

此作拟面与扣合都有特色，因而曾被评为佳谜。进一步分析，这机遇是"给"的，有被动之感。只要将个别提示词稍作修改，谜面成为"抓住一点机遇，创造一流水平"，"抓"是主动作为，一字之改，化被动为主动，立意提高许多。

例2：开宋一统事已了，雄心昭示天下人（抗日将领一）

李宗仁

谜面展现了宋朝开国帝王赵匡胤的宏大气魄，"一统""昭示"中的提示词"统""昭"起到了有效的辅助作用。

例2：开拓前进，廉为首要；一除弊端，重点先抓（字一） 拼

谜用离合双扣之法，面句体现反腐倡廉主题。提示词"前进""首要""一除""先抓"为主题"反腐倡廉"造势，颇有力度。

例3：只要心到功夫到，尽力改革能争先（机构一） 总工会

虽然只是字素离合，但提示词两个"到"，兼之"改革""争先"赋予了"总工会"积极意义，面底互相映衬，相得益彰。

由以上数例可见，提示词选择得当可以有效提高谜面立意，所以制谜中提示词的选择使用必须经过认真推敲。

1. 思考题：为什么说为人名配谜面要格外注意语言的褒贬？请举例说明。
2. 试为"三明"配制谜面，内容必须健康、积极、向上。

第七节　谜材发掘创新

常见的大众谜材适用性较广，无疑是创作的主流部分。而要实现艺术的多样化，必须注重谜材的多样性，不仅要继承选用传统谜材，而且要发掘使用新的谜材。相对来说，发掘使用新谜材比继承选用传统谜材更为重要。

一、运用新谜材的好处

1. 与时俱进，作品更有新意。
2. 可避免与他人作品雷同。
3. 谜作可以贴近实际、贴近生活、贴近群众，更有使用价值。

二、谜材发掘创新的途径

1. 关心新事物，发现并使用新谜材。

历史在发展，社会在前进，新事物层出不穷，新名词不断出现，为灯谜创作提供了取之不尽的素材。只要留心便能从中发现许多很好的谜材，制出饶有新意的灯谜作品。

2. 使用别人没用过或没被反复用过的谜材。

制谜者为了图省事，习惯于使用他人用过的熟底来制谜，虽然有时熟底翻新也有超越原作的成功作品，但很容易发生与人暗合、立意雷同的情况。尽可能用心从常见的词语中发现一些别人没用过或没被反复使用过的谜材，这样的作品常会给人以"蓦然回首，那人却在灯火阑珊处"的惊喜。

3. 谜材整合，同类谜底进行新的组合。

同类谜材的组合是设计谜底的一种常用方法。在诸多同类谜材中试探进行新的组合，不但可以充分利用谜材，制出更多的谜作，有时还可以别解出意想不到的新意。

4. 谜底延伸，扩展成连带式组合。

谜底延伸，加上属性、数量、人的活动等，既可以扩展谜材，又可以使谜底更为充实丰富，制出的灯谜作品更加灵活多变，更加曲折有趣。

三、谜材创新作品举例

例1：熟读唐诗三百首（军衔俗称一）　　　两杠四星

"熟读唐诗三百"六字首个笔画分别是"、、、、——"，犹如两条"横杠"和四颗"星星"。底材虽然大众熟知，但此前尚未有人用过，谜材与扣合皆让人感到新颖。

例2：居庙堂之高，则忧其民；处江湖之远，则忧其君
　　　（离合字三）　　　上心志、忘下心、又欠欢

谜面系古文名篇《岳阳楼记》中的成句。在此之前曾有以同样的谜面配底为龚琳娜演唱的歌曲《忐忑》，谜底碎锦会意为"上心、下心"，"忧"思未曾包容入底，可谓已经踩在门边上，可惜没有走进去！谜底改为离合字连用形式进行新的组合，顿读为"上，心志忘；下，心又欠欢"补足了原底扣义的残缺部分，谜作臻于圆满，好评如潮。这是底材创新产生的积极效应，使谜作卓然生色。

例3：三变题词插图（三字艺术家评价语）　　　工书画

此作最初设底是美术名词"工笔画"，显然是熟底，很多人制过，没有新鲜感。稍稍改动成"工书画"，扣合方式虽然没变，但谜目、谜底都变成新的，因出人意料之外而给人以惊喜。

例4：迷路（三字口语一）　　　不知道、怎么行

曾有多人暗合制过"迷路（三字口语一）不知道"之作，因为扣合平平，引不起人们注意。而将同类底材进行组合，"不知道、怎么行"不仅扣义更加完整，而且还是他人未用过的谜底。

例5：奉化（三字打扑克用词） 三个二

"三个二"扣合"奉"字，只是简单的积木法，因缺乏变化而谜趣不足。而将"三个二"作为谜底，以旧翻新谜材活用，谜面易为"奉化"，方显浑成，扣合更为灵动出彩。

练习七

1. 思考题：谜材发掘创新的主要途径有哪些？
2. 试找出两个新谜材各配制两个谜面。

第八节 谜面要有美感

爱美之心，人皆有之。灯谜首先展示的是谜面，谜面语言要能够给人以美感，这样才有利于灯谜的传播，扩大灯谜的使用范围。

一、谜面美感追求的目标

1. 重在怡情悦趣。
2. 感受休闲舒畅。

重在怡情悦趣，感受休闲轻松，就是要传播"真、善、美"，如美丽中国、美好情感、嘉言懿行等。不要用血腥可怕、晦暗悲惨、低俗丑恶的题材。节日使用的灯谜，最好要带温馨、祥和、健康、愉悦的色彩，增添喜庆的气氛，特别忌讳不吉利的字眼和难听的话语。

二、谜面如何营造美感

营造谜面美感需要综合性的艺术技巧，它的基础是驾驭文字的基本功。具备了一定的基本功，还应当从以下四个方面加强实践。

1. 写人叙事要生动

例1：一生苦求变，一向思争先（水产一） 草鱼

离合之谜从本质来说，谜面只是描述字素离合变化的过程。此例谜面刻意制成两个对称的句式，以奋斗不息、争先求变的立意来诠释人生，充满正能量，明显提升了谜作的品位。

例2：惹恼素贞淹金山（离合字一）　　　　　　　激白放水
谜面据神话《白蛇传》故事而拟制。金山寺住持法海和尚百般阻挠许仙与白素贞的人神姻缘，将许仙扣在金山寺中。素贞苦苦哀求不成，终被激怒发起大水要淹没金山寺。"惹恼"一词生动地表现出这起事件的原因，与谜底"激"字形成扣合的关键所在。

2. 抒情寄怀要感人

例1：思念到永远（四字任职愿望）　　　　　　想当会长
"思念到永远"寄寓着诚挚的友情、永久的思念，动人心弦，具有很强的感染力。

例2：心底无私天地宽（离合字一）　　　　　　舍予舒
谜面引用陶铸诗句，"心底无私天地宽"生动地表现出仁人志士为人民的事业能够舍弃自己一切的高尚情操和无私无畏的广阔胸怀，立意警拔，感人至深。

3. 摹形绘景要传神

例1：远树两行山倒影，扁舟一叶水平流（字一）　　慧
谜面运用对偶句式，将远树、山影、扁舟、平流尽收眼底，呈现出一幅优美的风景画面，神来之笔，令人赏心悦目，叹为观止。

例2：大漠西望月如刀（字一）　　　　　　　　　沃
地阔天高，月牙如刀，把西部大漠雄浑苍凉的景象描写得格外生动，令人神往。

4. 阐理寓意要深刻

例1：因为没有心思，所以忘记一半（战国人名一）　田忌
谜面因果分明，用浅近的语言表现出一个具有教化作用的道理，将之寄寓在谜趣之中，让人的记忆更加深刻。

例2：领先，就是样样走在前（动物一）　　　　　羚羊
谜面如同名词解释，在解释词义中阐明一个道理，让人们在更深的寓意品味中感受到思想之美。

三、美的谜作举例

例1：化作乾坤万里春（带目格）　　　　　　花一·夜来香
谜面出自元朝王冕《白梅》诗："忽然一夜清香发，化作乾坤万

里春。"以点带面,由近及远,以乾坤充满清气来映衬大美春天,令人心旷神怡。

例2:陈迹半存余芳在,楼前双燕画栏边(城市美称一)

东方米兰

"东方米兰"是福建省石狮市的美称。前句离合扣"东方";后句顿读为"楼前双燕画/栏边",离合、象形并用扣"米兰"。自撰谜面仿若一幅图画,用以描绘"东方米兰"这个美好的城市,可谓相得益彰。

例3:枝头杏开小,云端莺飞高(交通标志用词一) 禁鸣

谜面为自撰,仿对联句式,表现鸟语花香、春光明媚的美景,充满生机,给人一种美的享受。此底用会意法制作居多,而此例以离合法成谜,便更加引人注目。

例4:越过高山,越过平原,跨过奔腾的黄河长江(体育项目)

三级跳远

谜面引用人们耳熟能详的《歌唱祖国》的歌词,气壮山河,气势雄伟,气魄宏大,层层推进,形成三级跨越,面底呼应,豪迈壮美,十分鼓舞人心。

谜面不能简单成文就行了,仅满足于面底能够扣合,只是灯谜制作初步入门的要求。只有努力在谜面上多下功夫,在写人、抒情、叙事、阐理、绘景等方面(或是着力某一方面)创造美感,才能更好地展示灯谜的艺术内涵。

1. 思考题:你认为营造谜面美感还有哪些方法?
2. 试为"深圳"配制谜面,要能体现出美感。

第九节　谜作应有文采

古人把灯谜称作"文虎",这个名称的特征就是当头带了个"文"字,顾名思义灯谜要有"文"的特质,要具有文采,方能提高品位。

一、灯谜有文采的重要性

1. 可以提高灯谜品位。
2. 可以把灯谜转化为可读可赏的艺术品。
3. 可以吸引更多人欣赏灯谜文化。

二、如何做到灯谜有文采

要让灯谜作品更有文采，可从使用名言警句，化用名言典实，灵活用典借典，注重谜面修辞等四个方面去努力：

1. 使用名言警句，丰富内涵。

例1：竹篱茅舍自甘心（台湾影片一）　　　　爱的小屋

谜面出自北宋王淇的七绝《梅》："不受尘埃半点侵，竹篱茅舍自甘心。只因误识林和靖，惹得诗人说到今。"借用名诗中的名句为谜面，清新脱俗，蕴藉含蓄，文采自现。

例2：若要人不知，除非己莫为（浙江台州名胜一）一行遗迹

谜面是传统的名言警句，"行"有"行事、实施"之义，谜底别解成"一旦做了此事，便会遗留下痕迹"，因谜面而赋予了谜底丰富的内涵。与"人过留脚印"之类的简单会意谜面相比，实有天壤之别。

2. 化用名句典实，营造意境。

例1：共有二桃，足以成套（体育项目一）　　　　跳棋

谜面化用晏婴"二桃杀三士"的典故，使用二桃造成圈套，让秦国自毁长城。简单的二字谜底被演绎得如同用典会意之作，别有一番境界，有典化无典出人意料，品之分外有味。

例2：杏将开完须当折（抗日将领一）　　　　宋哲元

很明显谜面是化用唐人杜秋娘《金缕衣》诗中名句"花开当折直须折，莫待无花空折枝"的意境而自拟的句子，有劝人莫负大好青春、及时作为之寓意，辞藻雅丽，文采风流。

3. 灵活用典借典，增加趣味。

例1："坐上客常满"（酒名一）　　　　孔府宴酒

谜面巧借孔融好客之典，以赞语"坐上客常满，樽中酒不空"的寓意来描述孔融府上宴客之酒席，因用典而增添文采和谜趣。

例2：猴王入龙宫，借得何兵器（四字口语一）　　光棍一条

谜用古典神话小说《西游记》"龙宫借宝"之熟典，以问答方式扣合，谜底平常口语因典故注入别义而生趣，俗底因用典而生色。

例3：绛珠洒泪谢神瑛（五字事故报道用语一）　　唯一生还者

谜面典出《红楼梦》第一回，原文为"那绛珠仙子道：'他是甘露之惠，我并无此水可还。他既下世为人，我也去下世为人，但把我一生所有的眼泪还他，也偿得还过他了。'"谜底顿读作"唯／一生／还者"以应合谜面。谜面借典而生文采，谜底别解而增谜趣。

4. 注重遣词造句，增添文采。

例1：细看云山动人处（美术用词一）　　绘画

例2：一水平流舟荡漾，秋灯暗淡月光明

（《红楼梦》人名一）沁香

以上两例谜面着力于景物描写，"云山动人处""水平流""舟荡漾""秋灯暗""月光明"遣词造句生动，摹形状物形象。自撰之语宛若诗句，文采动人。

例3：随花散落天尽头，一日春归无觅处（作家一）　　郁达夫

此例谜面脱胎于《红楼梦》中林黛玉的《葬花诗》，由"明媚鲜妍能几时，一朝漂泊难寻觅""随花飞到天尽头"等句演绎整合而成，"散落天尽头""一日春归"语现文采，谜藏离合玄机，文辞谜意皆有可赏。

三、谜作文采举例

例1：一粥一饭常思来处不易，半丝半缕恒念物力维艰

（李商隐诗一句）　　永怀当此节

谜面出自清初《朱子治家格言》众口相传之名句，对仗工整，劝人节约立意尤佳。谜底系李商隐《凉思》诗句。面底组合，文采斐然。谜面改动原文一字"当"为"常"字，以避免犯底，同时也为了更准确地扣合谜底"永"字。

例2："臣的身在君前，梦离陛下"（金庸小说一）　　倚天屠龙记

谜面语出《西游记》第九回，用"魏征梦斩泾河龙"之典。谜底依典别解作"谜面记述魏征倚伏在天子身边而（梦中）斩杀泾河老龙

之事",文采充溢,别解有味,格外耐品。

例3:辗转只为心上人,江头望断水云归(机构一)　总工会

自撰谜面,两个七言句连接顺畅,宛如诗句,写得有情有景。有文采,有美感,可读可赏。

文采和意境对提升谜作品位具有决定性的重要作用。文采和意境的营造不可能一蹴而就,需要努力实践和长期积淀方能达到炉火纯青的境界。

1. 思考题:要让灯谜作品更有文采还有哪些行之有效的方法?
2. 试为"春天"配制谜面,要能体现出文采。

附 录

附录一：练习题答案

第二章 练习题谜底

练习一

1．坊 2．晶 3．电 4．肚 5．六 6．掩 7．兵 8．肤 9．奉 10．斯 11．奈 12．虽 13．染 14．琵 15．大众化 16．怀仁 17．除 18．嵊 19．壕 20．开本

练习二

1．抱 2．榭 3．座 4．箱 5．是 6．乖 7．面 8．除 9．淹 10．奏 11．鸿 12．规 13．洋 14．背景 15．明天 16．肩膀 17．春天 18．奋斗 19．个旧 20．清户

练习三

1．干 2．迁 3．戈 4．估 5．现 6．刀 7．火 8．十 9．今 10．村 11．民工 12．也门 13．二月 14．大人 15．一月 16．青田 17．九江 18．北京 19．丁、马 20．人大

练习四

1．俄 2．超 3．晃 4．历 5．邓 6．氮 7．觉 8．列

9．胜 10．湖 11．橹 12．琮 13．缅甸 14．庾信 15．柴荣 16．约旦 17．地龙 18．探戈 19．花生 20．闽笋

练习五

1．讲 2．猎 3．酣 4．奶 5．豆 6．辞 7．扑 8．符 9．战 10．捐 11．催 12．瓷 13．耸 14．昼 15．早安 16．杜牧 17．鬼子 18．盗采 19．逢高减仓 20．留得青山在（谜面仅扣实"青山"二字，"留得……在"是衬字，谜底应别解作"只留得'青山'这两个字在"，有了衬字扣合更有韵味。）

练习六

1．吕 2．组 3．孔 4．订 5．刮 6．划 7．阿 8．搞 9．条 10．诉 11．浡 12．俱

练习七

1．地 2．篇 3．圭 4．琢 5．吹 6．锁 7．芸 8．娩 9．男 10．豺 11．霉 12．府 13．霜 14．格 15．潘 16．中子 17．糕 18．工时 19．扫墓 20．施耐庵

练习八

1．玉 2．豆 3．艾 4．孳 5．挂 6．抵 7．任 8．口 9．保 10．倍 11．仗 12．飞 13．生 14．高山 15．江西 16．大人 17．1月 18．日本 19．羚羊 20．木炭 21．森 22．贻

练习九

1．陪 2．叮 3．而 4．酉 5．另 6．哑 7．籽 8．灯 9．邪 10．细 11．夫人 12．本位 13．白天 14．大夫 15．胆木 16．月相 17．方队 18．过奖 19．大连 20．三台

练习十

1．干 2．入 3．从 4．总 5．区 6．甲 7．灿 8．严

9. 士 10. 叶 11. 丰 12. 罢 13. 昔 14. 外 15. 网 16. 卉 17. 令 18. 湘 19. 岗 20. 梓

练习十一

1. 贝 2. 日 3. 目 4. 土 5. 口 6. 王 7. 口 8. 一 9. 口 10. 木 11. 日 12. 口 13. 土 14. 子 15. 王 16. 心 17. 日 18. 土 19. 月 20. 月

练习十二

1. 者 2. 一 3. 女 4. 述 5. 奢 6. 量 7. 俐 8. 帼 9. 宙 10. 鬼 11. 圭 12. 亚 13. 为 14. 七 15. 晶 16. 贝 17. 罪 18. 1寸 19. 二月 20. 大了

练习十三

1. 十 2. 掠 3. 叮 4. 俱 5. 岩 6. 亨 7. 量 8. 支 9. 妙 10. 好 11. 李 12. 胆 13. 虹 14. 桑 15. 梦 16. 钟 17. 邮 18. 王 19. 三 20. 朝

练习十四之（一）

1. 去 2. 禾 3. 归 4. 王 5. 字 6. L 7. 沭 8. 姚 9. 汧 10. 没羽箭 11. 甩 12. 泌 13. 囚 14. 枫 15. 条条框框 16. 梁 17. 梁 18. 关羽 19. 么 20. 小

练习十四之（二）

1. 汗 2. 茴 3. 影 4. 乏 5. 互 6. 忽 7. 篇 8. 淄 9. QQ 10. 凿 11. 隶 12. 非 13. 俎 14. 车巡 15. 血 16. 患 17. 乎 18. 丫丫 19. 鼎 20. 蠢

练习十五

1. 刑（开刀） 2. 够（句多） 3. 皓（白告） 4. 崇（出示） 5. 观（又见） 6. 竿（个个干） 7. 朕（八月天） 8. 觑（见虚）

9. 杠（木工） 10. 馈（食贵） 11. 筷（个个快） 12. 宁波 13. 单杠 14. 还原 15. 小概念 16. 一日游 17. 打的、特快 18. 张良、陈平 19. 公说公有理，婆说婆有理 20. 鹭（鸟各止口）

练习十六

1. 饭（反白） 2. 奇（大可） 3. 韭（一非） 4. 妩（无女） 5. 夸（大亏） 6. 墟（虚土） 7. 姓（女生） 8. 让（言上） 9. 姓（女生） 10. 订（言丁） 11. 觑（虚见） 12. 大使 13. 聊城市 14. 古田 15. 先天不足 16. 高深莫测 17. 无障碍通道 18. 不明不白 19. 周通、张清 20. 全是有种的

练习十七

1. 楞（四方木） 2. 三明 3. 三国 4. 两全其美 5. 并列第一 6. 四联单 7. 三国志 8. 三国城 9. 六一 10. 五一 11. 小字辈 12. 四川路 13. 五项全能 14. 三通管 15. 三明治 16. 七一 17. 华三川 18. 本是同根生 19. 两头蛇 20. 七夕

练习十八

1. 镇（真金） 2. 杠（木工） 3. 瞎（害目） 4. 栏（木兰） 5. 珑（龙王） 6. 早（十日） 7. 肿（月中） 8. 能量 9. 给力 10. 女子组 11. 说得到 12. 团体得分 13. 一本正经 14. 十八斤 15. 以色列 16. 双管齐下 17. 老天有眼 18. 夏至、冬至 19. 道长、足下 20. 全凭嘴一张

练习十九之（一）

1. 瑛 2. 崎 3. 丘陵 4. 自成一家 5. 百年树人 6. 苏秦 7. 吕宋 8. 猴头蘑菇 9. 纪信 10. 皇 11. 辩 12. 虎头蛇尾 13. 武林高手 14. 一清如水 15. 布达拉宫 16. 虎丘 17. 不可见光 18. 曹参 19. 引人入胜 20. 天王老子也不行

练习十九之（二）

1．臻 2．鲁班 3．门 4．业 5．华容 6．鹿回头 7．金城武 8．宁乡 9．长沙发 10．罗贯中 11．巴基斯坦 12．都护在燕然 13．今朝都到眼前来 14．容 15．蕃

练习十九之（三）

1．许 2．犄 3．阆 4．差 5．威 6．妹 7．撰 8．一马当先 9．铁牛 10．寅吃卯粮 11．九牛一毛 12．马来西亚 13．这下子全完了 14．水星 15．羊城晚报

练习十九之（四）

1．灯 2．钥 3．椋 4．东方红 5．青岛 6．南昌 7．榕树 8．楠木 9．水生物 10．春秋配 11．土木之变 12．林红 13．红与黑 14．白里透红

练习十九之（五）

1．舍 2．枫 3．校 4．爽 5．邛 6．封 7．佳 8．走 9．驳 10．土产

练习十九之（六）

1．军 2．轨（七十九） 3．方腊 4．十五贯 5．《上下五千年》 6．西瓜 7．第一时间 8．两头蛇 9．唐国强 10．朱家 11．李唐 12．李世民 13．司马迁 14．朱建华 15．朱自清 16．商旅不行 17．脱离政治 18．莫里哀 19．金华市 20．冯子材

练习二十

1．中行 2．乐在其中 3．不相上下 4．午安 5．高反差 6．黠 7．西安 8．生意不在早晚 9．不知天高地厚 10．空姐

附 录

练习二十一

1．混淆黑白 2．保定、大丰 3．红烧猪蹄 4．感应出水 5．生当作人杰 6．丰田、大发 7．清流 8．马达加斯加 9．肥乡、富民 10．亮将、闲着

练习二十二

1．黜 2．开门见山 3．存单 4．无独有偶 5．无双 6．长白 7．有声有色 8．以色列 9．无理数 10．高人一等 11．《红与黑》 12．红一阵白一阵 13．粒粒皆辛苦 14．白里透红 15．一环扣一环 16．一个唱红脸，一个唱白脸 17．五六三十 18．就图个团团圆圆 19．无风不起浪 20．风从东方来

练习二十三

1．打分 2．一枝花、没遮拦 3．下一周（猜"第五周"亦可） 4．十月、新体育 5．猴头 6．旁白 7．远志 8．不许胡来 9．生活来源 10．怒火中烧（愤怒之中投入火中烧掉） 11．贾生 12．卧龙生 13．放任自流、点点滴滴 14．香山寺 15．轻生男、单贵女（单身贵族女性的简称） 16．燕顺、时迁 17．宜兴、新乐 18．头一回见 19．朝鲜人参 20．人生、乡情

练习二十四

1．不同政见者 2．省长、记者 3．高适·达夫 4．作 5．屠 6．担（扣二） 7．奢侈 8．死老公 9．一切为了爱 10．小家子气 11．真的不行 12．有点儿才气

练习二十五

1．驰（马也） 2．衙（吾行） 3．怯（去心） 4．答（个个人一口） 5．借光 6．不足为凭 7．白面郎君 8．碧（王白石）9．安全带 10．参照执行 11．恩将仇报 12．转移因子 13．孝感、开封 14．操刀鬼 15．爱因斯坦 16．那是相当的好 17．十六字令、满

江红 18．乌合之众、九死一生 19．操之过急、信以为真 20．于是之、李默然

练习二十六

1．言为心声 2．杏仁 3．云里雾里 4．金田起义 5．呜呼哀哉 6．一二三 7．希腊、法兰西 8．鞋 9．艳 10．肋 11．韵 12．枯 13．栋 14．yes 15．泰坦尼克号 16．零待遇

练习二十七

1．咚 2．顶呱呱 3．O 4．格格不入 5．唧唧复唧唧 6．呱呱叫 7．天晓得 8．旮旯 9．得分、叫停 10．喔喔、旺旺、娃哈哈

练习二十八

1．飧 2．古 3．西洋参 4．DA师（DA拼成"打"的读音） 5．一四得四 6．莘（"师恩"反切出"莘"的读音shēn） 7．介（"急切"反切出"介"的读音jiè） 8．秦（"凄吟"反切出"秦"的读音qín） 9．扑（"破屋"反切出"扑"的读音pū） 10．载（"奏凯"反切出"载"的读音zǎi）

练习二十九

1．裕 2．谢 3．省会 4．草案 5．壮丽 6．有声有色 7．跑道 8．加十分 9．累计 10．直快 11．山东快书 12．清明 13．无风不起浪 14．冷盘、热盘 15．潜水 16．犒 17．忍痛割爱 18．一朝天子一朝臣 19．钻井平台 20．寒带动物、热带植物

练习三十

1．步 2．迷 3．田 4．秦 5．亚 6．鱼 7．痢 8．版 9．毓 10．三 11．庆 12．季 13．秒 14．瑕 15．浐 16．要人家好看 17．怎么还不知道 18．老大难、有作为

19．要你好看 20．秒杀

练习三十一

1．大 2．斤 3．乍 4．亏 5．大 6．朝 7．夥 8．舒 9．丁 10．女 11．日 12．红与黑 13．余干 14．莫言 15．扩口 16．一行 17．莘 18．议 19．总 20．槽

练习三十二

1．月 2．肖 3．机 4．狄 5．译 6．服 7．肢 8．诘 9．脂 10．集 11．迪 12．相 13．魁 14．类 15．汁 16．结 17．臼 18．殊 19．一天 20．文明

练习三十三

1．少 2．信 3．亏 4．证 5．晴 6．怦 7．折 8．丙 9．押 10．黑 11．叙 12．恨 13．否 14．倦 15．想 16．欢 17．湍 18．哲 19．月 20．壬辰

练习三十四

1．一 2．比 3．见 4．田 5．安 6．大 7．丰 8．一 9．巴 10．殷 11．青 12．湖 13．瞰 14．闲 15．亏 16．贫 17．新 18．一 19．青 20．田

练习三十五

1．岩 2．共 3．阒 4．生物 5．偎 6．一 7．亥 8．元 9．玻 10．一 11．支 12．横 13．岳 14．活 15．告 16．便得一山 17．如鱼得水 18．瓣 19．糖 20．九段 21．消炎痛、去痛 22．白露身不露 23．三岔口 24．相似三角形

练习三十六

1．倍 2．枝 3．蹉 4．译 5．调 6．晴 7．撵 8．楂 9．娟 10．蹄 11．窃 12．锢 13．短 14．揩 15．哗 16．蓓

17．邀　18．橄　19．攉　20．操

练习三十七

1．积　2．墒（商十一）　3．棋（共二十八）　4．基（共二十一）　5．舍（合十）　6．寺（十一寸）　7．满（艹两水）　8．早（十日）　9．诗（计一寸）　10．园　11．积木　12．小九九　13．三毛　14．斛　15．打九折　16．八成不行　17．十五频道　18．五言绝句　19．七零八落　20．商陆、三七

练习三十八

1．佚（失人）　2．怯（去心）　3．赶（走干）　4．杪（少木）　5．歉（欠兼）　6．胱（月光）　7．春节　8．秒（少禾）　9．趣（取走）　10．歌（欠可可）　11．少生　12．不上不下　13．没大没小　14．一行遗迹　15．青黄不接　16．鸡犬不留　17．按兵不动　18．五绝、七绝　19．少华山　20．兵车行

练习三十九

1．旱　2．世　3．域　4．追　5．常　6．俏　7．难　8．建　9．虎　10．受　11．持　12．澎　13．萝　14．雪　15．辕　16．韩　17．嬉　18．偶　19．燮　20．饕

练习四十

1．择木而栖　2．二一添作五　3．增白皂　4．手到擒来　5．滴水成河　6．不置可否　7．借口、成员　8．寓言、成语　9．多心、成性　10．存入一笔现金　11．退出、显示　12．脱口而出　13．十分孤立　14．失言、余兴　15．青光眼　16．退位、立方　17．下水道　18．告别、是非　19．旁若无人、不偏不倚　20．旁若无人、独占鳌头

第三章　练习题谜底

练习一

1．地中海　2．天作之合　3．吃得开　4．罪有应得　5．生长期　6．语不惊人　7．红颜知己　8．立陶宛　9．不是我说你　10．说不清道不明

练习二

1．首都·多哈　2．应用文·证明　3．首都·金边　4．口语·不清楚　5．中华民族·壮　6．成语·有言在先　7．职务·所长　8．名胜·香山　9．刺客·要离　10．东汉人·马援

练习三

1．心相想　2．土不坏　3．省自小（或：自小省）　4．门口问　5．弓长张　6．土里埋（或：埋土里）　7．共烘火（或：火共烘）　8．坏一环　9．大马可骑　10．球王求、好女子　11．小自省、省自小　12．做故人、帅一师、斗鬼魁　13．呵可口　14．余又叙　15．言皆谐　16．召走超　17．存一仔　18．军光辉　19．全一人干、到人倒　20．日军晕、不止一歪

练习四

1．计　2．倚　3．姓　4．老舍　5．喀什　6．夜来香　7．有朝一日　8．参考消息　9．一块表　10．妈妈的吻　11．鳆　12．杜预　13．董太后　14．诵之思之　15．何　16．宁冈　17．贾的门　18．样样好、开心　19．掩　20．行到水穷处

练习五

1．三十成文章　2．盖世维雄　3．石头记、洪波曲　4．印破人间万卷书　5．陋室铭　6．午时三刻

练习六

1. 消炎注射液　2. 汉口、娘子关　3. 大人有大量　4. 看不见的要塞　5. 曲比阿乌　6. 人均收入

练习七

1. 猜谜动作：把硬币分给主持人，把食品分给一位观众。谜底是：一分钱，一分货。

2. 猜谜动作：把念珠套在老寿星的脖子上。谜底：套中人。

3. 猜谜动作：从盒中拿出乒乓球，投入花篮。谜底：持球、投篮。

4. 猜谜动作：将信封撕开，再把象棋子装进信封里。谜底：开封包子。

5. 猜谜动作：从玩具人手中取走钞票，装进自己口袋。谜底：怀钱舍人。

6. 猜谜动作：将所有的马放到茶盘中，用手托起茶盘转几圈。谜底：托马斯全旋。

练习八

1. 麻将、扑克（麻醉后将被擒获）　2. 海口、长白、包头　3. 呼之欲出　4、鸡蛋

练习九

1. 皂隶、马快　2.无息、活期存款　3.真是乐死人　4.大泽龙蛇

附录二：二十世纪百佳谜作

谜面	谜底/作者
九十九（字）	白 / 俞 樾 作
我固疑是老奴（六才）	心坎上温存 / 唐景嵩 作
试问卷帘人，却道海棠依旧（诗品句·卷帘）	落花无言 / 况周颐 作
花蕊（六才）	夫人你好心多 / 薛宜兴 作
水晶帘卷近秋河（谚语）	门外汉 / 顾震福 作
马上相逢无纸笔，凭君传语报平安（官名）	行中书省 / 黎国廉 作
毛公、薛公、朱亥、侯生，信陵君敬而畏之（成语）	肆无忌惮 / 谢会心 作
攻心为上，攻城为下（四书句·回文）	孟之反不伐 / 张超南 作
远树两行山倒影，轻舟一叶水平流（字）	慧 / 张起南 作
云破月来花弄影（字）	能 / 张起南 作
寒从脚下起（成语）	疾足先得 / 徐枕亚 作
衣衫脱去人如玉（水浒人）	解珍 / 姚劲秋 作
多少工夫织得成（聊目）	王大 / 徐行素 作
再受禅依样画葫芦（汉人）	司马相如 / 韩少衡 作
女曰鸡鸣，士曰昧旦（五唐）	数问夜如何 / 张郁庭 作
太公（水浒人二）	史进、时迁 / 庄容川 作
相去万里，人绝路殊（五唐）	不与武陵通 / 谢云声 作
以后只拣瘦的医（六才）	准备着抬 / 涂竹居 作
个中未许红丝系，虽咏关雎各一方（字）	鸿 / 翁松孙 作
这相思石烂海枯（食品）	豆腐干 / 来楚庚 作
丹心一直图为国（字）	匡 / 何仰之 作
吕奉先射戟辕门，邓士载偷渡阴平（首都）	布宜诺斯艾利斯 / 陆雨之 作
到处逢人说项斯（民国人）	陈其美 / 陈镇权 作
青梅竹马两无心（常用词）	憧憬 / 韦荣先 作
自小在一起，目前少联系（字）	省 / 王能父 作
严监生临终伸指（红人二）	云光、大了 / 钱燕林 作

谜面	谜底 / 作者
田（七唐）	城墙四面锁山多 / 马啸天 作
遥知不是雪，为有暗香来（红人二）	王作梅、花袭人 / 陆滋源 作
但悲不见九州同（答苏武书句）	边土惨裂 / 黄景云 作
如鱼目而微有声，一沸也（聊目四）	陆判、头滚、喷水、珠儿 / 卢山夫 作
孟德放歌乌南飞（字）	一 / 顾为善 作
玄宗下诏征禄山（七唐）	凭君传语报平安 / 苏温才 作
白首雄心志不移（字）	恁 / 白福臻 作
馈金珠李肃说吕布（农药）	速灭杀丁 / 吴仁泰 作
芳心无主空对月（字）	册 / 刘雁云 作
风雨空中雁阵斜（字）	佩 / 柯国臻 作
桃花潭水深千尺（成语）	无与伦比 / 柯国臻 作
全不见半点轻狂（体育项目）	女子举重 / 周问萍 作
一川横贯，双峰倒影（字）	带 / 金瓯 作
包胥哭秦庭（兵役名词）	申请退伍 / 郑百川 作
御厨络绎送八珍（包装用语）	此端向上 / 范胜雄 作
（　）（西厢记句二）　恰似半吐初生月、刚刚的打个照面 / 蔡经湘 作
杨柳青青江水平（电影）	绿色的波斯坦 / 黄穆灿 作
八十五（电影）	月到中秋 / 张礼鹤 作
死去原知万事空，但悲不见九州同（化学名词）	游离酸 / 叶国泉 作
臣心一片磁针石（近代报刊）	图南日报 / 张哲源 作
千帆过尽无消息（文化用品）	航空信封 / 李振洲 作
书山有路勤为径（京剧唱词）	一本一本往上升 / 易中 作
唐僧远行劫难多（地理用语）	西经八十一度 / 杨耀学 作
我才不及卿，乃觉三十里（球类术语）	打时间差 / 田鸿牛 作
终生念伊减姿容（字）	一 / 武骝 作
忽闻海上有仙山，山在虚无缥缈间（电影）	阿混新传 / 张奕虎 作
东吴定下美人计（广告用语）	配备成套 / 赵首成 作
吾不如子房（常言）	自我感觉良好 / 郑长彦 作
激动得无语泪先流（字）	放 / 敖耀寰 作

玉堂春诉冤状，王御史暗凄伤（美学名词）　　审美感官 / 章健儿 作
废除官员终身制（成语二）　　　　　不可一世、原封不动 / 葛志全 作
驰誉丹青（探骊）　　　　　　　　　　　名著·红与黑 / 蔡　芳 作
吾才不及卿（外币冠量）　　　　　　　　　三十里拉 / 王保武 作
给一点机遇，创一流水平（市名）　　　　　　　杭州 / 韩彦荣 作
曾是惊鸿照影来（文学名词二）　　　　　　游记、唐诗 / 刘茂业 作
晴空一色远无边（外币）　　　　　　　　　　　日元 / 章　镰 作
邹容立志改旧制（古称谓）　　　　　　　　　　隐士 / 王祥方 作
奉先千人之上，却空有勇力；信义更不堪议及（考古名词）
　　　　　　　　　　　　　　　　　　　　　　秦俑 / 张卫平 作
念你，悲你，惜你，你影踪儿全无，心俱碎，残花相依（成语）
　　　　　　　　　　　　　　　　　　　　今非昔比 / 郭少敏 作
来日破魏靠子龙（电影）　　　　　　　　　香魂女 / 施奕盛 作
直见文山一片心（字）　　　　　　　　　　　　恼 / 吴楚鸿 作
多少心血得一言（字）　　　　　　　　　　　　谧 / 汪寿林 作
毁掉森林，后患就在眼前（字）　　　　　　　　想 / 余植华 作
此地空余黄鹤楼（离合字）　　　　　　　　禽人离 / 陈洪盛 作
学效李广射卧虎，铮然一声崩箭镞（离合字二）
　　　　　　　　　　　　　　　　　　弓虽强、石更硬 / 吴融杭 作
古城墙头听蛙声（字）　　　　　　　　　　　　凹 / 王　桀 作
柳眼半舒卿见否（字）　　　　　　　　　　　　相 / 陈　斌 作
池边残月，柳丝常伴钓丝悬（字）　　　　　　　沸 / 杨志刚 作
问君能有几多愁（成语）　　　　　　　　　应答如流 / 徐鸿基 作
吕子明白衣渡江（成语）　　　　　　　　　蒙混过关 / 黄有材 作
师恩难忘（歌名）　　　　　　　　　教我如何不想他 / 江更生 作
飞流直下三千尺（民族四）　　　　高山、水、景颇、壮 / 朱育珉 作
大饼油条豆腐浆（学校用语）　　　　　　　　早点名 / 胡安义 作
不为锦鳞设，只钓王与侯（地名二）　　　　尚志、会昌 / 苏纳戈 作
白娘子盗灵芝（电影四）
　　　　　　　　　　蛇、精变、红颜劫、昆仑山上一棵草 / 苏才果 作

化作春泥更护花（外名人二）　　　　　英·甘地、培根 / 王文来 作
抚尺一下，满座寂然，无敢哗者（成语）　　拍案叫绝 / 张来苏 作
今君有一窟，未得高枕而卧也（江苏名胜）　宜兴三洞 / 张志有 作
竹西佳处（歌名）　　　　　　　　　　有一个美丽的地方 / 杨炎木 作
花褪残红青杏小（国名二）　　　　　　　刚果、不丹 / 张荣铭 作
共君今夜不须睡（植物学名词）　　　　　相对休眠 / 陈光亮 作
到黄昏点点滴滴（外小说二）　　　　　　天才、黑雨 / 黄荣宽 作
他方寸零乱，俺面庞瘦损（古作家）　　　施耐庵 / 孙建新 作
犹见诗圣束寒装（国名）　　　　　　　　柬埔寨 / 亭　下 作
天下英雄，尽入吾彀中矣（地名三）　　　上高、兴国、进贤 / 任焕长 作
关羽斩将酒未凉（植物学名词）　　　　　温汤去雄 / 韦梁臣 作
双胞胎忘了做记号（古文句）　　　　　　先生不知何许人也 / 费之雄 作
书被催成墨未浓（署名美术作品）　　　　浅予速写 / 赵宗成 作
残雨翻飞入眼来（电影）　　　　　　　　泪痕 / 石　城 作
本人（离骚句）　　　　　　　　　　　虽体解吾犹未变兮 / 杨纪波 作
扶桑长系鉴真心（字）　　　　　　　　　春 / 柯一沧 作
幽兰山下二度开（字）　　　　　　　　　兹 / 陈启达 作
今夜月明人尽望（探骊）　　　　　　　　首都·仰光 / 洪　流 作
其婿之望在岳父之上（探骊）　　　　　　名胜·泰山 / 东有礼 作

（2000年12月《全国灯谜信息》《春灯》《中华灯谜》《文虎摘锦》《中国报刊谜汇》五谜刊编辑部联合评选）

后 记

在打算编著本书时，我首先想到的是应该如何定位。灯谜是中华民族优秀传统文化之一，继承和发展灯谜文化很重要的一个方面就是普及灯谜知识，让更多的人认识灯谜，喜欢灯谜，参与灯谜，这就需要有一本比较适用的灯谜基础知识书籍。以此定位，这本书主要面向灯谜爱好者，有些内容还要兼顾到中小学生也能用，起点门槛低，用以引导初学者从零起步，便捷稳步掌握猜谜和制谜知识。所以书名就定为《灯谜基础知识》。

本书不是灯谜讲座资料，不能等同于一般介绍灯谜知识的谜书。本书的编著妥善处理了科学性与实用性、观点与材料、理论与实际、知识和技能的广度与深度、基础知识与当代创新发展的关系，可以作为讲授灯谜课程的教材使用，同时也便于爱好者自学和练习巩固之用。编著本书时，我根据自己讲授灯谜课十年的体验，结合自编的教材和教学积累，从六个方面做了努力：

一、力求准确。概念和谜例是全书的筋络，尤其要做到准确，不可以讹传讹因循谬误。

二、内容简明，突出实用，层次分明，查阅使用方便。

三、循序渐进，知识点衔接合理，避免前后脱节、跳闪。

四、各种谜法选用的例题和习题尽可能纯正、典型，以单一谜法为主，避免因混杂而喧宾夺主模糊了概念。

五、每一章节后都有足够数量的配套练习题。习题有易有难形成渐进梯度，以供不同文化层次的初学者巩固练习或自学使用。

六、注重传授方法，加重"扣合方法"的分量，改变将扣合机理与猜谜制谜混为一谈的传统模式，把扣合方法与猜谜技巧、制谜方法各自独立成章。每种谜法从定义、典型谜例、特征要领、应用实例、特别提示等五个方面进行介绍。

　　本书不是百科全书，不可能面面俱到。不同的定位有不同的取舍，本书主要突出猜谜和制谜这个主线，其他方面一带而过。如何运用新的理念编著灯谜基础知识书籍对作者来说是新的挑战，如本书对谜法和谜种的命名、扣合方法的分类等，没有完全沿袭流行的习惯，有些是以自己的实践和理解来加以诠释。囿于谜艺局限谬误难免，祈盼行家和读者批评指正，以利修订是幸。

　　本书第三章第三节"花色谜种"内容由著名谜家方炳良先生友情辑录、编写，在此特别致谢。书中例题和练习题所选用的谜作，由于有些未能查到原作者，有些属多人创作无法界定原创作者，根据中华灯谜图书大系出版体例要求，全部略去作者姓名，"阙如"之憾，实难弥补。在此谨向已知和未知的原作者们表示感谢和歉意。

　　本书编写过程中始终得到中华灯谜学术委员会副主任李德生、中华灯谜图书大系总主编著名谜家赵首成先生的关心和指导，在此谨表由衷的感谢和敬意！

蔡　芳

2015年8月